向家湾

向梅芳 著

北京日报出版社

图书在版编目（CIP）数据

向家湾 / 向梅芳著. —北京：北京日报出版社，2022.4
ISBN 978-7-5477-4252-5

Ⅰ.①向… Ⅱ.①向… Ⅲ.①长篇小说—中国—当代 Ⅳ.①I247.5

中国版本图书馆CIP数据核字（2022）第043534号

向家湾

出版发行：	北京日报出版社
地　　址：	北京市东城区东单三条8-16号东方广场东配楼四层
邮　　编：	100005
电　　话：	发行部：(010) 65255876
	总编室：(010) 65252135
印　　刷：	成都勤德印务有限公司
经　　销：	各地新华书店
版　　次：	2022年4月第1版
	2022年4月第1次印刷
开　　本：	880毫米×1230毫米　1/32
印　　张：	7.5
字　　数：	185千字
定　　价：	48.00元

版权所有，侵权必究，未经许可，不得转载

目录
Contents

第一章 | 玻璃屋 / 1

第二章 | 前尘 / 50

第三章 | 福建二爹 / 80

第四章 | 大湾地的传说 / 112

第五章 | 黑金岁月 / 142

第六章 | 无尽的蔷薇 / 173

玻璃屋

一

九月，天气明显凉爽了，南方夏天的那种湿热天气正在远去。

下午四点后，行人和车辆都不多。平日下班时段最拥挤的滨江路，显得有些空旷、寥落。

这里是广东西南部的边陲小镇窦州市，时间是秋季开学后第三个周六。孙舒雅坐在这辆宽敞的宝马车上，除去几个红绿灯耽搁的时间，他们的车已经行驶了二十几分钟。这对于一个市区人口不过三十来万、扩展后的市区面积不到六十平方千米的山区城市而言，路途确实是远了些。难怪对方执意要派车来接她了。好在司机有礼貌，说话的声音又好听，孙舒雅倒也不觉得厌烦。只是，早知道他们要从城北穿城而过到城南，她中午就干脆不回城北的家，直接待在城南的训练营午休了。

孙舒雅的训练营全称是"艾迪尔写作能力训练营"，"艾迪尔"是英文"创意"的译音。不过，她的训练营教的不是"创意写作"，而是中小学生写作辅导。训练营是她儿子潘富裕开办的，师范大学毕业的潘富裕错过了两次公开的教师招聘，一气之下就干脆办起了辅导班，用她的名字注册了一间教育信息咨询服务公司，公

司和训练营的名字都叫艾迪尔。不错,艾迪尔就是孙舒雅,是她的笔名。艾迪尔这个名字,因为十年前一部长达百万字的历史小说《甲骨密码》被很多人铭记。这个名字在这个城市太响亮了,不用起来实在有些浪费。知名作家、窦州唯一的全国人大代表,光环耀眼到无以复加。

然而,孙舒雅的生活却是满地鸡毛。满脑子封建思想的丈夫潘水青、因为恋爱问题总是跟她翻脸却又要依靠她的独子潘富裕——他的那些女朋友只要在她面前露个脸,她一眼就能看出她们的原形——除了身材和脸蛋,一点教养都没有,潘富裕却总是将她们捧得像天仙,动不动就为了女朋友的事跟她玩离家出走的把戏,真是让她恨铁不成钢。这父子俩是她生活寂寞压抑的源头。还有天遥地远地托她卖什么古董铁木门的亲弟弟孙军华,说是她人脉广,随便搭个嘴都会有人屁颠屁颠为她效劳,这简直就是无知妄言。她不过就是一个赤手空拳闯出了一片天地的弱女子,凭着比别人多不知多少倍的努力才活成今天的样子,哪里经得起过多的吸附?

还有给她一些小恩小惠就寻机骚扰她,要邀她一起出去"玩玩"的无良男友黎木子,他就像勾搭王熙凤的贾瑞,只可惜孙舒雅没有王熙凤的杀伐果决……

凡此种种遭遇,简直数不胜数。别人看到的永远是她光鲜亮丽的一面,而看不到她背后那些难与外人道的种种不堪的境遇。

她希望老天爷会赐给她奇遇,让她可以远远地摆脱这一切。

今天,这位终于正式约见她,而她一直只闻其名未见其面的礼之本集团公司的董事长,会给她带来奇遇吗?

一念及此,她忽然发现自己乘坐的宝马车已经减速驶进了一道院门。令她大吃一惊的是,那道掩映在两簇紫色三角梅花荫下的院门,竟然是她无数次路过的地方,与潘富裕的艾迪尔训练营隔河相望!

"华姐带你上去见董事长。"司机回头,面带微笑,用好听的男中音对她说。她恍惚间觉得这个司机不是司机,而是个随时准备勾引女性的妖孽。想一想什么样的女老板才会用像妖孽一样的司机,自觉也曾见过世面的孙舒雅竟没来由地有些激动起来。

就在一周前,孙舒雅忽然收到一条陌生的手机短信:尊敬的孙舒雅主席,我们董事长想约您见个面,跟您商量一些事情,请问您下周末可否抽时间?盼见信回复。谢谢您!礼之本文化传媒集团小李敬字。

小李就是这个长得像妖孽的年轻司机。

这条短信,她重复看了无数次,甚至一个字一个字地斟酌过。开头的敬语让她心里特别舒服,对方对她的称呼恰到好处,可见对她不是一般的了解。董事长亲自约见而且要跟她商量一些事情的话,结合落款中的"礼之本"更让她浮想联翩。要知道,礼之本文化传媒集团可是省内数一数二的大企业,而且是文化企业。

无数次的猜测和权衡之后,她回了短信:"可以先透露一下是什么事情吗?"

小李回复:"短信说不明白,见了董事长您自然知道。如无时间冲突,我下周再联络您。"

她只能回了句"好的"作罢。

今天上午十点钟左右,她就接到了小李打来的电话,约了下午来接她。

经过就这么简单。

"孙小姐,请跟我来。"一声悦耳的招呼打断她的思维,抬眼间,一名衣着得体、样貌清秀的年轻女子已站在她的侧前方,朝她做了个"请"的手势,引导她穿过前院,径直往可以直达二楼的室外楼梯走去。

院子不小,弥漫着一股桂花的香味。院门连接一楼大门和直上二楼室外楼梯之间的两段路,都是两米宽的青石板路,路的两旁种着一些她说不上名字的植物。其余通往各个角落和后院的路都是鹅卵石小径。靠近外面公路的院墙边,种有两棵她认识的美丽异木棉,只是现在不是开花时节,散发着香味的桂花树就长在两棵美丽异木棉之间。左手边是停车棚,车棚上爬满了她说不上名字的藤状植物,也开着紫色的花。这些花的颜色让她无端想起了"紫气东来"四个字。车棚里有四五个车位,只在最里面停了一辆黑色奔驰。右手边有片小树林,种的是龙眼和荔枝。此外她认识的植物还有紫荆和凤凰。小径旁都摆放着修剪得很好看的盆景,其间有几盆也是开着紫色的花,看起来都是名贵品种,这让整个院子看起来弥漫着一股尊贵之气。且各种花草树木搭配着种植,保证一年四季都有鲜花绽放。庭院打理的匠心由此可见一斑。

来不及细细欣赏、辨认,她们已经到了台阶上。

跟院子里的青石板差不多颜色的大理石台阶,看不出材质的古铜色护栏,透明的遮雨棚。二楼室内是接待室摆设,沙发、茶几、屏风、倚墙而放的书柜、花架等,一色的红木。通往里面楼梯的过道上铺着深红色的地毯。随意扫一眼,一屋子的陈设古色古香,贵气十足。

她们没有在二楼停留。

"因一会儿有远方的客人过来,所以老板娘在玻璃屋等你。"华姐不称董事长,称老板娘。

"玻璃屋?"孙舒雅禁不住脱口而出。

"玻璃屋就是老板娘的健身房,除了教练和因工作需要来这里的公司职员,外人是不准进去的,老板娘也是第一次在玻璃屋接见客人。"华姐特别认真地解释,更让她觉得这次会面异乎寻常。

"哦哦,在哪儿都没关系。"孙舒雅故作随意地说。

至于什么客人要郑重其事留出客厅做准备,又要做什么准备,就不得而知了。

疑虑间已经上到了三楼，鲜花、盆栽和百香果树环绕在二楼顶黄金分割的位置，一座透明的玻璃屋突现眼前。虽然是透明的，但是从外往里看什么也看不见，明显是那种特殊玻璃。

进到里面，孙舒雅忍不住透过玻璃往外看了一眼，果然——外面的一切一览无余。她忽然就想起了自己视察过的公安局的审讯室和监狱里的观察室，里面的窗户刚好跟这里反了过来——从内往外看什么都看不见，从外往内看则一览无余。

走进里面，在第一道门与第二道门之间，有间小小的接待室，放着简单的沙发和茶几。华姐站在第二道门口，毕恭毕敬地朝着里面说："孙小姐到了。"

"进来吧！"里面传出的声音温柔至极，连女人听了都如沐春风。

抑制住内心的激动，孙舒雅暗自深吸了一口气，调整了一下自己的情绪，以自我感觉最落落大方的仪态走进了一间水晶宫似的房间。

二

一个穿着红色连衣裙的女子正倚靠着银白色的沙发扶手看文件，她的身后站着一位身穿深色干练西装的帅气男职员，见她们进来，女子微微颔首，说："坐吧，等我五分钟。"继续埋首工作。

孙舒雅舒了口气，五分钟足以让她平复所有的心绪，从容下来。

整间屋子大约二十平方米，通而不透的玻璃墙面，用金色的挂钩钩着的浅啡色的落地纱帘，看起来就像墙面装饰。米黄色的布艺沙发，银白色的雕花扶手，米黄底、浅啡色图案的欧式地毯，与玻璃墙面上的浅啡色纱帘互相呼应。镶金边的玻璃茶几上面放着欧式的咖啡杯套装，茶具也都是白色镶金边花纹的陶瓷系列。角角落落都透着一种干净、清爽、温馨的气息。

"我这里只有红茶、咖啡和牛奶，你喝点什么？让华姐倒给你，她很会泡奶茶，你可以试试。"女主人头也未抬地说道，既像招呼她，又像是吩咐她的华姐。

"好的。谢谢！您忙，不用管我。"孙舒雅赶紧微笑着说，顺势开始认真地打量起面前的女子。红色是极容易被人穿俗的颜色，但穿在这个女子身上却别有韵味，布料是极轻薄飘逸的蚕丝面料，里衬闪着柔和的光泽，应该是缎面的，袖子和裙摆是不规则的，手臂稍微动一下衣袖就会飘起来。与众不同的是，女子的左手手腕处还戴着一个漂亮的、与裙子颜色一样的蕾丝护腕，非常别致。女子的脸上化着精致淡雅的妆容，白里透红的脸蛋，口红的颜色跟裙子的颜色相得益彰，乌黑的秀发随意披在肩上，清纯、美丽又透着掩藏不住的妩媚娇艳，整个人坐在那里就像雪地里的一株红梅。孙舒雅忽然想起华姐刚刚说的"一会儿有远方的客人过来"的话，那个客人是位男性吗？一念及此，竟然有些恍惚。

她想象中礼之本文化传媒集团的董事长，应该是年龄至少五十岁、雍容华贵、富态尽显的中年女性，而眼前的这位女子却这么年轻，年轻到让她怀疑自己见到的是位假董事长。

"好了，就按这个方案去做吧。"女子终于抬起头，将手中签好字的一沓资料递给身后的年轻帅哥，年轻帅哥毕恭毕敬地接过，然后不经意地朝她点了点头，径直出去了。

"你也去忙吧，我跟孙主席单独聊会儿。"女子对泡好了奶茶、一直垂手立在一旁的华姐说。华姐帮两人续好杯子里的茶，说了句"有需要随时叫我"就出去了，并顺手关上了门。

"你好,我是向敏之,认识一下。"向敏之站起身朝她伸出手,袖子也随之飘了起来。向敏之的手不是柔弱无骨的那种,而是软中有硬,握得很有力。

"没想到向董事长这么年轻美丽!"孙舒雅由衷地说。

"哈哈,不愧是作家,说话就是不一样。"向敏之爽朗地笑了笑,气氛一下子轻松起来。

"休息时间打扰你,很不好意思。"重新落座之后,向敏之简明扼要地说明了约她前来的目的:她要请孙舒雅写一部向氏先祖的传奇,向敏之提供相关资料并口述补充,由她整理并合理虚构,体裁定位为纪实文学。从现在开始,她们一个月见一次面,每次见面孙舒雅都要带来前一次见面后整理出的创作大纲,有初稿最好,但不强求。全书拟用三年时间写完,出版时字数不超过三十万。每年二十万稿酬,同意的话今天就预付十万,初稿完成付一半,付印前结清稿酬,出版及其他相关事宜均不用她费心,但尊重她的意见并由她主导。

一个字两块钱,对于一个远离文坛一线的基层作家而言,再没有比这更理想的稿酬了吧?只是她的原则是故事非精彩不动笔。

"您确定故事会精彩吗?您知道我……"即使已经为这样的稿酬心花怒放,她还是要维护一下作家的自尊的。

"我知道你有你的原则,从不会单单为了报酬写作。"向敏之微笑着打断她的话,"不瞒你说,年轻的时候,我也是一名文学爱好者,甚至当过一段时间的作家,那时候我常用的笔名是'子曰'。所以,我敢保证你会感兴趣……"接着向敏之还说了她分别委托两个最得力的私人助理,在互相完全不知情的情况下,最后从五十多名知名作家中选中了她的经过。当时她的两名助理不约而同选中了三名作家,其中一位还是很有名的网络作家,最后因为孙舒雅的一个经历和她全国人大代表的身份影响了向敏之的选择。向敏之本身

也是省一级工商界的代表,对于在省两会期间列席过省人大会议的孙舒雅有印象,这样就多了一层惺惺相惜的意思。

"你知道我为什么放弃写畅销书的一线作家,最终选择了你吗?"向敏之若有所思地看了她一眼,问道。孙舒雅有些茫然地摇了摇头,她实在想不出自己有什么特别出彩的地方。"因为你为了采写自己感兴趣的人物故事,曾经在采访提纲后面书面承诺不以任何理由谋取任何采访之外的利益。而据我所知,你所有的采访都会有这个承诺,只要你认为有价值的内容,从来不讲报酬,也从不收任何与采访有关的红包。因为这个,你曾经被同行孤立,备受非议……"向敏之还说了些什么,孙舒雅没有完全听进去,因为她已经被感动了!有种遇到了知音的感觉。只有她自己知道,正是那些曾经的"舍",让她进入地方政府领导层的视野,为她赢得了一系列文学之外的光环。

《瓦尔登湖》的作者梭罗说:"一个人越是能够放弃一些东西,越是富有。"她一直深以为然并身体力行。面对所有的荣誉,她都是坦然的。因而面对任何失去,也都能淡然处之,真正做到了"得之坦然,失之淡然"。

"当然,你有一周的时间考虑。"向敏之看了看表说。

"不用考虑了,我现在就答应您。"

"好!如无特殊情况,我们下周再见面,开始第一讲如何?"

"好!"

"那么,我现在就让小李送你回去,他会将预付款给你。我们下周见。"向敏之将她送出门外,吩咐正在门口浇花的华姐将她送到楼下去。

"等一下!"正要正式握别的时候,孙舒雅忽然说,"我还有个……有些冒昧的想法……我可以参观一下这里吗?"说完这话,她的脸都红了。

"当然可以！老实说你想参观我的院子，让我深感荣幸。但不是现在，下次好吗？下次我让小李提前去接你。"说完又下意识地看了看手表。

"好！一言为定！"

三

一周后的周六一大早，小李就兴致勃勃地打来电话，说他半小时后到孙舒雅家小区门口接她。

向敏之很守信，除了她的两间私人卧室，其余房间的门都是敞开的。

这栋带前后院的别墅就叫"敏之园"，牌匾挂在一楼大门的门楣上方，是一位大书法家题写的。站在院门口目测整个院子的面积大约有六百平方米，主体建筑和院子，占地面积各一半。一楼的大客厅足有七十平方米，进门是一道高大的棕色屏风，墙壁上很有匠心地挂着字画。中间是一个舞池，螺旋形的楼梯前面置放着宽大豪华的七件套真皮沙发，自带整套茶具的茶几是日常接待的地方。大客厅的整个色调是高级棕色，连窗帘的花纹都是棕色。

大客厅旁边是小客厅、小茶室、书房和休息室。

小客厅是大客厅的缩小版。

茶室的四壁摆满了茶，各种普洱、红茶、绿茶和安化黑茶各占一个区域，里面的太师椅和煮茶泡茶的长方形桌子，以及摆放茶叶的格子架等家具都是黄花梨的。

书房的四壁都是书，书柜和书桌竟然都是金丝楠木的，书多得像图书馆，房间黄金分割的位置放有一张大大的写字台，上面笔架、笔墨、砚台和高档写字毡一应俱全，居中背靠背放着定制的木沙发，材质也是金丝楠木的。

休息室里只放了几张真皮沙发，墙角放着音响，壁上挂着吸音挂毯，正前方的墙壁上挂着一副对联："醉爱诗书画，静赏松竹梅"，对联中间挂着一幅写意梅花。

一楼所有房间的墙上都在适当的地方挂有名家字画，家具都是少见的名贵木材制作而成，给人的整体感觉就像中国传统家具展览馆，一桌一椅都透着讲究。

参观完一楼所有的房间，然后回到大客厅，沿着螺旋楼梯拾级而上，楼梯一直延伸到大门上方的阳台。阳台镂空的护栏后面是宽阔的走廊，自上次经过的楼梯那里一分为二，东头和西头各五间朝南卧室，中间是上次见过的接待室，接待室两旁的两间卧室的门关着，其余的门都开着，每间卧室的装修都是欧式风格。

三楼的玻璃屋大约只有楼下建筑面积的一半，只有一大三小四间屋子，除了茶室外面的小接待室，其余房间都有独立的门和窗，其中一个小间就是上次她跟向敏之见面的茶室，再往里的大房间是向敏之的健身房，里面有游泳池、练拳击和瑜伽的开放式场地，四周放着各种长势茂盛的花草盆栽。大房间另一头的小房间是教练房。对着大健身房外面的空地上有一座小亭子，亭子上挂着"陶然亭"的牌匾，陶然亭旁边有座小小的假山。站在陶然亭上俯瞰整个院子才发现，后院比前院要大，后院里有菜园子和荷花池，荷花池的水不知从哪里引来的，居然是流动的活水，水渠就在院墙边，一直通到外面的锦江河，看得出里面养有鱼。锦江河对岸，潘富裕的艾迪尔训练营所在的小区一览无余。

没有人引导，也没有人介绍，孙舒雅从一楼逛到三楼，又从三楼逛到院子里。她努力想将院子里那些叫不上名字的植物看清楚一些，结果就发现在宅子的一侧与院墙之间竟然有一道用来隔开前院和后院的大门。她好奇地走过去，惊讶地发现，那两扇门不是一般的门，而是铁木门，与她弟弟孙军华发给她的图片上的古董铁木门一模一样！她按捺住自己狂跳的心，一寸一寸对着手机里保存的照片仔细查看——没错，是一模一样，连门闩位置上方的弹孔都一模一样。而门框和门槛则是她不曾见过的光可鉴人的黑灰色花岗岩材质。

难道这世上真的有两副一模一样的铁木门吗？

孙舒雅惊异不已，怔怔地坐在冰凉的花岗岩门槛上，一时间竟然连站起来的力气都没有了！

"孙主席，我们老板娘回来了，叫您过去呢。"华姐的声音打断她的遐想，回过神来，她看见华姐正站在她的侧前方等着她。

孙舒雅跟随华姐来到一楼小客厅的时候，一个高高的身着白色T恤、黑色西裤的英俊男子正好从里面走出来，一个照面儿又让孙舒雅的心狂跳不已。

"这不是省里的香子烨书记吗?!"她在心里惊呼一声，差一点儿就要回过头去打招呼，但是对方显然没有认出她，只冲她礼貌地点点头就跟她擦肩而过了。

"难道看错了？今天是怎么了？老出现幻觉！"她下意识地甩甩脑壳，将自己思绪拉回现实中。

一身白色蕾丝连衣裙的向敏之，脸上明显的潮红还没有退去。这次她的左手臂上带的还是与裙子同颜色的护腕，不同的是护腕上绣了一朵金玫瑰，颜色与腰际香槟色玫瑰图案的腰带一致。

难道刚才从这里出去的男子是她的情郎？老夫老妻是断不会如此了吧？更何况她通过特殊渠道查到的向敏之的个人信息是寡居状态。而刚才那个男人跟她认识的省里的香子烨书记简直一模一样，五官、身材甚至走路的样子都一模一样。她记得自己曾多次和香书记参加同一个会议，每次香书记都会被介绍成"高大英俊的香书记"，关于香书记的传言也很多……但如果真的是香书记的话，就

没有理由不认识她呀，毕竟她跟香书记有过很多次交集，香书记还曾经为她的一本新书主持过研讨会。

"孙主席到了。"恍惚中她听见华姐说，一如既往的恭敬让她对今天的情景充满了怀疑。

"快进来坐！这是刚刚泡好的茶，普洱三剑客之一的冰岛传奇，女性茶友最喜欢喝的。华姐你去把我房间里的点心拿下来。"向敏之热情地招呼着，小女儿情态与她上周见过的董事长形象判若两人。心思敏锐的孙舒雅确定眼前的这个女人正处于热恋状态，她的心里竟然有些莫名的嫉妒——或者是羡慕吧？老天爷怎么可以如此偏心呢？在男女情事上，她要是拥有向敏之十分之一的幸福都满足了。

"向董心情很好呢。"孙舒雅深谙"在什么场要捧什么场"的道理，她故作认真地上下打量了一番向敏之，夸张地说："老天爷真是太偏心了，向董不仅人长得貌若天仙，还这么会打扮，还让不让我们这些凡夫俗子活了呀?!"一语未了，向敏之早被逗得笑成一团，就差像林黛玉一样找个怀抱趴过去了。

"瞧你这张巧嘴，才华横溢也就罢了，还这么会恭维人，还让不让我们这些庸脂俗粉活了呀?!"

"哎哟哟，您可不是庸脂俗粉，您这么说真是……真是让我，情何以堪……"

最后还是华姐的归来，打断了她们的互相吹捧和打趣。华姐拿了一盒很特别的松子蛋糕，还是热的。向敏之顺手切了一小块儿给她，松软清香，甜而不腻，简直是人间美味。茶是她曾经为茶叶公司的征文写过软文的冰岛传奇。向敏之说她平时只喜欢喝湖南安化的黑茶，特别是那种泡蜂蜜的天尖茶，其次是有金花的茯茶，偶尔也用英德红茶做成奶茶来佐点心。只可惜大家都还是更喜欢历史悠久的普洱，所以别人送她茶也大都是普洱。两人聊了一会儿茶，末了，向敏之盼咐华姐准备两盒她珍藏了很久的桑茯茶给孙主席一会儿回去的时候带上，给家里的老人喝，说是对降四高很有效果。眼见话题聊得越来越远了，孙舒雅不得不提醒她说："我们还是言归正传吧。"

"好吧好吧，言归正传。"向敏之也意识到自己过于兴奋了，有些羞赧地收住话头，沉吟半晌才询问道："我想了两个口述的顺序，一是从我自己的童年印象开始讲，二是从向家最辉煌的时候开始讲，你帮我确定一下。"

"不如就从您院子里的那副铁木门开始讲吧，那是过去才有的东西，应该有故事。"

"铁木门？你见到我家的铁木门了？"

"还有像镜子一样的石门槛和门框，都是难得一见的好东西，估计价值连城……"

"难得你有心，的确难得一见！你倒是点醒了我，它们是我的整个童年还有青少年时期的成长见证，也是我们家族最后的荣光……"

口述就这样自然而然地开始了。孙舒雅赶紧打开录音笔和笔记本……

四

向敏之小时候不叫向敏之，叫向金凤。

自懂事开始，或者说自有记忆开始，铁木门和石头门槛门框就一直在向金凤的生活里。那个石头门槛是她整个童年岁月的最爱，有时候小屁股生了坐板疮，"老祖宗"就督促她每天早晚在那门槛上面坐一坐，没几天坐板疮就好了。

向家湾

"老祖宗"是家里唯一的"小脚老太太",是个很厉害的女人,她的故事本书会有专门的章节讲述。夏天天气太热,向金凤就趁大人们不在家的时候躺在门槛上面休息——大人们在家是不敢的,每次在门槛上睡觉被老祖宗看见都要挨骂,告诫她门槛上是不能睡觉的,一是对什么神仙不敬,二是容易着凉,三是不雅观。还有那个宽宽的石头门框,她完全拿来当镜子用,对着门框梳头,自己跟自己做鬼脸等,总之是她的小乐园。那两扇铁木门,每天晚上她都要费好大的力气才能关上。特别是那门闩上的暗闩,是家里的秘密,不但外人不知道,就连大姑、小姑、幺叔也不知道。

然而好景不长,父亲的煤矿出事了——关于向敏之父亲和母亲的故事,本书也会有专门的章节讲述。煤矿死了人,他们家一夜之间从天堂堕入地狱。记不清是哪一年的哪一天了,小金凤回到家,发现家里什么都没有了。电视机、电视柜、录音机,还有那些供乡亲们来家里看电视时坐的长条凳,全不见了。屋里屋外都空空的。她像往常一样拿着书本,准备去那高高的凉凉的石头门槛上写作业,才发现他们家的大门都不见了——放学回家的时候她没有留意,以为不过是敞着门而已。

那门上面的弹孔和刺刀印,曾经无数次激发起她幼稚的联想……而现在,它们都不见了!

父母亲也不在家,只有老祖宗一个人坐在堂屋里垂泪。

她呆呆地坐在没有了门槛的门槛地上,惶然不知所措。

很久以后她才听大姑小姑说起那副大门是被人用卡车拉走了,说是父亲欠了人家的钱,抵债了。说那副大门很值钱,不仅抵了债,还剩下三百多块,具体抵了多少债,他们不知道。到底是谁拉走了,他们也不知道,反正不是本村本镇本县人士。有说是山那边的湖北人弄走了,还有说是山那边隔壁县的人拉走了。她还听大姑说她们家的门槛和门框不是一般的石头做的,是花岗岩做的,是金凤的"老公公"（高祖父）在民国初年的时候从很远的地方运回来的，那时候向家大院刚刚扩建，"老公公"的煤矿和石灰矿开得正红火，特地花了大价钱定做，用来镇宅的。

很快，敏感的金凤就发现过去把她当公主宠着的乡邻们，见了她远远地就躲开了。有一次她去龙井边洗菜，听见正在龙井出口处洗衣服的孙家婶娘说，她们向家算是真的完了，那副大门据说是铁梨木的，大家见都没有见过的木料，当年日本兵差点用上大炮了，最后硬是没有弄开，他们家传了好几代了，是镇宅的，还有那门槛，足有半人高了，现在……看见她走过来就住了口，改为窃窃私语了。

不知道过了多久，金凤的父亲和母亲才回到家，小金凤见到他们的时候，只觉得父亲和母亲的样子跟以前完全不一样了，具体是哪里不一样，她又说不上来。她很害怕，又说不出为什么害怕和害怕什么。对家里发生的一切，老祖宗和父母亲都对她只字不提，她也不敢问。

那是一段极度贫穷艰难，不堪回首的岁月……

向敏之讲述完自己童年故事的时候，已经是中午。俩人预约好下一次见面的时间，孙舒雅就离开了。

五

回家后孙舒雅连夜将第一次与向敏之聊天的内容整理成文字，她强迫自己不去做多余的联想，打算先按照向敏之口述的节奏将素材整理好，然后再从中去发现和提炼一些有用的内容进行统筹整合，最后才进入全新的创作。而不是像向敏之要求的那样，这么早就拟出创作大纲。

15

就是说，这一年的时间里每个月一次的"聊天"之后，她唯一要做的都只是收集和整理素材。她想在下一次的聊天时把这个想法跟向敏之交流一下。

忙完这些"额外的工作"，一切又回到日常琐事中了。孙舒雅打算找几本写家族故事的小说或名人传记的书回来仔细研究一下，酝酿一下这个家族传奇的结构，没想到被两通电话打乱了计划。

因为不想待在憋闷的家里，孙舒雅每个星期的周末都会找个借口去工作室住。得知她经常住在工作室之后，黎木子每个星期都要问她几次"今晚去工作室吗"？遇到几次她"出差在外"的回答之后才没有问得那么勤了。她是想他知难而退，她不是他的"菜"。

有时候她很是想不通，男人在追求女人的时候从来不考虑自身条件是否般配，就像《红楼梦》里那个不知天高地厚的贾瑞，竟然敢对王熙凤有非分之想一样。过去很长的岁月里，她一直不理解王熙凤为什么一定要置贾瑞于死地，总觉得王熙凤太狠毒，贾瑞太可怜。关于这个为什么，连《蒋勋说红楼梦》节目中的知名教授蒋勋也表示不理解。而随着年龄的增长，她真的理解了。那些不自量力的不对等的追逐，对于被追逐的一方，不是一般的轻慢，而是侮辱。王熙凤将贾瑞对她的调戏当成了侮辱，所以必须除之而后快。

男女之间的感情，有就是有，没有就是没有。这跟"优越感"或者"悲悯"没有关系。尤其是"悲悯"，跟两性关系和爱情是风马牛不相及的事情。

她起先不知道黎木子有生理障碍，但是黎木子本人应该是了解自己身体的。黎木子是位生意做得很大的私企老板，有很了不起的过去。但世俗观念中，一个男人的生理障碍是任何成功都无法弥补的……她以为两个人就这样慢慢冷淡下去等待无疾而终就行了，对于不以婚姻为目的的爱情来说，无疾而终便是善终。没想到上周开始他又在问她"有空去工作室了吗"。她一句"在广州出差"就封住了他的嘴，再问她什么时候回，她就懒得回复了。其实她那天晚上就住在工作室。

　　这天，她刚到工作室就收到黎木子的微信，问她在忙什么呢。她知道他的目的不是要知道她在忙什么，而是想知道她有没有空去工作室。她觉得很无聊，就没有回。没想到半小时之后，他竟然又留了两个字"电话"，她还是没有回。既然不是以爱情开始的，又何必玩这些与爱情有关的把戏呢？至于性伴侣，他明显不是合适的人选。她可不想让自己"堕落"，女人的"堕落"也是要心甘情愿才行的。当然她也不想伤害黎木子男人的自尊，她只希望他能有自知之明，懂得知难而退。如果他们是情侣，她还有必要认认真真地跟他说清楚，说他们不合适，做个明确的了断，以免误人终生。但他们不是，所以她觉得最好的方式就是"冷处理"。每当这种时候，她就特别羡慕向敏之，羡慕她那样的年纪还拥有脸热心跳的情爱，如同诗经里的爱情一样，那么纯粹高雅。

　　半小时之后，黎木子的电话打进来了。她任手机响着没有接听，等手机自动停下来之后回了个微信，说了句"刚才没听到手机响，才留意到"，然后留了句"有事留言，回头再聊"就关了手机。冷静想想工作室没有装座机，身边又没有其他通信工具，担心有人真有事联系不上她会误事，就又把手机开机了。

　　"接电话，我有事想跟你商量。"黎木子继续留言。

　　"不方便。你留语音，我一会儿再听。"孙舒雅不觉得他有什么重要的事需要来跟她"商量"，那是关系非常亲密的人之间才会发生的事情。

　　"哦，那就算了吧。"黎木子终于偃旗息鼓了。

　　她希望他真的就此"算了"。

　　跟黎木子这样微信聊天的时候，孙舒雅正一个人待在工作室的书房里发呆。

- 曾经，孙舒雅很担心自己风华正茂的年纪就断绝了性事方面的滋养而导致内分泌失调，就是那种中医说的"阴阳失调"。担心"失调"会导致诸如皮肤干涩甚至长色斑，令自己面无光泽、性情暴躁等。有这些特征的女人，她可是见得多了，她不喜欢。她喜欢一眼看上去就很滋润的满身灵气的女人，那是任何昂贵的化妆品或者首饰都装扮不出来的。她不想自己过早枯萎，她需要男性精气的滋养。也正是基于这种富有迷信色彩的担忧，她才给了黎木子乘虚而入的机会。哪知他看起来一副志得意满的样子，在性事上却那么不济呢？她甚至由此产生了对中老年男性的轻视，想一想自己年少时曾经对年长的男性充满依恋和崇拜，就觉得不可思议。

- 可是，向敏之为什么可以例外呢？她的情人到底多大年纪了？她那天在敏之园遇见的那个男人到底是谁呢？那么像香子烨！他真的不是香子烨吗？那他是谁……

不能再继续胡思乱想了，她有太多的事情要做。至于男人或者爱情，就顺其自然吧。什么"阴阳失调"都见鬼去吧！

刚准备调整心情去写搁置太久的学术论文，静得出奇的屋子里忽然又响起了手机铃声，她看了看来电显示，竟然是老弟孙军华的。

"姐，是我。"

"你……这么晚了，有事？"

"我在广州了，大约明天一早到窦州。"

"啊……这么突然……来干什么？"

"我的古董，就是那副铁木门卖掉了！买家就是你们窦州的，估计你可能认识……三百万呢，我到了你那儿再细说，你给我安排好住的地方。"不等她回话就挂电话了。

她一时没有回过神来。三百万！窦州这样的边陲小城，哪个玩收藏的能一下子拿出这么多钱？她忽然想起先前又打电话又留言跟她说有重要事情想跟她商量的黎木子,她忽然想起黎木子也喜欢收藏,难道……他要商量的是这件事?不可能呀!

没有这么凑巧的事情吧?她疑惑着翻出通话记录,直接从未接来电中拨出黎木子的号码。对方关机了。

六

这一次来接她去敏之园的不是小李,而是换了另一个自称是小张的司机,一样年轻帅气,说话的声音也很好听。

向敏之还是在她们第一次见面的玻璃屋接待她。

向敏之这天穿了一套款式很洋气的藕荷色长袖连体服,恰到好处的腰际线很显身材,颈项间佩戴的铂金链上挂着一个镶满碎钻的吊坠,在玻璃屋通透的光线下熠熠生辉,给人一种她坐在哪里哪里就蓬荜生辉的感觉。她的确是一个气场强大的女人。

向敏之面前的茶几上放着一大摞资料。

孙舒雅将上次访谈的整理稿递给她,加了句"基本原汁原味,没有任何虚构成分,您主要看看内容有没有出入"。

"好!我现在就看看。"说着就翻阅起来,孙舒雅刚好利用这个空隙细细品茶。向敏之一边浏览着一边不时微微颔首,间或指出需要修正的地方,孙舒雅都用笔一一记下。

末了,向敏之将一大摞资料推到她面前,说:"父母亲往上,几位重要祖辈的故事,这些资料里面基本都有一些,你回去好好整理一下,不清楚的地方列成提纲给我。"

"这样就太好了。有电子版吗?"孙舒雅想的是如果有电子版,创作的时候可以直接套用。

"没有电子版,这些资料都泛黄了,照片都是黑白的。"向敏之

指了指那些资料,继续道:"你看的时候也要小心,纸张都很脆了,一会儿你和小张一起全部处理一下,可以过胶的过胶,那样可以长久保存……"孙舒雅这才发现那些资料的纸张都泛黄了,有的已经被虫蛀了,有的一碰就掉灰甚至碎了。她后悔刚才问有没有电子版的冒失,因为这些资料上面的字都不是现在的电脑打印出来的,大部分是繁体字,是用那种手动打印机打印的。她下意识地嗅了嗅味道,果然有一股年深月久的霉味儿,是难得的历史资料。

"这些资料太珍贵了!"孙舒雅由衷地感慨。

"你上次在楼下看到的那副铁木门,是我凭着童年时的记忆让人定做的,材质一样,但到底不是真品……"停歇了半晌,向敏之有些神情黯淡地说:"这些年,我一直在找我们家那副铁木大门,传承了近百年的铁木大门,差点被日本兵用炮轰的铁木大门,一直没有找到……"

"您一直在寻找……那副铁木门?"孙舒雅情不自禁地问。

"是啊,我还让公司宣传部发过英雄帖……"向敏之好像想起了什么,陷入沉思……

铁木大门不见了之后的很长一段时间,无论是漂泊不定的打工岁月,还是安定下来的平淡日子,午夜梦回,萦绕脑海心间的都是那副不知所踪的铁木大门。当她从向金凤变成了向敏之,从昔日的打工妹和"外来媳妇"变成了事业有成的女企业家,无法释怀的她终于开始了漫长的寻找。先是找遍所有健在的老亲戚,按照他们提供的蛛丝马迹轻车简从、跋山涉水,每次都是乘兴而来、败兴而归。然后是借助互联网、高科技,广发"英雄帖",悬赏从十万到百万再到几百万,投入大量人力物力,连古董界都被掀起几场风雨,无数信息和实物纷纷涌向"礼之本"集团的各地分部,却没有一个是真的。

"结果到底如何呢?"孙舒雅察觉到了向敏之的神情,有些忐忑地问。在见到老弟和他说的古董铁木门之前,她不敢造次。

"英雄帖发出去之后,公司收到很多反馈信息,但是发来的铁木门图片,没有一张是我要寻找的。"向敏之回过神来,不无感伤地说。

"这样兴师动众,那个东西真的很重要吗?抗战岁月,很多珍贵的东西都被毁了……"孙舒雅是真的难以理解。

"那是我整个童年记忆,是我们家族辉煌和耻辱的见证,你不是我,自然不会理解了。"向敏之宽容地说,"对了,在窦州文化界,你也算是数一数二的人物,一定认识那些玩古董的朋友,平时也不妨帮忙留意一下。我不相信在这个世界上真的有东西会消失得无影无踪。"向敏之的语气里充满了不甘心。

"这个一定。"孙舒雅想也不想地回答,"您不说我不知道,您说了我一定加倍留意,希望您早日达成所愿!"她当然想起了老弟刚刚卖出的古董,她说的是真心话,决定回去跟老弟好好谈谈,将卖出去的东西再找回来——冥冥之中,她竟然有些认定老弟卖出的古董铁木门就是向敏之家的"镇宅之宝"了。

从敏之园出来后,孙舒雅让小张直接把她送到窦州城最大的酒店——窦州国际大酒店,她要为千里迢迢来报喜的老弟孙军华接风洗尘。

到达窦州国际大酒店的时候,孙军华已经在她一早预定的包房里候着了。让她意想不到的是黎木子竟然也在。另外还有一男一女,男的她认识,是窦州市收藏文化学会的会长劳淼。女的很年轻,看她跟劳淼坐在一起的亲热劲儿估计是劳淼的女人,但肯定不是夫妻。孙舒雅平时最不喜欢这种招摇过市的不合法男女关系,尤其是在她的饭局上,她觉得这是对自己的不尊重。趁孙军华和那对男女不注意的当儿,她狠狠地盯了黎木子一眼,实在酝酿不起招待客人的热情,只是尽量客气地打一下招呼。黎木子很识趣地坐到最

下首去招呼服务员点菜,并有意无意地将劳淼的女人引到他的话题上去,将交流的空间让给他们三人。

"姐,你不要生气啊。"老弟贴着她的耳朵悄悄道歉,"你总是忙,我想先请示你都没有机会,这是老弟平生最大的一笔生意,你可一定要帮我!"

"帮你?怎么帮?我对古董一窍不通。"孙舒雅的面色缓和了些,调整了一下情绪,用近乎欢快的语气说:"怎么个情况呀?你们怎么碰在一起了?"

"缘分缘分,有缘千里来相会。军华老弟,你赶紧将我们的事从头到尾原原本本跟你姐汇报一下。"劳淼赶紧摆出一副老大哥的样子接过话头。

"是这样的……"军华喝了口茶,沉吟半晌才说,"我还是从头说起吧……"

七

半年前,一直从事装修工作的孙军华接连几个月都没有接到工程,整天无所事事,抱着个手机不是刷微信就是打游戏。一次偶然的机会,他在朋友圈通过扫码进了一个名字叫"我爱古董"的交流群,有一天偶然碰见大家在群里晒自己的宝贝,他一时手痒就将邻居田老二抵押给他的那两扇铁木门拍了照片发上去。

那两扇铁木门是田老二的爷爷在二十世纪八十年代初的时候从山那边买回来的。田老二的爷爷特别喜欢收旧东西,乡亲们随手扔掉的煤油灯、用不上的算盘、缺了口的青花碗,他都会捡回家去,当宝贝似的收起来。那两扇铁木门,据说是当年田老二的爷爷陪朋友去山那边讨债,欠债的主儿没有钱还,愿意拿家里的东西抵债,田老二的爷爷一眼看中了那个大门，当即怂恿朋友把人家的大门拆了拉了回来。据说当时山那边的那户人家是不肯卖掉大门的，认为那是败家子儿才干的事情。但是田老二爷爷的朋友扬言不还钱就不离开，加上田老二的爷爷一力撮合又加价钱，最后那户人家竟将包括花岗岩做成的门框和门槛在内整副大门一起卖给了他们，除了抵债还剩余了三百元钱，那时候的三百元可不是小数目，是一个国家干部几年的工资呢。田老二的爷爷的朋友是个大老粗，根本不知道那副铁木门的价值，因而不要东西只要钱，不得已田老二的爷爷把东西拉回来后就用自己的积蓄换下了。

后来，那副铁木大门就一直存放在田老二家的老宅里，田老二的爷爷去世后，东西就到了田老二的爹手上，田老二的爹去世了，就到了田老二手里。田老二不成器，从小偷鸡摸狗，不学无术，是村里有名的二流子，田老二的爷爷辈就传下来的古董，到了他手上都被他败得差不多了，只有那副大门，大约是个头儿太大又没有遇见识货的人，所以才能一直留着。后来田老二聚众赌博，输惨了，就拿那副铁木大门做抵押，向邻居孙军华借了三千块钱，留下字据称某年某月某日不能还款就不得赎回抵押品。之后不久，田老二就因入室盗窃失手杀了人被判了无期徒刑。于是，那副铁木大门就成了孙军华的了。

孙军华在古董群晒出那两扇铁木大门之后不到五分钟，群内就有一个微名为"窦州府大小姐"的微友发来好友验证，他一见到"窦州府"三个字立刻就想到了远嫁到广东窦州市的姐姐孙舒雅，他记得姐姐出版的那些书里曾不止一次出现过"窦州府"的内容。再一看还是个"大小姐"，立马就通过了。

"窦州府大小姐"发来的第一句话是："铁木门多少银子割爱？"

孙军华想着自己一年累死累活也就三十来万的毛收入，就随手

打了个三十万的阿拉伯数字过去。不知是粗心还是天意，手机上零的数字键很不好使，他每次都是按两下才出现，结果那天习惯性地按两下就出现了两个零，三十万变成了三百万。发送过去了才发现，孙军华刚想撤回来重新编辑一下再发，却见对方已经回复了一句："可以看看实物吗？你在哪儿？"

孙军华见对方并没有质疑那个三百万，就将信将疑地将错就错，顺手发了个位置过去。

当然，以上的经过，孙军华略过了打错数字的细节。

"你在湖南澧县？真是有缘，我刚好路过湖北松滋，离你那儿很近。我明天就可以过去，你方便吗？"

于是他们第二天就见面了，见面才知道"大小姐"是个男的，跟一个武汉古董界的朋友一起来的，"大小姐"称那个武汉朋友"周大哥"。周大哥很面善，就是太胖了，肚子都快长到跟胸膛连在一起了，一开口就证明他确实是湖北老乡。

"大小姐"名叫劳淼，大约是五行缺水吧。人长得倒是挺周正，就是给人一种很江湖的感觉，说着广东味儿很浓的普通话。

司机是个小年轻，劳淼介绍时称他小陈，人很活泛，对那个"周大哥"言听计从，应是其手下。

劳淼拿出两副干净的薄胶手套，扔给周大哥一副，两个人像大夫一样戴着手套围着那副铁木大门摸来摸去，还用随身携带的放大镜仔细检查，一边摸摸看看，一边不时地点头示意，好不容易看完了才问孙军华："你说的价格是这整副大门吗？包括门框和门槛？"孙军华克制自己的非分之想，淡定地点头，仿佛自己是个行家。

"我要了。"劳淼脱下手套，友好地拍了拍孙军华的肩，"我现在就付订金给你，把你的银行账号给我。"

"啊？好！"孙军华按了按自己狂跳的心口，掏出手机就要将自己平常收账用的银行卡照片发过去。

24

"你先别动,就这样给我对照着输一下号码。"劳淼就着孙军华的手机,对着那张照片,当场用几个银行的 APP 分次转了十万元的订金给他。

然后,劳淼让周大哥叮嘱小陈按他的要求拍了很多照片,特别是一些细节,如有弹孔的地方,拍得很仔细。好不容易忙活完了,劳淼才对孙军华说:"我三天后来取货,这三天就辛苦你帮我看好这几件宝贝了。"

"不如现在就用东西来封一下吧,以防万一。"旁边的周大哥忽然说。征得劳淼的同意后才转头问孙军华:"家里可有大块的塑料或者布匹之类的东西?"孙军华忙说有,他早春的时候买来下谷种用的透明塑料布还是新的。于是四个人一齐动手,将那副铁木门连同花岗岩门框、门槛一起就地包裹起来。末了还做了一些只有他们自己看得懂的记号,才千叮咛万嘱咐地离开。

第三天,劳淼和周大哥还有小陈如约前来。之后不到五分钟,一辆类似集装箱的大卡车开进了村子。周大哥说这辆车专门往返粤湘两地——送货到广东,又从广东与广西交界的地方茂名某地拉纸箱回来的,刚好今天运大米去广东,就把这个捎过去。

毕竟事情太大,为了以防万一,孙军华找来村支书和村主任当见证人,一行五人坐着周大哥的车到镇上的银行。三个银行的取款都是周大哥出面预约的。劳淼分别从三个银行共取出九十万现金给孙军华,孙军华不好拿这么多现金回家,又当场存了进去,在双方的见证下写下收据和欠条,注明余款分两次付清,三个月后付一百万,再三个月后付清尾款。

直到那辆载着劳淼和那全副铁木门的大卡车已经走远了,孙军华都还恍若在梦中。

直到村主任打趣他"快点回去烧高香去吧,你家祖坟冒烟了",他才回过神来……

向家湾 XIANG JIA WAN

"既然你们都已经办妥了,还需要我帮什么忙呢?"看着孙军华完全停了下来,孙舒雅才疑惑地问。她到底是见过世面的人,没有轻易亮出自己这边的信息。

"是这样的,那副铁木大门原来是有主人的,而且它的主人一直在寻找它,我们想要物归原主,希望孙主席能从中牵个线。"劳淼在一旁插话。

"物归原主?还要我给你们牵线?怎么说?"孙舒雅克制住内心的激动,淡淡地问。

"不瞒您说,对方身份很特殊,又正好在这窦州城里,只是从不轻易接见陌生人,全窦州市除了市主要领导,只有您能跟那个人搭得上话……"

"你说的'那个人'是……"孙舒雅斟酌着,到底没有说出向敏之的名字。

"礼之本集团公司的董事长向敏之向老板,她一直住在窦州市,深居简出。我动用了公安方面的关系都没有弄清楚她到底住在哪里,甚至不能确认她是否真的住在华侨别墅区。"

"华侨别墅区?"孙舒雅惊讶地脱口而出。一时间以为是自己搞错了。

"就是二十世纪九十年代窦州撤县建市那一年成立的华侨联谊会建的住宅区,窦州的有钱人基本都住在那里。"孙舒雅知道窦州这个地方有许多深藏不露的富豪,也确实有很大一部分都居住在华侨别墅区。

原来他们并不知道向敏之的具体住处!看来向敏之"大隐隐于市"的功夫的确不错。如此看来,铁木门是向敏之家的也确定无疑了!

"好了,先不说这个,我先将办成这件事的回报说一下:孙主席如果从中牵线,促成我们跟向老板见面,报酬三十万,您可以直接打电话跟她说我们手上有她们家的祖传宝贝……"

一个电话的报酬就差不多是她写整部向家传奇的稿酬的一半。她实在是有些意外，想起向敏之说的曾经发过英雄帖的事情，后悔自己没有多问一句：向家或者说礼之本传媒集团准备花多少银子赎回祖传宝贝。

见她一直没有说话，劳森继续道："孙主席您也不必现在就拒绝或者应承我们，您有整整一个星期的时间考虑，如果一个星期之后您还不能确定是否帮忙，我们再另想办法。"劳森边说边端起杯子，"我以茶代酒先谢过您了！"

"你先别忙着谢我，你还没告诉我，你们打算多少银子'物归原主'给向老板呢。"她忽然想到应该先摸清其中一方的底细再做打算。

"这个……不瞒您说，我们也就打算要她个三千万。"

"三千万？"孙舒雅讶然，感觉自己被贫穷限制了想象。

"这副大门对于向家而言是传家宝，是无法用金钱来衡量的。"劳森一脸认真地说。

"所以你们就帮她用金钱来衡量了？"她抑制住想抽人耳光的冲动，近乎调侃地问。

"当然这只是我们单方面的想法，具体还要看向老板那边的意思，估计一千万是肯给吧。一千万是我们的底线，您的佣金也会按比例增减……"原来他们是打算赚了三千万就给她三十万的，百分之一的佣金而已。他们可真会做生意！

"好了好了，一切等等有了眉目再说吧，先吃饭。"也许是感觉到了孙舒雅的不适和反感，坐在下首的黎木子赶紧转移注意力，"做生意也要看缘分的，孙主席看情况处理就行了，不用太勉强的，先吃饭先吃饭。"

"我还有个问题想冒昧问一下，"孙舒雅不经意地扫了一眼想打

马虎眼的黎木子，认真地说："你们是在找我弟买这副铁木大门之前就知道向家在寻找这个东西的，还是买了之后才知道这个门原来的主人的？"

"这个……这么说吧，"劳淼还是一脸认真地说，"看到军华老弟发的图片我们并不能确认，看到实物的时候很惊喜，但是至今都无法确认，要等向家人验过货确认之后才能谈价钱，现在我们说的一切都只是一厢情愿。如果……孙主席对此有意见，我们也可以共同做成这笔买卖。"

"我怎么越来越发现劳会长更像生意人，不像收藏家了。"孙舒雅哈哈一笑。

"哈哈……我也是爱好而已，赚钱也是为了交流。"劳淼有些尴尬地自我圆场。

"这样吧，我答应帮你们联系，并一力促成吧！"孙舒雅斟词酌句地说，"至于报酬，我一分钱都不要，就当是促成一件好事，具体情况一个星期后再细谈。现在先吃饭吧。"

当晚，孙舒雅就打通了多日不曾联系的小李的电话，说她有事情要在一周内见到向敏之董事长，希望他酌情安排一下。

小李没有细问，只说提前一周预约应该问题不大，让她等消息。

八

"我就在这里等你们老板吧，你去忙你的，不用管我。"孙舒雅无意间瞥见楼下书房的写字毡上铺着一幅没有收起来的字，有些好奇地走进去，对正欲引她到楼上去的华姐说。华姐略微迟疑了一下便由着她了。

28

孙舒雅一直认为练习书法是附庸风雅的事，尤其对没有文学素养只会写"海纳百川"和"有容乃大"等内容的所谓书法家不以为然，对那些如雨后春笋般兴起的各种与书法有关的协会、学会什么的更是嗤之以鼻。但是向敏之的书法她却很是好奇。

很娟秀的字，一看就是出自女子之手。她以为是向敏之临的帖，如《兰亭序》之类，凑近去一看，才发现竟然是一首出自《诗经》的诗：

喓喓草虫，趯趯阜螽；

未见君子，忧心忡忡。

亦既见止，亦既觏止，我心则降。

陟彼南山，言采其蕨；

未见君子，忧心惙惙。

亦既见止，亦既觏止，我心则说。

陟彼南山，言采其薇；

未见君子，我心伤悲。

亦既见止，亦既觏止，我心则夷。

这是一首《诗经》里面的情诗！记得读书的时候，语文老师，甚至相关辅导教材，对这首诗的定位，都诠释这首诗是写女子对情人的思念的。但她从一开始就认为不是，她认为这首诗没有一句是在写思念，而是在写女子从热爱的情人身上得到了万般的宁静，情爱和欲望得到满足之后的宁静。

她的眼前晃过向敏之娇羞、沉静的面孔——只有被深爱过的女人才会娇羞，才会沉静，才会甘甜，才会那么柔和地说话、从容地做事……

她自己深深向往的正是诗经里的爱情。而向敏之居然跟她有如此相似的地方。

"孙小姐，我们老板娘回来了，请您上去呢。"正在遐想的时

候,华姐来叫她了。

楼顶的玻璃屋里,向敏之正在打电话,看见她进来简单叮嘱几句就挂机了。向敏之这次穿了一件湖蓝色的及膝连衣裙,露出线条优美的小腿肚子,盈盈一握的腰间,挂着装饰用的细细的银白色金属链子。她的样子,让孙舒雅莫名其妙地想到了平静的湖水。

"听说你刚才又去参观我楼下的书房了?可有什么感想?"向敏之巧笑嫣然,她永远那么妩媚,仿佛面前坐的是恋人一般。

"那幅字写得很不错。可是有什么故事吗?"孙舒雅巧妙地不答反问,感觉跟向敏之对话都是一种乐趣。

"哦哦,那幅字忘了收起来了。"向敏之仿佛刚刚想起什么似的拍拍自己的头,不好意思地说,"让你见笑了。"

"是真的写得挺好呢!别人都写《兰亭序》或者'天道酬勤''厚德载物',为什么您会写《诗经》里的诗呢?我记得《诗经》没有可以临摹的书法摹本呀。"

"呵呵,有点像采访了,你不觉得诗经里的爱情都很美吗?"向敏之也来了一个不答反问,她若有所思的神情令孙舒雅心中一动,"偶尔想起来就随手练练笔而已。"

"如果您不介意的话,我很想听听您的爱情故事,记得上次您的童年故事已经讲得差不多了。"孙舒雅小心地提议。她似乎完全忘记了约向敏之提前见面的目的。

"好呀,反正迟早都要说到的。既然你提起,我就豁出去了。"向敏之豪气地举了举手中的茶杯,示意她喝茶,果然一副豁出去的样子。

于是,向敏之从她十三岁时的"初恋"开始讲起,一直讲到艰辛而又迷茫的打工生活、不堪回首的第一次婚姻、破釜沉舟的创业传奇……时间就在她的侃侃而谈中悄然而逝,安静的玻璃屋内,除了她时而兴奋时而低沉的说话声,就只剩录音笔轻微的沙沙声了。

"可是，为什么您会选择做婚庆服务呢？"向敏之的讲述已经停了下来，孙舒雅竟然有些意犹未尽地问，向敏之的坎坷经历，让她之前的艳羡心理平衡了许多。

"因为我没有过婚礼……而婚礼……曾经是我无限憧憬的场景。"向敏之的语气充满了莫名的感伤，令孙舒雅心底一痛。她的眼前浮现出一个孤单无助的年轻女孩，在异乡的夜空下没有亲友祝福的洞房花烛夜。

"哦……对不起！"

"我们今天就到这里吧。对了，你还没有告诉我你为什么要提前约我见面，为了你的邀约，我特地提前休假了。"

"休假？这样就太好了！我有重要的事情要向您汇报，汇报之前，您可以带我再去看看楼下的那副铁木大门吗？"

"当然可以。"

简单利索地收拾好东西之后，她们来到了楼下一侧的门口。

孙舒雅拿出拍照功能极好的手机，不漏掉任何细节地给那副铁木门、门框和门槛都拍了照。

"这两扇大门唯一无法仿造的地方，就是这个门闩的暗闩。"向敏之看到孙舒雅从整体到局部每个需要注意的细节都拍好了照片之后，才若有所思地轻抚着门闩说。孙舒雅也伸手仔细地摸了一遍，却不明所以。贫农出身的她实在想象不出"暗闩"的样子。

"暗闩，到底是什么样子的呢？它的原理是什么？"孙舒雅一边摸索地寻找着，一边沉思地自言自语。

"暗闩，顾名思义是看不见的，要靠手去摸，暗闩锁上了，不知道有暗闩的人在里面也是打不开的，就这样用手指往上一顶……"向敏之握着她的手，做了个往上顶的动作，"具体要看见了实物才知道的……你让我带你来看这个，是不是上次拜托你留意的事情有眉目了？"说这句话的时候，孙舒雅明显地感觉到了向敏

31

之握着她的手紧了一下。

"我想亲自确认一下之后再向您汇报。这样吧,我想在必要的时候可以第一时间联系到您。"

"这个简单,把你的手机给我。"向敏之接过她的手机,输入了一串数字,然后拨打了一下,确认接通后才挂了机,"有了消息就直接拨打这个号码,我希望尽快接到你的电话。"

"最快一天,最慢三天。"孙舒雅肯定地说。

"认识你真好!"向敏之竟然情不自禁地拥抱了她一下,紧紧地握着她的手说,"我等你的消息!"

九

窦州市进入十月份后就很少下雨了。天气预报说有冷空气要来,起了几阵风,下了几场小雨,天气明显又凉了许多,真可谓是"一场秋雨一场寒"。

及膝的裙子穿在身上已经有些冷了,孙舒雅穿上了连裤丝袜,原本就修长漂亮的双腿,在薄丝袜的衬托下显得更性感了。她有些自怜地在穿衣镜前流连了一会儿,想起黎木子曾经夸她的腿很美的话,一股不适之感油然生出。她对躺在纸箱里偷窥她的猫主子说:"小主今天要去工作室干活哦,拜拜。"算是同时说给坐在餐桌旁阴沉着脸的潘水清听。

这个家实在是太压抑了,能少待一刻就少待一刻。

开着海钻蓝的本田思域,驶过交通低谷时显得有些萧索的街道,孙舒雅有种逃出樊笼的感觉。

城乡接合部的路灯似乎总比不上城市街道的路灯明亮,以至于到了工作室楼下,孙舒雅才看见有个人影一直在朝马路这边的方向张望,靠近了才看清是老弟孙军华。

"正准备上去换了衣服去酒店找你呢,怎么跑这里来了?"见老弟还提着行李,她疑惑地问。

"住酒店多浪费,你这里又不是没有我住的地方。"刚刚赚了近百万的老弟憨憨地笑道。还是典型的农民式的思维,却没来由地令她心头一酸。毕竟,在这个世界上,除了那个不争气的儿子潘富裕,老弟就是她唯一血脉相连的亲人了。因为父母早亡,又在农村,老弟至今未婚,她这当姐的,本该担起当娘的责任。

没有等她再说什么,老弟已经麻利地协助她用车罩将车子盖好了——她不想让任何人知道自己在这里有间工作室,每次过来都会将车子盖好。收拾妥当之后,孙军华才提了行李,紧跟着她上了楼。

工作室是两室两厅,厨房和阳台都很宽敞。大约是新建房的缘故,看起来比她在市中心的家还要宽敞明亮得多,老弟睡在书房或者客厅都可以,甚至常住也没有关系。

收拾妥当了,老弟像在老家时一样很安静地坐在客厅沙发上,打开了孙舒雅几乎从来没有打开过的电视机。这场景忽然让孙舒雅想起了很久以前父母亲都还健在,她逢年过节时回到老家的情景。那时候她总是好奇地向老弟打听那些儿时玩伴的情况,老弟总是不厌其烦地一一回答。

"姐,我是不是给你添麻烦了?"见她终于坐了过来,老弟忽然说。

"什么?"她一时没有反应过来。

"他们让你帮忙联系礼之本集团的向董事长,是不是很麻烦?"

"哦,我找你就是要跟你说这事儿。"孙舒雅是发自内心地想帮向敏之,当然也希望老弟不要陷进任何是非里面去,在这个纷繁复杂的世界里,平安比什么都重要。想发财没有错,但要取之有道,

无愧于心。在认识向敏之之前，孙舒雅对向敏之是怀着"羡慕嫉妒恨"的情绪的，但随着采访的深入，她越来越觉得向敏之跟她有许多相似的地方，如性情和喜好，甚至理想等，只是因为出生环境和人生际遇的不同，才导致今日境遇之迥异。她曾经认为是女神一样的向敏之，其不堪的过去跟她的经历是那么相似，今天的天壤之别，是因为向敏之的人生有拆迁的转折而她没有而已。当然还有出身、选择和能力等方面的差异，那是另外的话题。

孙舒雅的丈夫也是父母早亡，兄弟姐妹四分五裂，与向敏之的丈夫不同的是，她的丈夫曾经是读书人，只是时运不济而已。经历了打工的漂泊、流浪、委屈之后，她终于可以停下来安静地读读书、写写字了，与枯燥乏味的打工生活相比，她觉得这种日子简直可以称得上天上人间了。对每个月都准时寄钱回家给她家用的丈夫，心里也充满了温情的感激。

还记得当初刚告别打工生活的那阵子，整天宅在家里的孙舒雅，每天都一字不漏地读完《南方日报》和《羊城晚报》，彻底改变了过去在工厂、公司几乎与世隔绝的精神状态，也唤起了她心底久违的梦想，她开始了"小阁楼里的写作生活"。那些记忆犹新的打工故事，加上她几乎与生俱来的文学天分，她居然能够文思泉涌、下笔千言。她在小阁楼写成的一些中篇小说，都被刊登在一些畅销的打工杂志的头版头条，她不停地写啊写，很快就写成了小有名气的"打工作家"，在一些杂志的"作家小档案"里，她被定位成"自由撰稿人"。儿子出生后坐月子期间，她委托一名杂志主编出版了一本小说集《当爱不能成为现实》，此后她成了读者心中神秘的言情小说作家，除了"艾迪尔"这个笔名，没有人知道她。更没有人明了她背着孩子奋笔疾书、废寝忘食是一种什么样的场景。

丈夫潘水青乡下老家那些近乎目不识丁的左邻右舍，开始对她源源不断的汇款单和雪片般的来信议论纷纷。每次当她长裙飘飘地出现在小镇街头,她都会成为所有目光聚集的目标,然而她泰然自若。成功可以让人建立起超强的自信与自尊,她从来没有深入过当地农村的乡下生活,在小阁楼里她是多么充实而快乐,可一走进人群,她的孤独感就布满了每一个细胞。但是,她对这片接纳她的土地,对周遭的一切都心怀感恩。都说婚姻是女人的第二次人生,尽管那么多的不尽人意,尽管最终她不可避免地陷入了厌倦,她始终没有弃之而去。感谢文学,让她学会了与生活和解,学会始终与人为善。

在一家杂志社举办的作者座谈会上,她得到一位编辑老师的指点——跟当地文化部门建立关系,加强联系,争取得到当地文化界的扶持。于是,她在一个秋高气爽的日子,提着满满一摞有她文章的杂志,敲开了当地文化部门的大门,并最终真正走进了那扇大门。

她一直记得那天见到县城文化界各位领导和老师的情形——那是第一次有人在县城请她吃饭,而且还见到那么多平素只闻其名不见其人的编辑、作家、老师。她意外地发现平素沉默寡言的自己居然那么才思敏捷,从鲁迅到余秋雨、从张爱玲到三毛,甚至连贾平凹当时新出版的书,她都能娓娓道来。她的广闻博记,令那些与她年龄相仿、平素在作者面前高高在上的编辑老师刮目相看……

"老姐,你在想什么呢?你刚才不是要跟我说门的事儿吗?"她的回忆被老弟的关心打断了。

"哦……我在想……我到底应该怎么处理这件事……"她赶紧赶走那些遥远的记忆,回到现实中来,她需要搞清楚老弟的态度,需要老弟来帮她厘清思路,然后共同完成一个价值几千万的伟大构想。

"处理?不是只要你在中间牵个线的吗?"孙军华一脸疑惑。

"先说说你赚到三百万后的感想。"

"感想？什么感想？"

"就是你现在的心情，说说。"

"说真的，我感觉就像做梦一样……"于是，孙军华说起了最初将三十万打成了三百万的细节……

"原来如此，那你老实告诉我，你很想赚到这三百万吗？"

"老实说，没有什么想不想的，感觉自己就像被不小心绑进来了，心里怪不踏实的。"

感觉不踏实就对了，孙舒雅的心瞬间轻松了许多。

"如果——我是说如果。"孙舒雅拍拍老弟的肩膀，认真地说，"如果让你放弃这次买卖，把收到的钱还给他们，把那副铁木门重新要回来，当然，期间他们的种种花费也要计算给他们——这笔额外的钱我来出，你愿意吗？"

"放弃？把钱还给他们？还倒贴给他们在这件事情上的花费？老姐，你到底要干什么？你要那副铁木门来干什么？你想自己来赚这笔钱？他们肯吗？"原本言语木讷的孙军华一口气说了好长一段明显带问号的话。

"我一开始就说了，就算帮他们牵线，我也不要一分钱的，你姐我可不赚这种偏财。"孙舒雅一脸坦然地说道。

"那……你是为什么？"

"也说不清为什么，我就是想成全她……"于是，孙舒雅将自己这几个月来与向敏之相识相知的经历，一股脑儿说给了老弟。

"原来如此！我也听明白了！"孙军华一副恍然大悟的样子，摸着他的后脑壳说道，"就算他们做成了这笔生意，我赚了这笔足以在乡下过好后半生的意外之财，你那个向老板最终也会知道那副铁木门是出自你老弟我的手，纸包不住火，这种趁火打劫的事情，对你影响不好，我也不会心安……"

"就知道你是明白人，既然咱姐弟已经达成共识，就好好合计一下怎么促成这件事吧！"孙舒雅忽然想起什么，问，"那个姓黎的是不是也参与了？"

"你是说那个黎木子吗？"孙舒雅点头，"他当然有参与的，他和劳会长一个人出一百五十万，赚的钱也五五分。我现在收到的是那个劳会长的钱。黎老板……"

"这个王八蛋！"孙舒雅在心里狠狠地骂了一句，想起那天他说有事要跟她"商量"，觉得有必要证实一件事，于是继续问道："那个黎老板之前知道你是我弟吗？"

"这个……应该不知道吧？他是劳会长介绍认识的，说他也是个收藏家。对了，还是我主动问劳会长认不认识你的，所以劳会长之前应该是不知道的，至于他们确定合伙转手那副铁木门的时候，那个黎老板是不是知道我是你弟，我就不知道了。怎么了？"老弟可能悟到了什么，疑惑地停下来反问她。

"没什么，了解详细一些，心里有数。"孙舒雅赶紧说，她可不想让老弟知道她那些乱七八糟的事儿。就在她对那个黎木子恨得牙痒痒的时候，她的微信响了一下，是有信息进来的提示音，点开一看，是黎木子的信息："解释一下，之前我并不知道卖家是你弟。如果知道，我就不掺和了。至于向老板那边，无论你帮不帮忙都不会影响你弟的那笔款项，我会在期限内兑现给他，你不要有压力。祝好！"

算他识相。孙舒雅恨恨地想，同时脑子灵光一闪：这件事倒是可以从黎木子这边寻找突破口！

十

孙舒雅主动约了黎木子，不是在她的工作室，而是在黎木子经

常用餐的酒店，当然是和她老弟一起。她替老弟开口，表达清楚要取消铁木门交易，除了退回所有已收款项之外，另外补偿三万元的"误工费"等意思，并表示可以书面承诺不另行转卖给任何一方，如果违反承诺，将支付所卖款项的双倍金额给劳淼和黎木子二人。

黎木子表示相信他们不会另行转卖给其他人，承诺书也不用写上他的名字，如果劳淼也相信他们姐弟，承诺书就不用写，大家抬头不见低头见，既然没有这种发横财的缘分就不要强求。

黎木子如此豁达，倒有些令孙舒雅刮目相看。

事不宜迟，他们当即决定由黎木子出面约见劳淼。约定之后，一行三人提了一大袋进口水果和两箱孙舒雅收藏的进口红酒，像走亲戚一样来到了劳淼的收藏家协会办公室。如此隆重地登门造访，劳淼也不敢怠慢。

孙舒雅提出先看看那副铁木门再谈事情，劳淼毫不犹疑地答应了。还补充说就是因为东西在协会收藏室，才让他们直接到办公室而不是在家里接待他们。

孙舒雅打开手机里存的在敏之园拍的那副高仿铁木门的照片，一点一点对照，每确认一个细节就激动得直点头。终于到查验暗闩的环节了，孙舒雅调整情绪，按照向敏之教给她的方法，小心地用手指顺着门闩细细探摸过去，果然摸到一处活动的小木塞，用手指往左边一推，然后门闩就开不了了。她不说话，让劳淼和黎木子分别去拉那个门闩，怎么也拉不开。一旁的孙军华见状也试了一下，还是拉不开。最后，孙舒雅出手，用手指轻轻一顶，同时用另一只手拉门闩，开了！

所有的人都不约而同地惊叹一声！

孙舒雅欣慰地笑了。顺势以这个"秘密"为话头，一口气将之前商量好的意思说了个清楚。对于她和向敏之的关系，她则只字未提，只说她跟向老板是在她列席省人代会的时候认识的，一起参加过同一个代表团的座谈会,共同推动解决过几件与粤西有关的在省级层面才能解决的事情,特别是窦州通高铁的事情,向老板出了很大的力,是她平生最敬重的企业家,她不想将来向老板知道是自己弟弟占有并转卖过向家的祖传宝贝……

总之,一切解释都合情合理,天衣无缝。尤其是说到高铁,劳淼也表示了作为窦州人的感激、赞赏与敬佩,加上黎木子在一旁不时附和,劳淼一时无话可说。

"如果劳会长同意,我现在就打电话给向敏之董事长,让她亲自过来确认一下。"

"你是说你现在就可以叫向老板过来我们这里确认?"劳淼有些不相信地问,"你是说向老板本人现在就在窦州?"

"我可以试一下,不能确定,凡事看缘分吧!如果这东西果真是他们向家的祖传宝贝,天意让它们物归原主的话,向老板也许真的就可以赶过来。"孙舒雅谦虚地说,有意无意地强调"天意"和"缘分",以她的阅历及对生意人的了解,一般老板都很讲究这些。

果然,劳淼一改原先的沉吟,爽快地说:"那我们就在这里等一等向老板,我做东,权当结识一下权贵人物。"边说边殷勤地将大家引到他接待贵宾的茶室,招呼一旁的女员工煮水泡茶。孙舒雅则走到一边去小声打电话……

大约半个小时后,一辆沉稳闪亮的黑色奔驰车开到了窦州市收藏家协会门口。早已和劳淼、黎木子、孙军华一起等在门口的孙舒雅,远远地就认出了那辆车,正是停在敏之园车棚内的那一辆。孙舒雅引着劳淼,为向敏之打开车门,开车的是好久不见的小李。小李只是淡淡地向孙舒雅点头致意,便将车开到旁边的停车位上去了。

向敏之穿了件宽松款的枣红色棉麻质地的裙子,长度刚好到她线条优美的小腿肚子上的膝弯处,领口、袖口和裙摆都绣有石青色

的藤蔓和花朵，佩戴的是一块石青色的绿松石，挂绳是用那种上好的柿子红南红玛瑙串成，连接绿松石的下半截挂绳上左右两边合适的位置都间隔着穿了两颗小粒绿松石，很显匠心。耳环和手链也是绿松石的，全身上下的搭配独具匠心、和谐完美。宽松款的裙子，恰到好处的长度，似乎更凸显出向敏之身材的曼妙。

下车后的向敏之一个优雅的侧身，将纤纤玉手伸给劳森，劳森双手握住，差点就忘了松开，脸就像那种迎风摇摆的向日葵，殷勤得像只哈巴狗。黎木子虽然囿于孙舒雅在场，握了手及时松开，也忍不住多看了几眼，完全是一副惊为天人的模样。

三个男人中，要数最没有见过世面的孙军华最坦荡，他也是双手捧着向敏之的手舍不得松开，偏头对他姐说："老姐，你赶紧帮我们拍张照片吧，我就这样跟仙女姐姐握着手，回去好吹牛！"孙舒雅一巴掌拍过去，他才赶紧松了手，嘿嘿地傻笑着站到一边去。逗得向敏之反倒特别照顾他说："一会儿大家合个影。"激动得孙军华不知如何应对，只是一迭声地说着"好好好"，然后一个劲儿地傻笑。

"乡下人没见过世面，让向董见笑了。"孙舒雅不好意思地说。

"乡下人好呀，天真、实诚。我们就不要在这里彼此客气了，快带我去看东西。"说完又回头对一直恭敬地站在门口等待指令的小李说："你去把那两个师傅叫过来。"原来她还带了工人过来，而且与自己一路同车。

一行人来到横躺在收藏室地上的铁木门旁边，小李和两个戴着黄色安全帽、背着工具包的师傅也赶到了。孙舒雅敏感地觉察到，向敏之只看了一眼那副门，脸上的表情就变了。只听她用有些急促的声音吩咐两个师傅，赶紧将石头门框和铁木门立起来，恢复成大门口的样子。

"可能有点沉，要辛苦大家一起帮忙，或者找几个您的员工过来。"向敏之征求劳淼的意见，而劳淼早撅着屁股去帮忙了。孙舒雅想，就算此刻向敏之让这个男人去帮她杀人，他也不会说二话吧。一念及此，对这件事的结果算是放心了。

恢复大门口的整个过程，大家配合得相当默契，不到二十分钟就全部弄好了。

劳淼殷勤地找来一卷纸巾递给向敏之。向敏之蹲下来，细细地擦干净门槛和门框上的灰尘，然后坐到门槛上，像个孩子似的将自己的脸贴到门框上，陶醉地喃喃道"就是它了！"

"您不看一下……门闩吗？"孙舒雅提醒，话到一半将"暗栓"改成了"门闩"。

"不用看都可以确定了……舒雅，你知道吗？世间万物都是有生命的，都是会说话的，我听见它在跟我说话……它说它终于等到我了……"向敏之还是第一次叫她舒雅，之前都称她孙主席或者舒雅主席。

"您还是看看吧，看看那个门闩坏了没有，还有这门上的弹孔……"孙舒雅说着将恋恋不舍的向敏之拉了起来。向敏之顺从地走到铁木门后面，将两扇门关上，拴上门闩，锁上暗闩，然后打开……然后久久地将头伏在门闩处，眼里蕴藏已久的泪水，终于流了出来……

每个人都被向敏之的举动和眼泪感动了。大家沉默着，好久都不知道该说些什么。

"刚才在门口的时候，仙女姐姐说要合个影，不如就以这副门为背景吧。老姐，用你的手机。"半响，孙军华打破沉默。

"拜托你不要总叫我老姐好不好？真是同人不同命，我虽然不敢跟你的仙女姐姐媲美，但也不至于一个仙女姐姐一个老姐的这样天壤之别吧！向董，你仔细瞧瞧我，我真的老了吗？"孙舒雅说着将脸凑到向敏之面前去，大家都笑了……

向家湾

最后，小李在向敏之的示意下"言归正传"，委婉地问起现在这副门的去留由谁说了算。大家彼此看了一眼，黎木子看着劳淼说："还是劳会长说吧。"

劳淼看看向敏之，又看看孙舒雅，说："就按孙主席的意见办吧！"

于是，孙舒雅就将这门的来历，以及跟她老弟的渊源，像讲故事一样讲了一遍。讲到铁木门跟这里的收藏家协会和劳淼的关系的时候，她强调是存放在这里的，因为老弟跟她说的那天，刚好是她在敏之园看到高仿门的那一天，就及时阻止了后面的"交易"……

"所以，如果一定要付款，就付一下田老二的抵押款，和这段时间他们为这扇门跑前跑后的花销吧。总共五万元足够了。您看呢？"孙舒雅问的是劳淼。

"我都说了一切按孙主席的意见办。"劳淼想也不想地说，末了又加了一句，"与结识向董事长这样神仙一样的人物相比，其他的一切都可以忽略不计，连花销也免了吧。做生意哪有不花销，又哪里没有不成功的呢？你说是不是？"劳淼问的是黎木子。

"是是是，都免了吧！生意不成情谊在。"黎木子赶紧点头附和。

"这怎么行？就算是送嫁妆，也得给跑腿的封个利是不是？"向敏之笑道，转头对小李说："你打电话让财务马上开一张十万元的支票过来。然后你订个地方，今晚我要宴请这几位新朋友，你将公司在窦州的职员都叫过来。"

十一

一个星期后，那副铁木门就被送回湘西北与鄂东南交界处一个叫御史峪的地方了，那里是向敏之的老家。向敏之和她的大女婿一起另外开了一辆小车一路护送。

大女婿是礼之本传媒集团的总经理，父母双亡，全心全意服务、拓展公司业务。她对这个女婿的认可最初竟然是因为他的姓：孔，那是向家"老祖宗"的姓。因为向敏之只有两个女儿，所以大女婿和大女儿的双胞胎儿子，一个随父亲姓孔，一个随母亲姓向。这也算是沿袭向家传统了，向家的孩子只要是在向家出生的，都姓向。两个小家伙刚满两岁，由同一个保姆带大，大女儿说这样可以让孩子在一种不分彼此的环境中长大。为了帮她完成心愿，大女婿特地安排好公司一应事务，专程陪她回老家，一起筹划重建向家大院。

大女儿正带着私人助理在国外游历考察各国的婚庆风俗，已经几次提出要招聘一名作家进公司管理层，负责编辑一套名为"各国婚庆风俗大观"的丛书，今年春节的时候还大发宏愿，要在中国每个省都开一间"礼之本"分公司，甚至还要开到国外去……小女儿刚刚结婚不久，要协助打理和熟悉夫家的事务，无暇顾及娘家。

一个月后，孙舒雅接到老弟孙军华的电话。孙军华在电话里告诉她，那个向老板和她儿子（孙军华和所有的父老乡亲都把向敏之的大女婿当成了她儿子）一起到了他们老家，让他带他们母子去找村委会的领导，然后又一起去找了镇政府和教育局，以他们集团公司的名义在村里捐建了一所"礼之本"小学。镇长说，等学校建好了，就聘请他到学校去当老师，老弟是这个村子里唯一的高中毕业生……听到这个消息后，孙舒雅整夜都没有睡着，庆幸自己在"铁木门事件"中的正确决定，庆幸自己遇到了贵人……

又过了一个月，国庆节后的第二天，孙舒雅终于接到小李约她继续采访向敏之的电话。不同以前的是这次约的上午十点半，只有

向家湾 XIANG JIA WAN

半个小时的采访时间。

还是在那间玻璃屋。只是屋子里多了一个人——竟然是香子烨书记,但是香子烨书记还是一点儿都没有认出她……向敏之黑了一些,也瘦了一些,但精神很好。

孙舒雅坐下来的时候,看见向敏之面前的茶几上,放着一摞资料。

"今天我们不采访,你上次列的所需资料的提纲,内容这里基本都有了。"向敏之指着面前的一摞资料说:"需要补充的,以后你再约我采访。来,正式介绍个人给你认识——"向敏之说着亲热地拉起身边男人的手,"他,你应该认识吧?"

"香子烨书记?可是……他好像一点儿都认不出我了……"

"是老香,算是你们文坛的老领导吧,说来话长,几年前的一场车祸导致他失去了记忆……"说到这里的时候,向敏之征询地望了望香子烨,还捏了捏他的手指,看到他含笑默许了才继续说道:"而我刚好在那时遇见他,我们的故事只要你稍加留意,应该可以从其他途径知晓,有位作家曾经说过一句话,叫'爱不能说,一说就错',所以,我和他之间的故事,我不想自己说。"说这些话时,向敏之一直紧紧地握着"老香"的手,而她的"老香"则一直含笑不语。

"香书记,您真的不认识我吗?我是艾迪尔呀。"孙舒雅向香子烨书记伸出手。香子烨书记礼貌地握了握就松开了。

"对不起,我早已是桃花源中人了,你就不要再叫我书记了,敏之的朋友就是我的朋友,你就叫我老香吧。"香子烨书记的声音还是十年前的声音,让人着迷的中气十足的男中音,很性感。孙舒雅喜欢用性感来形容魅力。

也许,失忆真的是一件幸事,可以让人生有重新开始的机会。想当年,香子烨书记因为太招女性朋友喜欢,曾因婚变闹得满城风雨，后又因有女人为他要死要活甚至互相之间大打出手。甚至有传闻十年前的那场车祸，就是他的前女友之一人为制造的……这个情史过于丰富、传言过于离奇的男人，现在完全是一副情圣的样子，那么目不斜视、深情款款……

孙舒雅非常清晰地想起了许多与香子烨书记有关的往事。曾经这位被公认的"大众情人""钻石王老五"，就像"民国四公子"一样传奇。也许，这个世界上总有那么一些极富性别魅力的男人和女人，各方面都那么优秀完美，对异性充满魅惑，像贾宝玉，像张学良，像林徽因，像赫本，总有无数异性如飞蛾扑火一般奔向他（她）们。而曾经的香子烨，不仅是高富帅，而且满腹经纶、才华横溢，手中还握有不大不小的权力，眨眨眼睛，就有女子奋不顾身，没有故事才是怪事。她孙舒雅就曾经因为与香书记共舞过一曲而兴奋不已，重拾自信。如今的香书记可谓是千帆过尽。

"我想好了，你要写我家的故事，就从我的曾祖母或高祖父福建二爹开始写吧，他们应该是中国最后一代童养媳和乡绅了，你要的这两位先祖的补充资料在最上面。你回去再细看吧，今天晚上我这里要举办一个聚会，你一定要过来参加，可以带上你最好的朋友，到了在门口直接报名字就行。"向敏之好听的声音在耳畔响起，打断她的遐想。

"这……"孙舒雅一时没有反应过来。

"聚会晚上八点开始。来的都是你不认识的人，所以你可以自己带朋友，上次的劳会长和黎老板我也让小李邀请了，以后你们就是我的座上宾了。现在你先带着这些资料回去，我们晚上八点见。"

十二

晚上八点，孙舒雅准时来到敏之园。因为还要接其他客人，小

李将她送到院门口就离开了。进院门的时候,她习惯性地扫了四周一眼,看见马路对面靠锦江河的一侧已经停了好多车,有两名身穿保安制服的男性工作人员正在车队两头沿路指挥车辆停放。院门口一左一右站着两名帅哥负责开车门和引导客人,从院门口到一楼大客厅门口的那段路铺上了红地毯,大客厅门口,则一左一右地立着两名美女,手中拿着一张粉红色的座位表,负责对应邀请函的名字和座位表上的桌位号,将客人准确地引到他们落座的地方。

孙舒雅感慨地想,五星级酒店的包场聚会也不过如此吧。她没有邀请函,直接报自己的名字,其中一名像酒店领班的迎宾美女微笑地对她说:"请您跟我来。"瞬间让她感觉自己的确是贵宾。

她被带到大厅里面的螺旋楼梯下面,那里居中摆放着一张大圆桌,洁白的桌布上错落有致地摆放着新鲜的水果和各式各样的点心,还有精致的杯碟。整个大厅里,只有这一桌是可以坐十二个人的大桌,其余都是跟歌舞厅的桌子一样的小圆桌,每张桌子只安排坐六个人,左右两侧每一侧沿墙放着四张小圆桌,八张小圆桌加上一张大圆桌总共可坐六十人。孙舒雅落座的时候,大厅已经差不多座无虚席了。坐在主位上的向敏之远远就向她招手,她被安排坐在向敏之身边,那是第一贵宾的位置,向敏之的另一边则坐着香子烨书记。再过去依次是男女搭配着坐,黎木子和劳淼的旁边也都坐着美女,两人正跟邻座相谈甚欢。

大厅门口的大屏风两侧各放着一张吧台,一张负责酒水饮料和水果点心,一张负责音响。负责音响的吧台内放着无线话筒和可以移动的麦架,让客人可以像在KTV一样,点歌唱歌。两张吧台旁边往客厅的方向,各立着一面可移动的"W"形屏风,这样吧台就有了独立空间。客厅中央是舞池,顶部有一盏超大的水晶吊灯,璀璨夺目。两侧每张桌子上空都有一盏造型别致的小型吊灯,灯光柔和。每张小桌子都安排了一名服务生,男女各一半,大圆桌则是一男一女两名服务员。

室内灯火辉煌，衣香鬓影，笑语喧哗。这种场景孙舒雅只在电视剧里面见到过。她不由得想起第一次参观这个大客厅的情景，那时候还为这里古典式的豪华和缺少人气嗟叹过，却不知有些景象原本就不是日常，就像鲜花不会四季常开一样。

黎木子和劳淼都没有带女伴。与他们同桌的还有一男一女两个外国人，中文说得很流利。席间最活跃的是向敏之的大女儿文子宜，大家都叫她夭夭，席间全程用英语和她身边的外国男子交流，亲密得像闺密。向敏之只有两个女儿，没有儿子，大女儿随她已过世的丈夫的姓，姓文。小女儿则随她姓，按照向家辈分取名向绪姝，乳名悦悦。两个女儿的名字皆出自《诗经》。据小李在路上给她透露的相关情况，这样的聚会敏之园一年只举办两次，客人来自全国各地。一次以董事长个人为主，另一次以董事长家人为主。这一次显然是以向敏之个人为主的聚会。所有人中，只有他们这桌上的客人没有带男伴或女伴，其余八张小桌的客人都是成双成对。

孙舒雅坐在向敏之旁边，向敏之告诉她，今天来的客人基本上是礼之本公司的高管和他们的客户、密友，只有她们坐的这一桌是她和女儿的朋友。礼之本公司高管的平均年龄四十岁，都是风华正茂的年纪，向敏之一边介绍一边笑着问她："你看看他们，一个个颜值都不错吧？"她含笑点头，向敏之又说："一会儿他们会推选出今晚跳舞最棒的客人和唱歌最棒的客人过来邀请我们这桌的人跳舞的，你要先有个思想准备……"

舞池里一直有人在跳舞，慢三、慢四、探戈、桑巴的舞曲轮着放，每放一支舞曲之后，都会穿插客人现场献唱，气氛相当活跃，仿佛大家都是相识多年的朋友。而其实，每个客人都经过公司联络部的甄别挑选，每个客人的座位也都经过精心调整，确保同一桌的人彼此之间都是初次见面的陌生人。哪怕是成双成对地进来，也会

被按照座位表分开安置。说话间果然有两个帅哥不约而同地过来邀请她和向敏之共舞,幸好舞曲是每个人都会跳的慢四。邀请她的男士温文尔雅、谈吐不俗,舞曲结束的时候还说会向组织者索要她的联系方式,希望成为她的朋友……

好不容易逮到空隙了,舞池里最热闹的时候,香子烨书记也被美女邀请进了舞池,向敏之悄悄拉起孙舒雅的手,趁大家都不注意的当儿将她带到楼顶,坐在玻璃屋前面的陶然亭里,很突兀地对她说:"你知道吗?我曾经也有一个弟弟,也叫军华,你在写我童年的时候,一定要把他写进去。"

"也叫军华呀?"孙舒雅一时不知道怎么接下话题。

"你是不是觉得咱们俩很有缘分?"孙舒雅点头,"你的弟弟孙军华,我要重用他……"

"他跟我说了,说您在我们老家捐建了一所小学,校长要聘他去当老师。"

"我是说我自己要重用他!"

"哦?"

"我准备在老家成立一个奖教奖学的基金会,全权委托他管理。"

"这倒是件功德无量的好事。"孙舒雅由衷地说。

……

两人就这样有一搭没一搭地聊着。楼下室内的聚会虽然热火朝天,但是敏之园的隔音效果非常好,外面一点声音都听不到。举目远眺,但见万家灯火一如往昔,一河两岸行人如织。不远处的淘金湾广场,跳广场舞的人们在跳广场舞,摆地摊的商贩在摆地摊,散步的人们在散步,到处都是一派活色生香的日常场景,无数人间故事正在她们看得见或看不见的角落里酝酿、上演。

"对了,你想好整部书从哪里开始写了吗?"准备离开的时候,向敏之忽然问。

"就从您的曾祖母开始写起吧,她的篇章题目都想好了……"

"哦,什么题目?"向敏之兴奋又好奇地打断她。

"前尘,前尘往事的前尘。"

"前尘?"

"是的,整部书的书名也都想好了,就叫'向家湾'。"

"'向家湾'?好!很好!"

前 尘

一

  1920年仲春的一天,天气很好。和煦的风,明晃晃的太阳,开得正艳的桃花,大片大片的粉红把村庄装点得梦境似的浪漫。整个大地都涌动着温暖的气息,一切都在苏醒,一种说不清道不明的氤氲的气息,侵扰得人的心都痒痒的,每个人心里都怀着某种希望,希冀着有一些新的开始。

  湖南与湖北交界的一个小山村——御史峪,向家湾的向家大院里刚刚经历了一场盛况空前的喜事:向家大小姐,也就是福建二爹的大女儿出嫁了。

  送亲的队伍,走在前头的已经翻过了村后的大山,走在后面的才刚出门口。

  长长的送亲队伍绵延了好几里地。

  除了声势浩大之外,向家的嫁妆也是好事者极为关注的。漆成深红色的橡木家具,箱笼柜台上面堆叠的锦缎丝绵被褥,甚至还有牛角上系了红绸条的耕牛、泥耙,不时吹起来的洋鼓洋号队伍,一眼望不到头。围观的人们站在大路两旁,每一件家私经过,都会惹来一片惊叹。据说嫁妆里面,有一个由专人保管的金丝楠木盒,里面居然收藏着地契。这就是当地传说中的"牛耕大众嫁女"(湘西北一带农村大户人家嫁女儿最丰厚的嫁妆)。

向家的实力,由此可见一斑。

"福建二爹也真舍得,听说送了好几亩水田呢,那杨家可真是娶了个好媳妇儿。"

"人家杨家也是大户人家,想来向家收的彩礼也不少吧。"

"那是自然,要不怎么叫门当户对呢……"

"嫁姑娘都这样排场,将来娶媳妇还不知道会怎样呢。"

孔朝秀和木姐跟在舍不得散去的人群后面,听着几个妇人艳羡地议论着。当朝秀听到"娶媳妇儿"三个字的时候,心里没来由地咯噔了一下,莫名地想起了向家的二少爷,那个刚才偷偷领着她和木姐跟帮厨的一起吃饭的业春少爷——他将来结婚该会有多大的排场呀?谁要是嫁给他可真是享不尽的福了。一念及此,心思竟有些恍惚起来。此刻,她和木姐两人的怀里都揣着帮忙抬嫁妆的大毛头给她们的喜糖喜饼,不知道要往哪里去。她们不是向家的亲戚,可以继续逗留混吃混喝。可是说好过了响午就来接她们回家的大哥二哥还不见人影。

"你们还在这儿呀?"正在两人茫然相顾的时候,好心肠的业春少爷猛不丁地出现在她们身后。

"我们还要等大哥二哥……"朝秀嗫嚅着,心里一点底气都没有,因为大哥二哥只说过了响午就来接她们一起回去,并没有其他的嘱咐。比如,如果过了响午他们还没有回来,她们要不要死等,或者可以先行结伴回家,或者在哪儿会合等,都没有交代。毕竟她们家离御史峪的向家湾有二三十里地,翻山越岭步行是足足要走上大半天的。对于小脚的朝秀来说,是一件天大的难事。她的脚刚刚裹成形,走路于她而言是件苦不堪言的事情。

"你们是孔家榜的吧?"看见朝秀点头,业春又说,"二十多里

地呢,翻山越岭地走夜路可不方便……对了,我昨天听说对面孙家屋场张老三家有亲戚正好在你们那边,说今天回去,是什么上孔家榜的……"

"我们是下孔家榜,跟上孔家榜是连着的。"一旁的木姐赶紧插话。

"我现在去帮你们问问,看他们走了没有,他们有板车……"话还没说完,就听见旁边的村道上传来"嘚嘚"的马蹄声,准确地说是骡蹄声。"咦?那不就是张老三家的亲戚吗?"业春少爷一把拉起朝秀的手,三人很快跑到村道上,拦住来人的板车。

"停一下,停一下!"

"这不是二少爷吗?您拦住我们有什么吩咐?"

"她们也是要回孔家榜,我想请你们搭一下她们。"业春少爷边说边回头朝自家院门口招招手,一男一女两个下人跑过来,男的提着半袋大米,女的抱着两个包裹。业春少爷接过半袋大米给赶车的男人说:"这个权当盘缠。"

"哎呀,这怎么使得?"赶车的是张老三亲戚家当家的,一边推辞一边满脸堆笑地接过那半袋大米给坐在车上的堂客,如今兵荒马乱的时节,米可是好东西。

"这是给你们路上吃的。"业春少爷将两个包裹一手一个塞到朝秀和木姐手里,"快上车吧,路上不耽搁的话天黑前应该可以赶到家。"然后又转过头对男人和坐在车上的女人说,"路上仔细点,到了托人捎个信儿过来。"

"二少爷就放心吧,保证将人送到!"

"快走吧!你们。"业春少爷挥挥手,转身离开。

"等一等!"朝秀情急地叫道。业春少爷站定,转过身询问地看着她,"我哥他们要是来您家找我们……"

"我会交代好,告诉他们你们已经搭顺风车回去了。放心!"

她们一行就上路了。

他们都不知道，这一次的交集和分别，会从此改变两个人一生的命运。如果知道会有后来发生的事情，朝秀打死也不搭那个顺风车赶着回家，而是要留下来等她的哥哥的，尽管她的母亲正一个人卧病在床。

二

张老三家的亲戚是拉板车的，一直混迹于繁忙的闸口码头，靠给商家运输货物养家糊口。上游下来的木材、桐油、山货、药材，下游上来的布匹、洋油、海味，本地出产的稻米、棉花、菜油等物资，都在运输之列。那辆板车是他们家赖以过活的工具，已经用了好多年，车把手都被磨得黑亮黑亮的，车架两边的护栏换了好几次，车底的横铁轴也早已锈迹斑斑，车轮子一转整架车就嘎嘎作响。拉车的骡子也跟了他们好多年，又老又瘦。

从辛亥那年开始，天供山一带就没有停止过匪乱。其实，据老一辈人说，自从李自成的夫人高桂英败走夫人寨开始，这一带就一直祸乱不断、异象频生。闸口码头经历过短暂的繁华之后，这些年也日益萧条起来，往来的客商一年比一年少，谁都不想提着脑袋赚银子。货船也是有一拨没一拨的。张老三家的亲戚拉板车的活儿也就跟着三天打鱼两天晒网了，接不到活儿的日子，就待在家里耕田种地，蜈蚣出没的季节翻蜈蚣，菌子生长的季节捡菌子。媳妇儿虽是贫家女儿出身，但也裹了脚，干不了外面的活儿，只能干干家务翻翻菜园子，帮地主家做做针线活儿。日子就这样过着。虽然偶尔愁吃愁用，倒也没有大起大落。只是家里的板车需要好好修理保养了，轮胎补了又补，早该换新的了，车轴锈蚀得太厉害也没有油擦

一擦，实在腾不出钱来只好将就着。

二三十里的路程，才走了不到一半，板车就坏了两次。第一次是板车一侧的护栏无端脱落，像是一个警醒；第二次是骡子拉板车的绳子在上坡时扯断了，在路上折腾了好一阵儿才弄平衡，重新上路。两次都有惊无险。只是孔朝秀总感觉慌慌的，心里弥漫着一股说不出的不祥的预感。

"日头快落土了，我们这是到了哪儿了？还有多远才到家呀？"木姐终于忍不住问板车上的女人。

"天黑前是到不了了，你放心，我们会把你们送到家门口的。"赶车的男人接过话安慰着。

"可是……大路没有通到我们家门口的……"木姐担忧地说，朝秀捏了捏她的手才住了嘴。

赶车的男人"啪"地甩响了一下鞭子，一直不紧不慢地行走着的骡子很努力地加快了脚步，像是要和快要下山的太阳抢时间。

朝秀和木姐悬着的心也渐渐放了下来。

嘎嘎作响的板车，随着踢踏踢踏的骡蹄声，行进得越来越顺畅起来。

可是就在突然间，板车右侧的一个车轮子毫无征兆地飞了出去，飞到路边又朝前滚了出去，掉了轮子的板车依然前行着，直到追上那个轮子才停下来。

所有的人都傻了。谁也没有看明白是骡子自己停下来的，还是赶车的男人拽着骡子停下来的。

"今天真是邪门了！"男人一边嘀咕着一边跳下车。

"是不是有什么兆头哇？"女人也一边嘀咕着一边下车帮忙。

朝秀和木姐面面相觑。今天一路走来，她们觉得实在是太不顺利了。

太阳下山了。天色迅速暗了下来。男人终于满头大汗地从板车下面钻了出来。

"好了,将就着走吧,明天再去镇上好好修理修理。"

他们重新上路了。骡子走得很慢。畜生都是有灵性的,仿佛知道它拉的板车经不起折腾了。

终于到了。对面就是孔家榜。从大路到村子还有一里多的距离是板车无法通行的羊肠小路。

朝秀和木姐拒绝了赶车的男人老婆送她们到家门口的好意,两人手挽手地朝村子走去。

这是一个月朗星稀的夜晚。小路的路面清晰可见,路两边的庄稼的影子印在路上重叠着她们的影子,天地安静得听得见虫鸣声,平常有的狗吠今晚也没有。

夜静得令人心生疑窦。

为了壮胆,木姐提议两人盘歌,盘完一首《黑鸡母》差不多就到家门口了。

孔朝秀积极响应。于是两人就一问一答地唱了起来:

黑鸡母,背把锁,上山去,看丈母。

丈母吃的什么饭,吃的红豆儿饭。

么得红?朱红。么得朱?折蛛(蜘蛛)。

么得折?鱼折。么得鱼?鳊鱼。

么得鳊?马鞭。么得马?克马(青蛙)?

么得克?高客(老鼠)。么得高?石膏。

么得石?粮食。么得粮?车梁。

么得车?风车。么得风?北风。

么得北?湖北。么得湖?洞庭湖。

么得洞?蛇洞。么得蛇?化蛇。

么得化?萝卜花。么得萝?大锣和小锣,

敲破你的后脑壳。

果然，唱到这里就到了木姐家门口。旁边隔着一个晒谷场就是朝秀的家。

"咦？你们家的老黄上哪去了？以往它不是老远就摆着尾巴迎你的吗？"木姐开门的时候，朝秀忽然想起什么，问道。木姐外婆家整酒，爸妈和哥哥都去帮忙了，就木姐一个人在家。

"给我哥带去家家（gaga）屋了吧。你不用管我了，快回去吧。"木姐看着她转身走过两家共用的晒谷场，走到家门口了才放心地关上门。

朝秀妈从去年腊月就一直卧病在床，一家人连年都没有好好过。孔朝秀不敢吵醒妈妈，想绕到后门口进去。

"朝秀——"她忽然听到一个陌生男人的声音叫自己，愕然回头，"你是朝金朝贵的妹妹朝秀吧？"身后是两个生面男人，看不出年纪，高大的身影令朝秀本能地往门口后退了两步才茫然点头，"你们是……"

一语未完，她的后脑壳蓦地被什么东西狠狠地敲了一下，眼前一黑就软绵绵地倒在了地上……

三

孔朝秀被她的两个亲哥哥给卖了。

她的大哥朝金和二哥朝贵都是上孔家榜章财主家的长工。虽然上孔家榜与下孔家榜在地理方位上基本是连着的，但当了人家的长工，长年也难得回一趟自己家里，哪怕自己家离主家只有两三里的路，一年也只在过年时才回一趟家。平时都吃住在章财主家，一则规矩如此，二则也省了家里的嚼用。当然面是经常见得到的，毕竟离家近。

一个多月前的年三十晚上，兄弟俩结算了一年的工钱没有回家，而是先往镇上去了。兄弟俩八月间在财主家的棉花地里守棉花的时候，翻到了好多蜈蚣——他们发现了蜈蚣的活动规律，专门在晚上点着自己发明的松枝火把翻蜈蚣，他们要把捡到的蜈蚣拿到药铺最集中的闸口街上去卖掉。

卖蜈蚣的钱比两兄弟全年干长工的收入还多。兄弟俩一高兴就进了镇上逢年过节都有人开设的露天赌场。输光了银子不说，还因为一心想翻本置年货而欠了一大笔债。在借钱翻本的过程中，未经世事的哥俩情急之下把自己的妹妹给抵押了——他们家除了朝秀，别的东西人家都看不上。

兄弟俩借钱的对象是离闸口较近的界岭花园湾刘家屋场大名鼎鼎的刘秀才。这刘秀才饱读诗书，但为人奸诈，做事向来心狠手辣，信奉"马无夜草不肥，人无横财不富"的赚钱之道，干的都非良善之事，赚了很多昧良心的黑钱，一边办义学一边设赌档，是黑白通吃的人物。

为了防止兄弟俩一时想不开，刘秀才假仁假义地赠送了两块大洋给他们办年货，定下了还钱或者带人的日子，就让他们回家了。

那个日子正好是御史峪向家湾福建二爹嫁女的日子。

这件事兄弟俩回到家一个字都没敢提，孔朝秀更是被蒙在鼓里。干下这种事，兄弟俩也没脸再在孔家榜待下去了，趁过年的时节向章财主提出过了年不再续签长工合约，说是打算趁年轻去外面闯闯，让章家赶早另外找人干活。

外人无法猜测兄弟俩为何那一天要带妹妹到向家湾看热闹，中途又让妹妹留在向家等他们回来再一起回家的原因。也许是有过逃走的打算，也许只是不想让病中的母亲受到刺激。

总之，一切都没有被当面拆穿，孔母也没有亲眼见到女儿被绑走——尽管许多年以后，当孔朝秀的重孙女找到孔家榜查找她的身

世的时候,有人说孔宗宪家有个姑娘是在夜里被人翻背着走了的。孔宗宪是孔朝秀的父亲。

自己被亲哥哥卖了的事情,朝秀是听见后来成了自己公爹的刘秀才亲口说的。

那天清晨醒来的时候,孔朝秀发现自己躺在一间柴房的稻草堆里,身上还盖着一张半新不旧的蓝布被子。

她下意识地摸了摸还在隐隐作痛的后脑壳,怎么也想不起自己是被什么东西打晕的。

"你醒了?"她刚坐起来门就被推开了,一个穿着体面的中年女人走进来,"醒了就跟我去见老爷,我先带你去梳洗一下。"边说边不由分说地拉起她的手。"我是这里的管家妈妈,大家都叫我胡妈妈。"自称胡妈妈的女人言语温和,但一点都不亲切。搞不清楚状况的朝秀没有贸然开口,她直觉跟这位妈妈开口也不会有什么用,就默不作声地跟在胡妈妈身后进了一间明显是女伢子住的屋子。

屋里的衣服和水都已准备好。

"你先洗个澡换身衣服,我一会儿就过来带你去见老爷。"胡妈妈撂下这句话就离开了。

当她焕然一新地出现在刘秀才面前时,刘秀才是满意的。

刘秀才非常温和地向她说明了一切,并告诉朝秀从现在开始她就是刘家的童养媳了。

"我妈还病着,我要回家。"孔朝秀倔强地说。

"你这丫头,你没听懂我说的话吗?"刘秀才恼怒但克制地问。

"我听懂了,我妈年纪大了,病得很重,等我服侍她过世后,再来你们家当童养媳。"自始至终,朝秀没有求证哥哥卖自己的事。

"愿赌服输,欠债还钱是天经地义的事,我不想节外生枝。"

"我妈病得很重,等我服侍她老人家过世了,就来给你家当童养媳……"心如死灰的朝秀,翻来覆去就这一句话。

"先饿她两天吧。人饿着的时候最清醒,等她想清楚了就让她出来。"恼羞成怒的刘秀才朝立在一旁的胡妈妈挥挥手,末了又补充道:"不能让她饿坏了,让二娘好好劝劝她。这孩子……"

孔朝秀就这样被关了六天。六天里她像个病人躺在床上,基本不吃不喝,也不言不语。每天晚上,刘秀才的二夫人"二娘"都会来探视一番,苦口婆心地说一通"女伢的命是草籽命,落在肥地是一株肥草,落在瘦地就是一株瘦草"的道理,劝她好好地在刘家待下去,承诺等她想通了就让她见见自己未来的丈夫。每次离开之前,都让周妈妈协助强喂她喝下一碗参汤,以保证不会饿坏她。

第六天,二娘还没等天黑就到了她住的房间,径直走到床前递给她一根红头绳,问:"这个你认得吧?"

"这是去年冬月我送给木姐的生日礼物,怎么会在你手上?你们……去我家了?"

"认得就好!这是刘二叔花了两块大洋向你的好姐妹木姐索要的信物,木姐告诉他说你看见这个就会相信刘二叔去过你们家,相信刘二叔说的都是真的。"

"你们……我妈她怎样了?"朝秀猛地坐了起来。

"你妈死了,在你来这里的第二天就死了。据说是听了你大哥二哥的事情之后从床上爬起来时不小心磕着了……"

"妈——"朝秀声音嘶哑地叫了一声,一头倒下去。

刘家早有准备,请来的郎中冲进房间,一番掐人中,灌参汤之后,朝秀醒了过来。

"真是个苦命的孩子。人死不能复生,你就认命吧,这对你未必是坏事。"二娘摸着她的头,最后劝她道。

次日,在床上躺了整整七天的孔朝秀起来了。像睡了一大觉似的醒来了。心里再无挂碍。她就这样留在了刘家。

四

孔朝秀第一次见到自己的"丈夫"刘兴义是在端午节那天。

刘兴义年长她三岁,今年十五了,一直在县城文山书院读书。刘家在村里设有义学,却将自家孩子送去县城读书。文山书院是唐朝大才子李群玉读书的地方,早早就让孩子出去见世面,可见刘秀才虽然不厚道,却也不失为一个有眼光和长远打算的人。

早在一年前,刘家就给大少爷订了亲。可是刚订亲不久,准亲家那边却传来噩耗,她的未婚妻病殁了。

之后就有了刘家大少爷"命犯桃花"的传言,刘秀才为了防患于未然,决定给儿子物色一个童养媳。当他得知向他借赌债的孔家兄弟有个妹妹之后,就让刘二叔放手借钱给兄弟俩并签下了以孔朝秀为赌注的抵押文书。当然这些内情是孔家人不知道的。在孔家榜人包括孔朝秀的眼里,她就是两个糊涂哥哥的牺牲品。

人在认命之前通常会有很多挣扎,甚至反抗,一旦认命之后一切就会很快释然。孔朝秀就是这样。当她清楚自己终将会成为刘家少奶奶之后,很快就感觉到命运其实待她不薄。离开那个看不到希望的家,融入家大业大的孔家,于她而言,没有比这更好的安排了。毕竟,以她的身世背景,通过正常途径嫁入有钱人家,几乎是没有可能的。

童养媳就童养媳吧!翻身是迟早的事情。

刘家大少爷文质彬彬的,待人也谦和,看着也顺眼。就是身子看上去有些弱,脸色也苍白了些。

一般人家的童养媳等同于免费的长工或下人,命运是很悲惨的。但是刘家因为自身的原因和盘算,待她并不苛刻,反而是爱护有加。特别是刘秀才,更是打心眼里把她当成儿媳妇儿来培养。有时候二娘都有些嫉妒了,秀才就用什么"一代好媳妇,十代好儿孙"的大道理来教育她。这样一来,刘家上下在那位胡妈妈的带领下对孔朝秀就都礼让三分了。

县城毕竟太远,让她去给大少爷伴读是不可能的,刘秀才就安排她负责打理义塾里的一应事务,如先生的各项用度,学童学习用品的配置和安全等,还叮嘱她有空也可以以监学的名义旁听先生讲课,在家里做好女红之余要习字等。当然家务也是要协助打理的。聪慧的朝秀还常常主动去厨房帮忙,跟家里的厨娘、师傅学会了好些菜式。

刘秀才的大夫人,大家都称其为大娘,是闸口镇上大户人家的女儿,嫁过来三年才得一子,之后便不曾生养,不知因何不管家事,只知吃斋念佛。刘秀才专门为她在后院里辟出了一间佛堂,里面供着救苦救难的观音菩萨,佛经、念珠、木鱼等一应俱全。服侍大娘的是大娘的陪嫁丫头,也不怎么跟其他下人来往。二夫人二娘虽是普通人家出身,祖上却是郎中,她除了医理常识之外很懂一套调理养生之道,因而结交了一些门当户对的夫人小姐,过门儿的头一年就给刘家生了长子,就是孔朝秀将来的丈夫刘兴义。

两年后与大娘同月生下了儿子,因为比大娘早两天生产,所以刘家的大少爷二少爷都是偏房所生。

也因此,刘家基本上是二娘当家。孔朝秀兰心蕙质,当然会看眉眼高低,跟这二娘跟得很紧,平素里都当二娘是未来的婆婆来孝敬,因而也学到了很多医理方面的知识。

特别值得一提的是,刘秀才结交了一群很上档次的文朋诗友,都是澧州文化名人的后代,其中有一位据说还跟李群玉有关系,是李群玉侄儿的表亲。每年的重阳节,刘秀才都会在家里大宴宾客,将老木皮影戏请到村里,在刘家祠堂前的空地上搭起戏台,让全村

的男女老少都来看戏。偕朋友们登天供山，游览夫人寨，一路吟诗作对，好不风雅。这项重要的活动，刘秀才不是让二娘协助打理，而是让孔朝秀协助刘二叔打理一应事务。有心的朋友问起她，刘秀才就介绍说是他们家姓孔的远房亲戚。久而久之，孔朝秀的身世就完全变了，成了"孔老二的后代"。

那段岁月，是孔朝秀一生中的幸福时光。

三年的岁月一晃而过了。十五岁那年的春天，孔朝秀与十八岁的刘兴义圆了房，圆房那天刘家办了很隆重的酒席，刘秀才的那帮文朋诗友都来捧场了，他们将刘家的这场喜事谓之"行合卺礼"。

行合卺礼的前一晚，刘家在刘家祠堂对面的空地上搭起了戏台，请来了老木皮影戏班唱了通宵的皮影戏，还请了十里八村有名的说书人到家里说书。那一晚，看皮影戏的和听说书的人头涌动，邻近村子里的乡亲们都来凑热闹了。

那是一个值得孔朝秀终生铭记的日子。

因为都太年轻没有经验，那个夜晚算不上美好，反而留下疼痛的记忆。望着身边丈夫熟睡的面庞，孔朝秀的眼前意外地出现三年前向家湾向家二少爷的面孔。这让年轻的孔朝秀整个新婚之夜都辗转不安。

她并不知道，就在她跟刘家大少爷举行合卺礼的前几天，那个只有一面之缘的向家二少爷曾经去孔家榜找过她……

五

向家大小姐出嫁之后，以谈生意为名在县城逗留了三个多月的福建二爹回家后就再也没有出过远门。

不久，向家湾的后山上出现了一个小煤场和好几个小灰窑。那都是福建二爷去县城"谈生意"的成果。

又过了不久，一向健朗的向家贤内助、福建二爷的夫人孙氏就莫名其妙地病倒了。据说是福建二爷从县城回来的时候，不仅带回了商机，还带回了一个女人，就安置在离向家湾不远的大集市御史峪。

福建二爷就此事与夫人进行了彻夜长谈也没能得到夫人的谅解。结果是夫人一病不起，相好也没有带回向家。只是每隔几天福建二爷就会去一趟御史峪，并在御史峪过夜。

向家湾在一夜之间热闹了起来。后山上的煤场和石灰窑都是福建二爷在开采。

原来福建二爷从县城带回来的女人不简单，那女人据传是省长的一个干儿子的表妹。省长的干儿子在御史峪开煤矿，一次在他表妹的牌局中认识了向福建，有意邀请他进煤矿协助打理事务，福建二爷以家里需要他掌管为由婉拒了，但他从此留了心，开始利用一切机会结识省长干儿子身边的朋友。

终于有一天，一位懂地质科学的"高人"向他建议，说向家湾的山里也有煤，不仅有煤，而且有石灰岩。向家湾村口的"岩山"，山上的石头全可以用来烧石灰，他可以就地取材……人的际遇就是这么的不可思议！福建二爷如获至宝，花血本将这位"高人"笼络过来，"高人"与他从县城带回来的女人同姓，福建二爷就名正言顺地叫他"大哥""亲大哥"。他回到向家湾就撸起袖子开干了。

向家的每个人都变得空前忙碌起来，连刚满十六岁的二少爷业春也要负责运输队。向家在闸口码头和御史峪等交通要道都建了中转煤和石灰用的仓库，脚夫们将煤和石灰从向家湾挑到仓库，然后由业春少爷组织运输队运到目的地。

前不久有一批石灰要运到湖北，运输车队经过孔家榜时，负责带队的业春少爷忽然想起了他三年前托张老三家的亲戚送回家的两

个姑娘,就令车队在附近休整,自己独自走下小路按照记忆中的地址前往下孔家榜探访。

三年前,张老三家的亲戚按照先前的承诺,托人带了口信儿给向家二少爷,说人已安全送到家。业春少爷期待的是故人重逢。

他按村人的指引找到了孔朝秀和木姐的家,孔朝秀的家早已空无一人,凋敝不堪。木姐早已远嫁,家里只有两个三十多岁了尚未成家的哥哥,对妹妹的去向闪烁其词。对孔朝秀一家倒是说了好多,说朝秀是被她哥哥的债主带走了,连带走的方式都描述得像亲眼见过一般"那天我们都去姥姥家了,听见响动出来看究竟的人说是被两个男人翻背着走的……"

木姐的两个哥哥这样告诉业春少爷。

朝秀的两个哥哥气死了老娘之后就外出了,三年里没有回来过一次,到底去了哪里也没有人知道。

业春少爷询问上孔家榜的张老三家的亲戚,下孔家榜的人都说那家人已经不在上孔家榜住了,什么时候搬走的都不记得了。他不甘心,继续向上孔家榜的乡亲打听,了解到的情况都大同小异。

业春少爷原本一心想着可以见见故人,没成想得到这样的结果。更没有想到事情是在他执意要送她们回家的当晚发生——如果那天他不是主动要求张老三家的亲戚带她们回去,而是让她们留在向家湾,事情会不会就是另外一个样子呢?

可是,太多的事情没有如果。

说不清是内疚还是关心,业春少爷的心里从此有了一个沉重的牵挂。他在心里发誓一定要找到那个叫孔朝秀的女子。除非她过得好,他这辈子才能安心。

六

从1923年的春天开始,孔朝秀在刘家过上了少奶奶的日子,度过了长达十多年的幸福岁月。

这里说的"幸福",是相对于她之前命运而言的世俗的幸福——作为一个出身贫寒的女子,曾经以为永远可望而不可求的一切,她都有了。刘家给了她一个女人该有的一切:丈夫、家和孩子。尽管他们在婚后第五年才有了孩子。

最初的几年,孔朝秀对男女之事都是懵懵懂懂的。丈夫刘兴义看起来瘦瘦弱弱的,在男女之事方面却不知道节制,看见媳妇儿就一副馋相,永远都吃不饱的样子,几个月下来人都瘦得脱了相,深谙养生之道的刘家二夫人急了。

二娘趁秀才老爷不在家的时候让贴身的丫头把孔朝秀叫进房间,狠狠地教训了一番,看见朝秀满脸无辜又羞赧的样子,唯有叹气。于是,这位二夫人就利用一切机会将自己的儿子支使出去,凡秀才外出必让儿子随行,一应催租催账事宜都让儿子去奔波。可是这样一来,刘家大少爷每次外出回家,都像是从牢房里放出来一般。每次回家的第二天不到午时不会从房间里出来,这让当家少奶奶孔朝秀不堪其苦。

纵然如此,小两口婚后三四年了,少奶奶的肚子还是丝毫不见动静。头三年大家倒都不在意,毕竟孔朝秀还小。四年过去了,二娘才开始着急起来,先是亲自动手为儿媳妇熬制药膳,然后又细细询问儿媳妇的月信规律,想方设法为小两口调整安排同房时间。功夫不负有心人,婚后第五年,孔朝秀二十岁的时候怀上了第一个孩子,九个月之后生下来一个胖小子,秀才为孙子取名刘福喜。儿子

刚满周岁不久，孔朝秀又有了身孕，这次生的是个女儿，秀才为孙女取名刘多全。

那几年，是整个刘家最辉煌的时光，全家上下都因为这两个孩子的出生和成长沉浸在一片喜气洋洋的气氛之中。

人逢喜事精神爽，那几年也是刘秀才精神气最足，气势如虹的几年。先是在孙子出生那年用他惯用的伎俩巧取了村头一个破落地主的田产。不久又机缘巧合成功地引诱了邻村一个死了儿子的漂亮寡妇，霸占了人家的身子不算，还因为不能娶寡妇进门，花言巧语地将漂亮寡妇辗转卖到了湖北的一个大户人家当帮佣。这两件事情刘秀才都干得相当漂亮，扩充家财的同时一点话柄都没有落下。漂亮寡妇的事情更是神不知鬼不觉。

孔朝秀生下女儿不久，刘秀才巧取豪夺了邻村一大户人家的财产。刘秀才以如日中天的架势掌握了刘家湾的话语权，刘家成了刘家湾的权力中心。无论是乡公所还是团防，与刘家湾有关的一切，他们都找刘秀才。

刘秀才主外，孔朝秀主内。繁忙的家事，圆满的天伦。

孔朝秀以为这安稳的岁月能这样一直延续下去。

然而，一切在1943年的夏天戛然而止。

七

1943年夏，日军从湖北进入湖南常德，地处常德西北部的闸口是必经之道。

刘秀才在靠近闸口街一个叫双土岭的路口遭遇了撤退的日本兵，早已被自己的炮火熏红了眼、见中国人就砍的日本兵，二话不说地追上回头就跑的刘秀才，用刺刀砍死了他。

也是合该有事，刘秀才向来消息灵通，早在日军进入湖南之前就安排家人逃到湖北亲戚家避难了，这天不知为何想起家里的一件什么事情，放不下心回来处理，没承想遭此横祸。

刘家的顶梁柱横死，刘家的天塌了，但是葬礼还得举办。

孔朝秀协助丈夫办理公爹的丧事。虽然战争期间一切从简，刘家还是请了两班道士开路。道场不够，就从刘家大院延伸到村里的戏台前面。凡来观看的乡邻都可以进来吃饭、喝酒、抽烟。出殡的声势浩大，太平杠收棺，十六人护送，还有两班锣鼓队。

刘家将丧事办成了白喜事，一生坏事做尽的刘秀才居然隆重谢幕。然而刘家的悲剧却刚刚开始。

刘家大少爷在其父亲下葬之后的当晚，离奇死亡。因为照顾孩子与丈夫分床而睡的孔朝秀发觉丈夫不对劲的时候，刘大少爷的身体都硬了，之前一点征兆都没有。孔朝秀强忍悲痛查验丈夫尸体的时候，只发现了可疑的鸦片和酒。

刘秀才入土为安后的第三天，刘大少爷的葬礼还没有整出头绪，刘秀才的两个弟弟相继在中午时分去世。一个在街上因为对据守闸口巡逻的日本士兵"不敬"被杀死，一个在路过村口的水塘时无端一头栽进了水塘……

刘家在刘秀才横死之后，两天内死了三人，而且都是男人。刘家的地陷了。

但是这还没有完，就轮到刘大少爷的两个弟弟了。二少爷和三少爷的去世时间相隔不到一个月，而且都是非正常死亡，一个吃饭时被噎死了，一个半夜的时候被一只没有进鸡笼的鸡飞起来碰倒的一把铁锹砸死了……刘家就像被诅咒了一般，除了孔朝秀的一双儿女，刘家可作指望的人一个个都死掉了。在刘家，除了孔朝秀之外最活跃的人物二娘，在自己的儿子相继去世之后就病倒了。

刘秀才的两个兄弟去世后，大娘的娘家来了人，要接大娘回娘

家去。说是刘秀才生前得罪了一个阴阳先生,下葬的时候被阴阳先生动了手脚,刘家被诅咒了,永世不得翻身了。大娘回娘家去了,回去的时候带走了那些可以带走的嫁妆和陪嫁丫头。至此,刘家不到两个月的时间里一连死掉了六个人。最后剩下连床都起不了了的二娘和孔朝秀及她的两个孩子。

八

饱受战争灾害,闸口一带的河里全是尸体,被泡得像水牛一样的尸体。流动的河水全是红色的……以前只在戏文里听说过的"血流成河",如今成了活生生的眼前景象。

向业春终于不忍目睹,转过身对跟在身后的小毛头叮嘱了几句就匆匆离开河堤,一个人朝街上走去。

他是奉父亲之命带人来协助国民党军队留守部队打捞掩埋尸体的。

向家湾与湖北仅一山之隔,村子外围的御史峪连接着外面的大路,可以直接通往湖北的枝城、武汉等地。早在1938年年底得知日军占领武汉的时候,福建二爹就关闭了山上所有石灰窑和煤窑,遣散了所有挑夫和矿工,一家老小开始专事农田,老老实实地耕田种地、收租放债过日子。

向家湾进过日本兵,向家大院因为气势巍峨差点成为日军的据点,最终没有落入日本人的手——全靠了那扇大门——坚固的铁梨木门。日军进村之前,村民们都被共产党地下组织早早转移到山里去了,分散藏在蜈蚣岭、老人头、笔架山上的芭茅丛和山洞里。日本兵进了村,真的就像传说中的"鬼子进村"一般,见不到人,牲畜家禽就遭了殃,日本兵就跟畜生似的,逮住牛不杀死,而是直接用刺刀剜下牛屁股上的肉来煮了吃,逮到猪也是。他们的罪恶真是罄竹难书。

一队日本兵对着向家的大门使尽了手段,将刺刀刀尖插进门缝里挑、砍,无济于事之后,又架起机关枪进行扫射,子弹被弹了回来,大门纹丝不动。也许是进村的日本兵没有携带重武器的缘故,向家大院最终幸存了下来。

日军离开了,国民党军队住了进来。带队的是一个姓孙的队长,跟福建二爹的夫人同姓。向家为国民党军队提供了最热情、最周到的服务,也因此接下了协助三等岩的守军修建防御工事的任务。

向业春脚步匆匆地进了街口一间向记鱼档,这家鱼档的老板是他们家一门远房亲戚,镇上仅此一家,街上其他的鱼档都是向记鱼档的分店。刚进门,他就听见表叔表婶正在争吵。

"这鱼早就叫你不要留了,刘家都家破人亡了!你还留!"是表婶尖厉的声音。

"这不是他们家还没有来取消预订吗?做生意的要讲诚信,保不准他们家什么时候就来取鱼了……"

"诚信!我叫你讲诚信!"话音未落,一个装着两条草鱼的水盆就"哐啷"一声被摔了出来,溅湿了向业春的裤腿。

"叔、婶,你们这是干什么?"

"哎呀!业春来了?业春外甥来了!"表婶冲里面叫道,看见表叔出来又数落开了,"你说你叔……那个刘家之前在我们这订了鱼,每天两条,可是刘家一个多月的时间里死了六个人,现在就剩一个寡妇和两个十多岁的孩子,他还等着他们来取鱼,都家破人亡了,孤儿寡母的哪还顾得上这事儿!这鱼每天都留着不卖,到头来自己吃,现在年头儿不好,这不是要亏本吗?!"

"哪个刘家?"向业春的心里没来由地咯噔了一下,不由自主

地问。

"就是界岭大花园刘家湾的刘秀才家,就是那个传出'小花园要烟不烟,大花园出牛尾巴烟',逢年过节都在街上开赌档讲大话发大财的刘秀才,被日本人砍死的刘秀才……"

"你不能少说两句吗?人家又没招你惹你!"到底是自己的客户,表叔忍不住打断表婶的话,"不留就不留吧,不要吵了,当着晚辈的面也不怕被人笑话!快做饭去!"表婶喋喋不休地进里面去了,表叔一边收拾摊子一边跟他拉家常,一会儿就弄清了事情的原委。

原来那个刘家不愧是大户人家,柴米油盐还有肉鱼等一应家用都是在街上固定的商家预订,每天派专人到街上来取,预订的时候付订金,然后一个月结一次账。每天一早,刘家都会有人定时来到向记鱼档取两条鱼回去,有时是厨房里管事的来,有时是刘家那个少奶奶亲自来,向记鱼档每天都预留两条最新鲜的鱼给刘家。现在一个多月不见刘家的人来取鱼了,隔壁的肉摊早就不留肉给刘家了,只有向记鱼档还一如既往地给刘家留鱼,刘家的账也还没有结清。

"不如这样吧,我这几天也不忙,就让我替叔跑一趟刘家,去讨个准话,毕竟还有账未结清。"向业春忽然自告奋勇地说。

"去看看也好,毕竟是老客户了。"表叔一口答应,并给他用草绳系了两条鲜鱼。

直到离开表叔的鱼档,踏上了去往刘家湾的路之后,向业春都没有想明白自己怎么就讨了这么一个跟自己毫不相干的差事。

九

大少爷的葬礼之后,孔朝秀整个人就垮了。之后的几场丧事都由大娘交给刘家湾最年长的"老公公"操办。

几场丧事下来，刘家就被掏空了。

孔朝秀从来不知道，自己的公爹和丈夫在外面到底欠了些什么债，债主们拿着各种各样的契约和欠条找上门来，不找她也不找二娘，来人只认刘家大娘。大娘先是变卖家里的东西，或者直接用家里的物件抵债。家里被搬得差不多了，就开始变卖田产、祖业……

孔朝秀和二娘都没有嫁妆，因而闺房里的东西都给搬走了，连她们睡了多年的雕龙画凤的婚床都被搬走了，大少爷在合卺礼那晚送给她的一只装首饰的楠木匣子，因为裹在衣物里才幸免于难，成了孔朝秀仅存的东西。

众人眼里刘家少夫人漂亮聪慧，原来都只是体现在闺阁家务上面，外头的事务一窍不通。刘家到底有多少产业，她也一概不知。刘家最后一个可以主事的男人的葬礼之后，孔朝秀被大娘携着去了一趟刘家祠堂，代表刘家遗孀参加家族会议。孔朝秀才知道，自己和孩子仅剩下三亩水田和两块旱地及一片山林可以经管，刘家的宅院他们娘仨只可以居住在西边的偏房。至于为什么会这样，她一句也没有听明白。而关于刘秀才生前喜爱并且倚仗的二娘，刘家族人一个字也没有提起。二娘一直住在西厢房，孔朝秀娘仨理所当然跟她一起住了。大娘回娘家之后，二娘就成了刘家名义上的长辈。刘家宅院住进了他们不认识的人，那些人自作主张地用围墙将西边的偏房与主院隔离开来。

不知从什么时候开始，孔朝秀喜欢一个人待在危险的地方。她常常呆坐在年久失修的偏房后面的廊檐下，痴痴地望着松脱的木头，仿佛等待它掉下来砸到自己。她还常常在洗衣服或者洗菜的时候，专拣井边那块早已松动的大石头，蹲在上面望着井底，仿佛随时都可能一头栽下去……每次都是十二岁的女儿多全来找她回去。

她不知道自己早已生无可恋，常常看着一双儿女在她眼前安静地忙前忙后就莫名其妙地泪流满面。

福喜和多全很早就被大少爷送去县城的学堂读书了，刘秀才去世后，刘家派人将兄妹俩接了回来，之后，就再也没有回学校去。曾经被贫穷的母亲寄予厚望的小脚，如今成了孔朝秀的心头之痛，她因为这双脚什么重活儿都干不了。之前五谷不分的福喜，带着妹妹多全去田里干活，每次回家都是一身泥水。不到十五岁的福喜还背着孔朝秀，将一个夜里躲在他们家窗外偷窥的二流子扑倒在路边，结果没教训到二流子，自己反倒被打得鼻青脸肿地回来……

一切都变了。是从云端跌入谷底的变，是从天堂掉入地狱的变。

深秋的一天晌午，孔朝秀做好了饭，两个孩子还没有回来，二娘还在房间里咳嗽。进入秋天以来，二娘就开始咳嗽了，时好时坏又不让看郎中，再说家里也没有请郎中的钱。就这样病着熬着，等死的光景。

孔朝秀打扫干净屋子，又抹干净桌椅，屋子里的角角落落都一尘不染了，她还在抹着擦着，不让自己停下来。就在她第三次拿起扫把的时候，门外传来了敲门声。

孔朝秀以为是福喜和多全回来了，他们不像村里其他的孩子那么喜欢嚷嚷，每次回来都是先敲门，进门了才说"妈，我们回来了"。

打开门，孔朝秀看见一张似曾相识的面孔，"你是……你找谁？"

"是你……你不是孔家榜的那个朝秀吗？二十三年前……"

"二十三年前……二十三年前……你是……向家湾的业春少爷?!"

"变了……变了！但还是认得出来……"

他们都认出了对方。一个因为这些年一直没有放弃过寻找，一个因为新婚之夜里曾经想起过对方。

孔朝秀还没有醒过神来，向业春已经进了门，将鱼往桌子上一搁，说："我是来给你们家送鱼的，闸口码头上的向记鱼档是我一个表叔开的，他老人家天天都给你们留鱼的，但不见你们去取，吩咐我过来看看。"

"向记鱼档……"孔朝秀低声吟着，眼泪又不争气地流了下来。她有些手足无措地站在向业春面前，刹那间想起那些繁花似锦的前尘往事，悲痛不已，恍恍惚惚地就要倒下去，被向业春一把扶住，抱在怀里。

"天塌下来，还有高个的顶住呢，不哭不哭……"

在这之前，孔朝秀哭过无数次，从没有像这一次酣畅淋漓。之前是一边哭一边自己抹泪，现在有人为自己擦眼泪了。

直到向业春已经离开了，孔朝秀还在掐自己的大腿，确信刚才见到的人不是在梦里。

"我还会再来的，这刘家太不厚道了，我要带你回向家湾。"刚才两个人说过什么，问过什么都不记得了，孔朝秀就记得向业春临离开时站在门口说的这一句。

孔朝秀将一直关闭着的门窗都打开了，晦暗的屋子一下子亮堂了好多。

"如果他真的再来，你就跟他走吧！"背后忽然传来久违了的二娘的声音，把孔朝秀吓了一跳。几个月未下床的二娘竟然起床了，而且还走了出来！

"二娘，您怎么起来了？"

"我一直在听你们说话，也不知为什么，忽然觉得精神了些，就起来了。"二娘倚着房间的门框，面容枯槁却笑盈盈地说，"你不用害怕，我这还不是回光返照，应该能撑到他再来的时候……"二

73

娘停下来喘了一会儿气，继续道："多全可以跟你去，福喜得留下给我儿子留个根，你扶我到外面去坐坐吧，我都快睡发霉了。"二娘有些体力不济了，孔朝秀赶紧过去扶住她，一手搀着二娘一手提了把椅子，让二娘坐在屋子外面的太阳底下。

"你也不用扭扭捏捏的，当年若不是老爷，你早就是向家的媳妇儿了，是我们刘家对不住你，是我儿子没有福气。"

"您别这么说……"

"虽然我刚才没有见着向家二少爷的面，但我从他的话里听得出他不是轻浮的人。女人的命，向来由不得自己，更不用说如今这兵荒马乱的世道了，你就好好求着老天爷保佑我能撑到他再来的时候，让我吊着一口气好替你最后做一次主吧……"二娘说着说着就咳嗽了起来。

"您别说了，我听您的就是了，您趁着日头暖和，好好歇息一会儿吧。"

十

向业春终于在天黑之前回到了御史峪。他没有急着赶回向家湾，而是进了御史峪山脚王瞎子的家。

他要向王瞎子求证一件往事。

十多年前，向家大院乔迁新址，正屋上梁的时候发生过一个插曲——

湘北一带有个关于上梁的习俗，就是上梁时，除了参与建房的工匠、帮工都要到场之外，附近的亲友、乡邻都会来围观。上梁之前，堂屋的两个山墙尖上要贴红布对联，照面枋上书"紫微高照"或"吉星高照"四个大字。梁木上画龙凤图案或符咒，作为吉祥和避邪象征。上梁时木匠师傅先对梁木行礼,再焚香烧纸,祭祀鲁班,还提活鸡一只,当场杀死后将血点于梁头、梁尾、梁中,以除煞气,然后凿开梁口,由匠人抬梁沿梯而上,木匠师傅分别站在两边中柱顶上或山墙尖上,指挥安放,一旦在中柱上合榫或在山墙尖上放正,即鸣放鞭炮,木匠师傅高唱《上梁歌》,称为"赞梁"。然后把备好的米粑粑、发饼或包子、糖果等向梁四周抛掷,称为"抛梁";木匠师傅且抛且唱:"抛梁抛得高,子孙当阁老……"抛完后,木匠又唱:"手中发饼全抛,主东幸福万年……"主东则备酒宴款待匠人和帮工,为泥瓦木石匠赏利是钱。

事情发生在上好梁后,木匠师傅发米粑粑的环节。为了避免米粑粑砸到人,木匠师傅甩粑粑之前会进行喊话:"前面有人没有?"

有人答了一句"有!"木匠师傅就转了个方向,再问:"旁边有人没有?"

有人又答了一句"有!"木匠师傅就又转向了继续问:"后面有人没有?"

有人答了一句"没有"。木匠师傅心头一喜,他终于不用将米粑粑挑到下面去分发了。福建二爹安排在现场监工的向老实还来不及阻止,木匠师傅已经将箩筐里的米粑粑一把一把地撒了下去。一大早就来到新屋场围观等候的乡亲们一哄而上,哄抢米粑粑吃或者带回家。

木匠师傅的任务完成了,却将"诅咒"留给了向家。

上梁仪式上的那句"后面有人没有?没有"的话,是"向家将没有后人,绝后"的意思。之前在下面回答"有"的人都是福建二爹特别安排的,木匠师傅在问后面有人没有的时候,他安排的人还没来得及开口,不知是哪个促狭鬼就抢先回答了。负责监工的向老实本来可以当场纠正,如叫停木匠师傅,大声地喊话"后面也有人",就可以当场化解的。无奈木匠师傅一时糊涂,只想着快点

甩完米粑粑，稀里糊涂地就把米粑粑往屋后扔了。

尽管木匠师傅下来后又是请罪又是不要工钱，阴影还是留下了。

向家家大业大，各种生意盘根错节，得罪人是难免的，但就是找不出那个明显使坏的人。

上梁那天，业春刚好出远门了，不知道事情的原委。直到福建二爹找来大师寻求破解方法，而破解之法要应在向家第二个儿子身上的时候，业春才知晓这件事。

王瞎子告诉他"确有其事"。

"那破解之法到底是怎样的呢？"向业春急切地问。

"二少爷这般匆忙地过来求证此事，怕是找到了破解之人吧？"王瞎子捻着下巴下面稀疏的胡子，白多黑少的眼睛望向他，不答反问。

"您就快告诉我破解之法到底是怎样的吧？"业春从口袋里摸出一块银圆塞到王瞎子的手心里。

"破解之法就是你必须要跟一个门当户对的有孩子的寡妇成婚。"

有孩子的寡妇肯定有，与向家门当户对的却不多见。这也是三十多岁的向家少爷至今未娶的原因。

现在终于有了！

向业春心花怒放地离开了王瞎子的家，急急忙忙回到向家湾，却被告知父亲去了御史峪。

向业春一夜未睡，一直坐在院子门口苦等。天蒙蒙亮的时候，终于等到了踩着露水回来的父亲。

福建二爹被裹着被子带着绒线帽坐在门口打盹儿的儿子吓了一跳。

爷儿俩就在门口把话说开了。向业春从二十年前大姐的婚事说起,一直说到昨天送鱼的情景。

福建二爷一言不发地听着,直到业春完全停住了嘴。

"你确定她只有一个二娘跟在身边,刘家根本不管他们娘仨?"半晌,福建二爷才沉吟着问。见业春点头又问,"你见过她的一双儿女没有?"业春摇头。

"那你先去孙家屋场把媒婆春姊找来。"业春拔腿就跑,刚跑两步又被福建二爷喝住:"看我都糊涂了,不找媒婆了,你去接你二叔过来吃早饭,这事要直接去提亲,而且对破解的事一个字都不能透露,只能说是你多年所愿!你可记好了?!"

向业春连连点头。

十一

孔朝秀的生活又发生变化了。她不再待在那些危险的地方,连那块年久失修的屋檐,她也督促福喜修好了。荒废多年的女红,也重新拾了起来。

孔朝秀一连给福喜做了两双鞋子,一双单鞋,一双棉鞋。给福喜做好了,又给二娘做。

二娘虽然依旧卧病,但每天都会在太阳出来后起床,到外面晒一会儿太阳才又回到屋里去。

这样的光景,最开心的当然是两个孩子。福喜回了一趟县城的学校,带回了好多书。除了书,还带回了一个装着银圆和纸币的盒子,那是县城的同学捐给他们兄妹的。

二娘每天晒完太阳临进屋时都会朝进村的路头张望一阵儿,嘴里喃喃着,眼神复杂地看一眼无动于衷的孔朝秀,摇头叹息一番。

"您不要这样子好不好?他是不会来的,就算他来了,我也不

会扔下你们跟他回去的。"

"你这是什么话!"二娘生气地说,"你要这样我还不如早点死了算了,我这样熬着撑着是为什么?就是要给你做主的!你……你是要气死我吗?"二娘说着说着又喘息起来。

孔朝秀赶紧安抚,"您不要生气了,我听您的就是。"好不容易将二娘劝进屋里之后,孔朝秀又开始闷头纳起鞋底来。

不是不相信那个人,而是她从心眼里没有要跟他回向家湾的想法。对方是什么人,自己又是什么人,就算过去偶尔有过一闪即逝的梦想,也是上辈子的事情了。有痴心没有错,但不能妄想。可是就算不妄想,在这世间有这么一个彼此记挂的人也是好的。这个人的存在,让她觉得日子敞敞亮亮的。

好事坏事都会过去的,心里敞亮就好。

然而,向家真的来人了!而且来得相当隆重。

向家一下子来了三个男人,分别是向业春的舅舅、二叔和姐夫。三个大男人一人挑着一担蒙着红纸的箩筐,里面装满了米、肉、糖、饼,甚至还有祭拜祖先要用到的祭品等,吃的用的东西,六只喜气的箩筐整齐地摆放在孔朝秀逼仄的家里,家里一下子亮堂了好多。放好担子之后,向家姐夫郑重地交给二娘一个裹得很硬实的红布包袱,里面是用红纸包着的一扎一扎的银圆和装着首饰的红色绒布盒子。

向家这三位最具家族代表性的亲人是带着聘礼来提亲的。

被遗忘多时的刘家大宅,准确地说是刘家偏院,很快就聚集了好多闻讯而来的乡亲。

向家人到的时候,二娘刚刚晒完太阳准备进屋里去。她记得当时仿佛有神灵在指引她一般,进屋之前就那么回了一下头,一下子就看见了三个挑着担子的男人正远远地朝她们家走来。"他们来了!"她激动地对搀着她的孔朝秀说,"快帮我梳洗一下……"

向家二叔给二娘讲了一个关于偶遇与寻找的故事，故事的主人公就是向业春和孔朝秀，听得二娘不停地抹眼泪。围观的乡亲听见了也唏嘘不已，并且很快将这个故事扩散开去。

　　没有什么可商讨的，一切都按向家的意思办就行。唯有孩子的事情，向家二叔表示完全依二娘的意思。

　　向家来的人当二娘是刘家唯一的长辈，对刘家其余的人事只字不提。刘家也无人出来干涉。

　　一切水到渠成。

　　三天后就是吉日。为确保万无一失，向家提前一天就派来一辆马车，将孔朝秀和刘多全接过去了。

　　向家在向家大院外面不远的开阔地带临时搭建了一个花棚，当作孔朝秀出嫁的地方。"十姊妹"也由向家安排好，婚礼该有的一切都有，一个细节都不曾马虎。

　　红烛高照，烛光中，心头五味杂陈的孔朝秀忽然就想起了二十三年前，她和木姐来到向家湾看向家嫁女儿的场景……

　　一切恍若隔世，又恍如昨天。

　　从那一天开始，孔朝秀在向家度过了漫长的五十多年的岁月，被向家的后人尊称为"老祖宗"。

福建二爹

一

1920年，年年兵祸的湖南似乎要迎来久违的和平了。同样不曾消停过的澧州大地，衰败的城郭和乡村也开始有了复苏的景象。湘西北与鄂西南交界的闸口码头，也日渐热闹了起来。闸口最靠近湖北的御史峪向家湾，因为偏远和隐蔽的关系，倒是一如既往的一派祥和景象。

这一年的春天，向家湾发生了一件大事：一向寂寂无闻的向家二老爷"福建二爹"高调嫁女，其声势排场盖过了新任保长向世陆娶儿媳妇举办的新式婚礼。

向家老爷子向世玖和其长子向福春同时染上了风寒，久治不愈，最终引发肺疾乃至卧病不起，向家老管家福伯揣着邻镇杨家送来的"日子纸"，亲自前往县城，辗转找到正沉浸在沁香茶楼茶女吴媛媛温柔乡里的福建二爹。

福建二爹舍不下与吴媛媛的缠绵，叮嘱福伯先行一步回到御史峪给自己的小相好物色好安置的地方，自己在县城最大的酒楼"金龙玉凤"饭店宴请了在县城结交的重要朋友，就携吴媛媛匆匆赶回了离开长达三个月之久的家。

向家嫁女，原本只是为了给病重的老爷子和成家多年尚无子嗣的大老爷冲喜，福建二爹因为要借此事为即将付诸行动的"大动作"造声势，在宾客邀请、喜宴和嫁妆方面都竭尽全力。两百桌的流水席，彻夜的皮影戏，在内宅说书的下半夜都不曾歇息，远亲近邻都宾至如归。送亲的队伍绵延数里，嫁妆除了箱笼柜台、桌椅板凳之外，田地（文书）牛犁耙一应俱全。一切都羡煞旁人。

夜已经很深了，微醺的福建二爹还没有睡着。近三个月的时间里，他已经习惯了每晚搂着吴媛媛柔软娇嫩的身体入睡，如今他已经一个多月没有这种享受了。翻来覆去越翻身越难耐，他终于伸出手把身旁早已睡着了的孙氏揽了过来，不管不顾地就压了上去。孙氏迷迷糊糊地嘟囔了一句什么，就任由他了。意乱情迷中，她隐约听见男人的口中压抑地喊出了"媛媛，媛媛"……

在孙氏嫁入向家二十多年的岁月里，这样的夜晚从不曾有过。他们的夫妻生活一直没有间断过，但也一直波澜不惊，有满足，有愉悦，但没有过惊喜。今夜，已经年过四十的孙氏，第一次感受到了激情，然而却夹杂着深深的不安。她紧紧地抱着已经平息下来的男人，而男人已经发出了鼾声。

之前，福建二爹在紧锣密鼓地为爱女筹备嫁妆的同时，就已经将煤矿的前期筹备工作圆满完成了，煤矿的具体位置，也已由在县城结识的地质专家划定。地质专家跟吴媛媛同姓，向家人都称他"吴师傅"，福建二爹则称他为"大哥"，没人的时候甚至叫他"亲大哥"。

在向家人的印象里，福建二爹回家后的每一天几乎都跟这位吴师傅一起，形影不离。两个人每天同出同进，早出晚归，而且总有说不完的话。

半个月前，福建二爹在吴师傅的建议和指导下物色了五个可靠的年轻人，分别送到吴师傅熟悉的煤矿和石灰矿那里学习打井和装

窑技术,他本人也和吴师傅一起先后到御史峪煤矿和老木石灰矿亲自下井(下到矿井里)、亲自装窑(石灰窑),全程了解并掌握了相应的程序和技术。

煤矿择日开工,之后大约一个月的时候,矿工们背出了黑乎乎的煤块。向家全家上下都乐开了花,福建二爹兴奋的心情更是无以言表,给煤矿命名为向家湾煤矿,向家大院里杀猪宰羊,庆祝煤矿顺利投产,孙氏亲自带领家里的帮佣将飘香的猪肉、羊肉和白米饭送到煤矿慰问矿工,并给每名矿工发了利是。

向家湾煤矿是向家湾唯一的一个出产煤的煤矿。在福建二爹开矿之后近百年的时间里,很多人,包括福建二爹的后人,都在向家湾的几座山里挖过矿井,挖出的矿洞不下十几个,但是没有一个挖出煤。可见那位吴师傅的能耐非同一般,而向家湾的神奇也由此可窥一斑了。

向家湾煤矿挖出煤半个月之后,福建二爹开始着手开挖石灰窑了。一连挖了两个小窑都试烧未成,第三窑才成功。

"福建二爹时代"从此开启了。

当一切都步入正轨之后,福建二爹想起了三个多月未见的吴媛媛。

二

福建二爹出现在御史峪西街那栋极为隐蔽的农家小院的时候,吴媛媛正坐在院子一角的那棵枇杷树下发呆。枇杷树下落满了白色的花瓣,树上绿色的叶子簇拥着毛茸茸的淡黄色果蕾。

吴媛媛的脸上挂着掩饰不住的惊喜,人却坐着没有动。

"这段时间实在是太忙了……这里住着还习惯吧?"话音未落,

一个娇小温软的身子已经扑进他的怀里。

顾不上刚好从屋里出来要出去买菜的吴妈诧异的目光,福建二爷一把将吴媛媛拦腰抱起,一直抱到楼上的卧室。

这个吴妈是吴媛媛自己让她表哥从老家长沙找的一个乡下亲戚。她表哥就是御史峪煤矿的孙老板,这个孙老板是新选的省长赵恒惕的干儿子。原本福建二爷是想让福伯给她在御史峪物色一个知根知底的女佣的,哪知福伯找好房子之后就忙着大小姐的婚事了,婚事过后又忙着协助他筹备开矿的事就没顾上这茬儿。现在吴媛媛自己找了她认为可靠的人在身边照顾,福建二爷倒觉得省心了。

吴媛媛生长在长沙那样的大城市,因家庭变故才流落至澧州城,见识与习惯自然与在偏远乡村土生土长的福建二爷不可同日而语,这一点从楼上的室内装修就可窥一斑。

楼上的卧室连着浴室,室内装修得粉白粉白的,家具全都是白色的欧式家具,床也是欧式的席梦思,床头的支架是金色的铜柱,床上用品包括蚊帐一应是女儿心思的粉红色,床头柜上还放着一个高高的白色的花瓶,里面插着不知从哪儿采摘的野花。福建二爷不懂什么罗曼蒂克,他站在门口一眼望进去,只能在心里用"温柔乡"来形容。

他将吴媛媛放在床上,就要情不自禁地压上去,不想吴媛媛却推开了他,然后牵着他的手,将他带到卧室里面的大浴室,浴室里用屏风隔着厕所。浴室也是雪白雪白的,大大的白色浴缸倚墙而放,旁边的盥洗台上香皂、牙刷、剃须刀、毛巾等洗漱用品一应俱全,一面墙上还镶嵌着大大的镜子。

"你都出汗了,风尘仆仆的,洗一洗解解乏吧,我去叫吴妈给你打热水上来。"吴媛媛说着就往门口去,刚转身又回头指着盥洗台嘱咐道:"你先刷牙,那个是水龙头,跟原先茶室里的一样拧开就有水的,是我去矿里找师傅来装的自来水,蓝色的牙刷和水杯是

你的,墙上钩子上挂的睡衣也是给你买的……"

"那个……吴妈不是要去买菜吗?"

"看见你来了,她就没有急着出去。"吴媛媛娇羞地说,然后一扭身出去了。

福建二爹刚刷好牙,吴妈就一手提着一桶热水上来了。当他洗完澡,穿上那件米白色的府绸睡袍,又舒服又精神地出现在温柔乡一般的卧室里时,吴媛媛已经换上洁白的睡袍,躺在粉红色的大床上等着他了。

一切还是那么水到渠成,淋漓尽致。吴媛媛在床上的表现热情而机敏。热情是羞涩的半推半就惹人怜爱的热情,机敏是身体高度敏感的令人销魂的机敏,令他意乱情迷。他恍然觉得自己身下的世界就是他的江山,此时此刻的人生才是真正值得留念的人生。

两个人都平静下来之后,福建二爹才想起之前在浴室里想到的问题,疲倦却不失温和地问:"你把房子弄成这样,花了不少钱吧?"

"还说呢!"吴媛媛温驯地伏在他怀里,抬起头望着他的眼睛说:"装修和家具花光了我所有的积蓄……"一言及此,两人都想起了什么,一下子沉默了。

吴媛媛十四岁的时候,父亲去世了。母亲在亲友的劝说和撺掇之下带着她改嫁了。她十六岁生日那天下大雨,外出打牌的母亲留宿朋友家,留下继父给她过生日,继父买了蛋糕和红酒回家,年幼无知的她不知道如何拒绝继父不同寻常的关爱,不胜酒力的时候,继父竟然将她抱进了他和母亲的房间,万分危难之际,是母亲不慎遗落在枕头上的发簪救了她。她刺伤了继父,连夜冒雨从家里逃了出来。

举目无亲的她只知道有个远房表哥,在澧州的一个叫御史峪的地方开矿,就一路寻了过来。身无分文,她只得暂时栖身于正在招"茶女"的沁香楼,她在沁香楼里写信给表哥,由于没有详细地址如石沉大海。直到有一天，已经成为孙老板的表哥因为生意纠纷躲到沁香楼避风头，两人才意外相遇。那时候，她早已成了真正的"茶女"，就是那种既卖茶艺，也要在茶楼需要的时候卖身的妓女，此时，她已经在沁香楼待了近四年的时间了。好在到底是茶楼，找她的男人也都是非富即贵，其中有个不知是哪支部队的满身都是伤疤的连长，甚至要纳她为姨太太，因为临时接到军令才让她逃过一劫。

就在表哥张罗着要带她离开沁香楼时，她遇见了福建二爹。福建二爹是在朋友的带引下偶然来到茶楼的，他的朋友是茶楼姐妹的相好，一来二去就混熟了。已近不惑之年未曾见过什么大世面的福建二爹，视二十岁的吴媛媛为天人，在沁香楼流连忘返，在澧州城盘桓数月，几乎都在沁香楼，并最终将她从沁香楼带了出来。

吴媛媛说的所有积蓄，指的就是长达四年的沁香楼卖艺又卖身的积蓄。其间饱含了多少屈辱和血泪，只有当事人自己清楚。

令人揪心的沉默之后，还是福建二爹主动侧过身子，抱紧了早已哭得梨花带雨的吴媛媛。

"现在，我只有你了……如果你再不来，我和吴妈就要去后院开荒了。"吴媛媛说着说着就哽咽了。

她没有说他再不来她就要去找他了，也没有说他再不来她就要向她那位近在咫尺的老板表哥求助了之类的话。她知道去找他可能会给他带去麻烦，去找她表哥会让表哥没面子，所以宁愿选择在有限的条件下自力更生，可见她把他看得有多重，有多么珍惜他。一念及此，福建二爹便不由自主地搂紧了怀里的女子，同时在心里做出了要专门匀出一笔钱来打理她的生活的规划。

在这个外表其貌不扬，内里洋气浪漫的小楼里，还有一个让福建二爹自惭形秽的地方，就是楼下的书房。书房很简单，只有一个放书的格子架和一张简陋至极的书桌、椅子，书桌上放着挂有毛笔

的笔架子和磨墨的黑盘子，格子架上放着几本泛黄的线装书和几沓过期的报纸。

向家虽然家大业大，但不是书香之家，向家祖上好几代也是武将出身，据传早在明朝洪武年间，向王天子向大坤在天子山的最后一战神堂湾之战的时候，预见自己败局已定，便在出战前，以自裁相威胁遣散了一直跟随自己的侍卫和侍女。这被遣散的侍卫之中，有一位就是向家先祖，先祖当时带着暗恋多时的侍女，拼尽全力才逃出生天，一路逃至澧州，途中救下从四川往澧州赴任遇到歹徒的知州大人向于俊，后在知州大人的帮助下几经辗转才隐居到湘鄂边境地带的御史峪，并在那里开枝散叶。先祖的多位后代曾出任过澧州或邻近县府的武职，从千总、守备到参将都有。一直到福建二爹的曾祖辈开始，向家才逐渐淡出官场，也渐现没落迹象。

到福建二爹父辈的时候，连家传的武学也荒废殆尽了，福建二爹和他的兄弟都只读过私塾，专习过算数，向来与书无缘。这个简陋的书房，让他莫名的心安，他似乎从这个书房看到了吴媛媛没有他也不会寂寞的时光，这会让他少操很多心。将来他带她回向家大院的话，说不定还会为向家带去泽被后代的书香，助力向家重建辉煌也未可知呢。

不知不觉，福建二爹就在温柔乡里逗留了三天，怎么也得回向家湾看看正在煅烧中的石灰窑了。

"一会儿你让吴妈去闸口街中心的福春钱米行兑出来家用。"他从随身携带的软皮匣子里取出两张银票，递给刚刚从浴室里出来的媛媛，"装修房子的钱，我另外再给你，你自己存着权当护身。"不等吴媛媛开口又赶紧补充道："你不要多想，等家里安排妥当了我就带你回去，就算将来进了门，也要有私房钱防身的。"

吴媛媛什么也没有说，只是更紧地将身子依偎进他的怀里。

两人正缠绵着，忽然听见楼下传来震天响的敲门声。

"太太,先生家里来人了,说……有急事。"不一会儿就听见吴妈在门外说。

两人下得楼来,却见是一身孝服打扮的福伯。

"二爷,福春大爷去了……"一语未完,只见福伯双腿一软就跪倒在地。

"啊……"福建二爷一把扶住福伯,"怎么回事?不是好转了的吗?怎么……"

"您快回家看看吧!我还要去亲家那边报信。"福伯说完就抹着眼泪出去了,水都没喝一口。

三

大小姐的喜宴过后不久,老爷子的病就日见好转了。调养了一段时间之后就大好了。虽然其中不乏周郎中精心治疗劳苦功高的缘故,但是大家都将老爷子病愈的功劳记在"冲喜"的头上。福春大爷的病好转后,因为出去催收一单积欠多年的债务淋了雨,回到家就一病不起了。周郎中在他的病床前一边沉吟"风邪已至腹中,情况不妙",一边摇头,郎中离开之后的第三天,这位向家的掌舵人就去世了。而在此之前相当长的时间里,这位掌舵人一直在为自己没有后嗣而纠结,临终前曾请求老爷子说服老二福建将其大儿子业军过继给他,确认老爷子应允了才放心地闭上眼睛。

福建二爷回到向家大院时,看见哥哥的灵堂都已经设好了。因家中老人尚在,丧事理应从简,等到亲戚们全都到齐之后就发丧了。他同意将大儿子业军过继给哥哥,但有一个条件就是哥哥福春掌管的钱米行要转让给他。福春的遗孀杨氏答应了。福建二爷支付了比账房先生计算的数额高出三成的转让费给杨氏。之后不久,杨

氏就携业军一起迁到了一处向家闲置的宅院去居住了。在往后的岁月里,真正为向家开枝散叶的就是这位过继过去的大儿子。这是后话。

仿佛就在一夜之间,向家湾乃至整个御史峪都热闹起来了。向家湾煤矿储量丰富,出产迅速,但是福建二爹一块煤都不外卖,全部供应石灰窑。于是石灰窑越挖越多,出产的生石灰也越来越多。他在御史峪建起中转仓库之后不久,又在闸口码头修建了中转仓库。原来设在闸口镇中心街的"福春钱米行"已更名为"向记钱米行",并在御史峪正街的中心地带开了一间分行,名称与镇上的一致。

福建二爹的事业蒸蒸日上,向家的每个人都变得空前忙碌起来,连刚满十六岁的二少爷业春也被委以重任,全权负责石灰的运输,年纪轻轻就带着庞大的运输队走南闯北,澧州、津市、安乡、常德,以及山那边湖北的松滋、荆州、公安、石首等地都留下了向家石灰运输队的足迹。过继给大房的业军,也被他抽调出来,全权负责向家所有田租地租的收缴和田地的租赁。除了两个分别独当一面的儿子,他还广泛延揽人才,培植亲信,吴师傅推荐的石灰窑师傅和煤矿监工、孙氏的兄弟孙家富,福伯的儿子向多金,向家湾上湾地的向老实和大毛头小毛头兄弟等知根知底的人,他都在薪酬丰厚之外礼遇有加,并给予最高的信任。

他生日那天,因为不能撇下一大家子给他祝寿的人,他在吴媛媛那里只简单地吃了碗寿面就离开了。离开的时候,吴媛媛送了件特殊的生日礼物给他:一幅她亲手临摹并亲自装裱的百寿图。那幅百寿图被他挂在向家大院的堂屋里,有一次闲暇的时候仔细端详,忽然灵光一闪,吴媛媛的字写得真是漂亮,为什么不让她给两个街上的钱米行写个牌匾呢?于是他连夜赶往御史峪西街,在吴媛媛刚刚置办齐全的楼下书房里观摩她手书"向记钱米行"五个大字,然后如获至宝地拿到闸口镇上唯一的一间"艺斋",找里面的画匠师傅制作了两块一模一样的牌匾,牌匾做好的当天就挂上了钱米行的门楣。这个时候,无人知道这个牌匾在日后会惹来多大的麻烦,甚至为吴媛媛的命运埋下了祸根。

向家湾煤矿和石灰窑生意风生水起,极大地刺激了闸口一带包括绝大部分乡绅在内的有识之士的神经,赵家峪、老木、水氽洞、大公、卢桥等地,在极短的时间里,就出现了星星点点的小煤场和石灰窑。一拨又一拨想发财的老乡走进向家湾来取经,有的甚至带着银票来邀请福建二爹屈尊前往进行现场指导。还有的为了跟向家攀上关系,将存在别的钱米行里的钱取出来,重新存进向记钱米行里。福建二爹常常因此忙得脚不沾地,过家门而不入。

年事已高的向家老爷子,也被儿子的忙碌和家里家外一派欣欣向荣的景象所感染,拄着拐杖颤巍巍地走出了向家大院。老爷子沉寂多年的心忽又活泛了起来,他要求福伯陪着他四处走走看看,走走看看了一段时间之后,忽然在儿子难得在家吃饭的当儿郑重宣布:他要建一座新的向家大院。他说他已经看好了地方,就是现在的家对面,那块可以水旱两用的地的位置,如果与现在的向家大院相向而建,刚好左边是连绵的笔架山,右边是布满石灰窑的蜈蚣岭,背后是一带而过的老人头,三面环山,山山相连,前面则是两面山川遥遥相对,天然形成进入向家湾的出口,几条小溪在左前方的不远处汇聚一起,形成河流顺着出口蜿蜒而出。整个地形就像横躺着的出口向外的"U"形聚宝盆,聚宝盆的盆地上有水库,有水井,有河流,而即将兴建的向家大院正好处在"U"字内黄金分割的位置,是难得的风水宝地。向家湾由三个小村庄组成,每个小村庄有二十多户人家,"U"字由内向外左侧是依笔架山而建的孙家屋场,右侧是依老人头和蜈蚣岭山脚而建的大湾地,右侧的外面是周家屋场,左侧的外面是岩山,岩山脚下散居着几户周家屋场的人

家。"U"字由内向外的中间地带是有河流从中穿过的水田,岩山山脚往里所有的水田都是向家的。以岩山为界,再往外是向家台、横茶湾、御史峪、戴家湾、青岩、双土岭、赵家峪、闸口。越往外山越少,基本属于丘陵地带了,有涔槐河贯穿而过。有山的地方,村庄依山而建,有水的地方,村庄绕水而成。

老爷子的提议和见解赢得了举家上下的一致赞同。新的向家大院如火如荼地动起了工,泥砖、木材和石灰都是就地取材,沙石和瓦都通过运石灰到闸口仓库的骡子从镇上运回来。

兄长已逝,嫂子杨氏又携子搬出去另住了,但是福建二爹在规划房间布局的时候,依然按老爷子居中,两兄弟各居一侧的格局来建设,预备新居落成的时候来个双喜临门,将吴媛媛接进大院里来。

四

"你确实听清楚那个人是在张木匠问'后边有人没有'的时候回答'没有'的?"福建二爹站在一堆泥沙旁,问垂头站在一旁的向老实。

"是的,那个人声音蛮大,我听得很清楚……"向老实一直垂着头,像个犯了错的孩子。

"当时你为啥没纠正呢?他答完'没有'的时候,你可以叫停木匠及时补话的呀。"福建二爹用脚从泥沙里扒拉出一团黑乎乎的东西,弯腰捡起来一看,是个糊满泥沙的娃儿糕,已经不能吃了。

"当时……木匠已经往下甩娃儿糕了,我没来得及……"

"你再仔细想想那个人的声音……像这湾里的谁?"福建二爹将被泥沙糟蹋了的娃儿糕扔得远远的,回头还是有些不甘心地问。

"我想了……是个男人的声音,蛮洪亮的,不像是湾里的人。不过……如果再听到他的声音,我铁定能分辨得出来。"向老实忽然抬起头,一贯温驯的眼睛里闪出凶狠的光芒,"要是被我找到他,我整死他!"

"好了好了,别在这空发狠了,你明天赶紧去外面寻一个口碑好的风水先生来破解破解。""我明天就去寻。"

向老实的身影隐没在夜色中了,福建二爹还在屋场周围逡巡着,不时踩到被遗落在土渣里的娃儿糕,心里很恼火那些把别人家的粮食不当粮食的人。

向家的事业现在如日中天,有人眼红是肯定的,但也犯不着干这种缺德事呀。福建二爹自问他的生意再怎么碍着人,也没有遭恨到被诅咒"断子绝孙"的地步。

笔架山腰那户新搬来的章姓人家,据说之前是外省某地的地主,老家发大水才搬到这里投靠远亲,仗着家道殷实在御史峪开了间钱米行,开了两个月就关门了。大家都去向记钱米行,不去帮衬章家或者信不过陌生的章老板。但这不是他的错呀,而且向老实也说了,听声音不像是湾里的人,外面的,他就更想不出是谁了。他在外面一向与人为善,不曾与任何人红过脸。老爷子年轻时常常唠叨的"和气生财",他可是一直牢记在心,并有自己独有的深刻领悟。

实在想不出怀疑对象就不想了吧,凡事总有化解的办法。人在做天在看,自己觉得问心无愧就行。

但是他没有料到老爷子对这件事的反应那么大,竟然被气病了。人老了最忌讳的莫过于"死""断子绝孙"之类的字眼了,何况还是诅咒。老爷子整天躺在床上唉声叹气,凡是来家里探望他的人,逮着谁都要唠叨一番,不是唠叨向家那些辉煌的陈年往事,就是慨叹自己中年丧妻、晚年丧子的命运不济,唠叨他这个二儿子大器晚成是多么不容易，偏偏又遭人嫉恨，慨叹世风日下、人心不古，弄得亲戚们都不敢轻易来探望他了。

到了老爷子这把年纪的人，反反复复病倒可不是什么好事。福建二爹的心里开始莫名地被一种不好的情绪笼罩着。现在的向家就像一架飞速前进的马车，甚至像他前两天第一次乘坐的汽车，他不希望出现任何意外事件。

五

向老实负责寻找的大师终于找到了。大师姓罗，籍贯不详，只知道他在御史峪羊耳山脚下有一个徒弟，大家都称其为"王瞎子"。向老实就是通过王瞎子找到他的。据说是专门帮富贵人家或者官宦之家看日子、看风水的大师，任谁遇到什么坎儿，只要找到他，必能逢凶化吉、遇难成祥。

罗大师在新向家大院前前后后勘察了一遍，又让福建二爹将已经过继给大哥的大儿子业军叫回来看了看面相——原本是要看二少爷业春或者三少爷业禾的面相，恰巧业春带着运输队出远门了，业禾更是杳无音讯。之后，罗大师捻着山羊胡子煞有介事地沉吟了好一阵儿才说："化解之法不是没有，只是会苦了你家二公子了。"

福建二爹忙问其详，罗大师在详细地剖析了一番那天的情形之后，留下一句话："二少爷将来成家，须得找一位门当户对且儿女双全的寡妇，方可化解'无后'的诅咒。"大师特别加强了"儿女双全"和"门当户对"的语气。

"无妨无妨，只要能化解就好。"福建二爹不以为意地应道，他认为天下之大，凭他的财力，总能找到符合这个条件的女人。

之后，福建二爹请罗大师回到正住着的向家大院，帮忙开解开解老爷子。罗大师只跟老爷子打了个照面儿，就当着大家伙的面儿朗声道："老太爷就是心里太放不下这大家业和自己的儿孙了，若是能开开心心地活到二少爷成家的时节，就有望成为这湾里的百岁寿星啦。"

福建二爹并没有完全听明白罗大师的话。在场的其他人也都没有完全明白。大家的心里都憧憬着老爷子成为向家湾百岁老人的那一天。

送走罗大师之后，福建二爹又投入到他如火如荼的事业和爱情中去了。

1938年仲夏的一个清晨，在吴媛媛那里度过了一个温馨之夜的福建二爹踩着露水回到了家，他往里屋寻东西时经过老爷子的房间门口，忽然听到老爷子在里面大叫："打仗了！打仗了！快跑快跑……"推开门进去，他看见老爷子正闭着眼睛在床上焦急地拍着被子。他叫醒老爷子，问老爷子是不是做了什么噩梦。老爷子醒来后一把抓住他的手，说："打仗了！武汉那边打仗了！"

"您是做梦呢，天下太平着呢，就算日本人打过来了，也不会打进我们湾里来的，您就放心吧！"他这样安慰老爷子，常在外面奔波的他，对于局势不稳是感觉得到的，虽然自他懂事以来这天下就没有太平过，但向家湾是腹地，这里太偏僻，从来不是，也不会成为兵家必争之地。

"业春回来了没有？业禾找到了吗？"老爷子忽然异常清醒地问。

"业春回来了。业禾也有消息了……"福建二爹斟酌着说，"业禾去年就响应政府的号召当兵去了，您不是常常教导他们：年轻人要有抱负，要做对国家有用的人吗？业禾他这是报效国家去了。"

"当兵去了？"老爷子喃喃着，"当兵去怎么也不跟家里说一

声？这孩子……"

"听说当时走得很急,在部队不比在学校,规矩多着呢,再说如今世道不太平,就算他写了家信也未必那么顺畅啊。"福建二爹耐心地替儿子解释着。他没有跟老爷子提起业禾与家里失去联系的真实情况:去年年底自从国民政府的首都南京被日军占领之后,举国上下高涨的抗日热情也波及澧州县城,波及业禾读书的学校,启迪了业禾这个山娃子年轻的心。他跟着一群热血青年组织文学社,上街贴标语,在一次被当局镇压的抗日活动中与同学走散了,与他一起分发标语的同学都被抓进了警察局,而业禾却从此失踪了。鉴于当时情况混乱,经常有抗日组织在学校里招兵买马,业禾他们与那些组织接触频繁,学校没有及时通知他们家里。直到业禾没有回家过春节,福建二爹让业春专程去学校找,才得知这些情况。更为详细的信息,业禾的老师也提供不出来了,只能相对确定业禾被抗日组织物色走了,很可能参加了什么秘密组织,不然不会不跟家里联系。业禾的老师还向业春保证说业禾不会遭遇不测,说业禾在学校表现非常好,品学兼优,很有组织能力,尤其体育方面成绩很好,同学们都说他会武功,相信只要情况允许就会跟家里联系……

福建二爹相信业禾老师的话,他们向家在老爷子之前祖祖辈辈都是行伍出身。他的心里也没有过什么不好的预感,他相信这孩子总会有回来的一天,相信他不会给祖宗丢脸。

老爷子终于平静下来了,开始跟福建二爹聊起了刚才的梦,说他在梦里听见了飞机大炮的声音,梦见他从未见过的日本兵扛着旗子——那旗子就像他经常要用的镇痛膏药,踩着高筒靴进了离这里不到两天路程的荆州,还梦见日本兵开着很大的汽车往码头运货物、煤炭、棉花、大米,什么都往外运。

"把咱家的矿都停了吧!咱家而今是太招眼了,会招来日本人的。等天下太平了,再开不迟……"老爷子唠叨着梦境,忽然来了这么一句。

此后每看见福建二爹一次,老爷子就这样督促他一次,还警告他"不听老人言,吃亏在眼前"!还在地上摔着拐杖骂他,叫他不要拿全湾人的性命做赌注。

福建二爹不认为老爷子是在危言耸听,但他实在舍不得现在就关停正在高速生产的煤矿和石灰窑,他想再等一等,他还有一项计划正在实施中。那个计划就是,他要修通连接向家湾和御史峪的大路,可以行驶汽车的大路。御史峪因为羊耳山上开有大煤矿和石灰矿早已修通了连接闸口码头甚至通往宜昌、荆州、武汉的公路了。他要将向家湾与外面的世界连接起来。

老爷子不知从哪儿得知他要修路的消息,趁一次吃饭的时候召集家里所有的人训话。最后搁下一句"福建什么时候关停了山上的矿,我就什么时候吃饭"的狠话之后就闭门不出了。

老爷子竟然以绝食相威胁,逼迫他关停矿山。他只得万般不舍地着手一步一步关停煤矿、停止继续堆石灰窑、遣散矿工等事宜。

后来发生的一件事,印证了老爷子的固执是正确的。

六

那是九月里翻蜈蚣的时节,一天夜里,大湾地的大毛头、小毛头几个年轻伢子,在蜈蚣岭山顶的平塌地打着松树火把翻蜈蚣的时候,赫然在一个芭茅丛里发现了两个年轻女伢的尸体,尸体衣衫不整,其中一具甚至完全赤裸。死者不是湾里人,因为没有人认识。伢子们连夜报告了乡公所的治保大队,治保大队的人上山搜寻的时候,在距离尸体不远的地方发现了好几个空着的写着外国文字的罐头盒和一个断了背带的水壶,带队的人确认那是日本兵用的东西。

那两具女尸，后来经过辨认也被确认是山那边丫角村的人，多日前结伴到蜈蚣岭过去一点的茶山采茶时失踪……

"日本人来过这里了！"足不出户的老爷子一口咬定。这一回没有谁反驳他。

福建二爹终于不再心疼他被迫关停的煤矿和石灰窑了。

向家湾所有的石灰窑都熄了火，生石灰被运到仓库封存起来，煤矿的煤也被很好地掩埋了起来。向家湾渐渐恢复了往日的宁静。

新的向家大院建好了，择定吉日之后，福建二爹一家悄无声息地搬进了新居。但是福建二爹计划中的"双喜临门"并没有实现。他对吴媛媛的许诺没有实现。

早在他将吴媛媛安置在御史峪的那个夜晚，他就考虑要将她带进向家大院，并为此与孙氏进行了一次彻夜长谈，那次长谈，孙氏自始至终都沉默以对。直到最后福建二爹明确地问她的意见的时候，孙氏才开口让他自己去跟老爷子说，她听老爷子的。福建二爹不明就里，果真就去跟老爷子提。结果话刚出口就被老爷子一拐杖给打了出来，"儿女双全的，你纳妾干啥？疯了你！你去祠堂看看，咱老向家什么时候有过纳妾的传统了！"

向家没有纳妾的传统！自太爷爷的太爷爷起，向家只有续弦或者过继儿子，没有纳妾。老爷子中年丧妻之后甚至连续弦都没有。太爷爷的太爷爷就是他们向家的老祖宗，当年在天子山的神堂湾全因了心上人的舍命相救才逃出生天，女人是向家的恩人。向家从那时候起就立下了一夫一妻的规矩。

长谈之后的第二天，孙氏突然就病倒了。郎中说是肝气郁结。吃了几副疏散的药，孙氏还是病恹恹的。再不久，她就借口郎中说的需要静养，一个人搬到隔壁的房间去睡了。

福建二爹没有想到会是这样的结果。也许是他一开始就低估了孙氏对他的感情，或者是一个女人对自己男人的执念吧。他从此不敢再提此事，与孙氏过起了分居但彼此尊重的夫妻生活。

兴建新向家大院的时候，他也说不清自己为什么又突然有了那样的心思，并且在激情时刻当作许诺对吴媛媛说了。

吴媛媛跟了他十几年了，从未主动说过想跟他回向家湾的话。他给她什么，她都欣然接受，并用她的方式表达感激，但从不向他提任何要求。他当年许诺过的话没有实现，她也从不主动提起，总是那么善解人意又深情款款，令他心怀愧疚，情不自禁地怜爱不已。

他已经是年过半百的老男人了，而她风华正茂。他是真心想给她名分，想让她真正成为向家人。可是，老爷子年事已高且病痛缠身，业春已过而立之年还孑然一身，业禾杳无音讯，孙氏又……现在家里这样子，他实在无法一意孤行。虽说祖训不可违未必无解，但若祖训是顺应世相潮流的，就不能逆着来。

古木参天的树林很宁静，高大的树木很挺拔，遒劲的枝丫间不时有鸟儿扑棱棱地飞过。金色的阳光从枝叶间的空隙里穿透下来，在茂密的草丛或枯叶上涂洒出明明暗暗的光斑……吴媛媛徘徊在天供寺院门外，目力所及是一派静谧安详的景象。也许是太安静了，偶尔响起的啾啾的鸟鸣，听起来格外的响亮清脆。

她没有去慕名已久的夫人寨，而是转身往天供山另一侧的笔架山走去，从笔架山最靠近天供山的一个山头下来，沿着一道山脊继续往下，就可以俯瞰整个向家湾了。她看见了另一幅世外桃源的景象。

那是一个绿色屏障环绕的清幽却又色彩斑斓的世界。绵延的青山环抱着彩色的村庄，粉墙黛瓦的村庄环绕着金色的稻海，红的、紫的、黄的颜色点缀着宁静的村庄。她看不清那些彩色的植物到底是什么，但是她看到了曾经无数次出现在梦里的向家大院，盘踞在向家湾最得体的位置的向家大院。距离那么远，也能感受到它的气

势不凡。

那是他曾承诺要带她回到的地方。看着看着，泪水模糊了她的眼睛。不知是因为激动，还是因为感伤，她渐渐就觉得乏力极了，不得不靠着一块大石头坐了下来。

"您要是累了，我们就回寺里去歇息一会儿吧。"

吴媛媛顺从地站了起来，最后看了一眼群峦叠嶂下面的向家大院，在吴妈的搀扶下回到了天供寺。

天供寺修建于唐朝，是百里数乡的佛教圣地。寺内长年香火不断，青灯古佛，庄严肃穆。

"这里比我们住的院子要好哦，如果有一天……"吴媛媛像是对吴妈又像是自言自语道："这里不失为一个理想的安身处。"

没有一语成谶。而是她没能够"一语成谶"。

七

吴媛媛在天供山远眺向家大院的时候，福建二爹正在御史峪西街的小院门口等她。他原本有钥匙的，福伯当年帮他买下这里时曾留下一把钥匙给他，他一直不曾用过。

这天的天气很好，天蓝树绿，云淡风轻，吹过来的风带着丝丝怡人的清爽气息。福建二爹坐在小院院门旁边的树荫下面，抽了无数支卷烟，那些卷烟都是吴媛媛亲手帮他卷的。院门前一直通往御史峪外面的大路上还不见吴媛媛和吴妈的影子。这天正好是闸口街赶集的日子，她们应该去闸口了。福建二爹这样想着，觉得她们再能逛，过了晌午也就该回来了。他刚刚从羊耳山那边的丫角村收石灰款回来，跟人约好下午去闸口码头对面的卢桥村收账的。原本打算跟吴媛媛一起在家吃饭，然后一起去闸口。或者就顺道带上她去闸口十字街口的天仙阁吃大餐——吴媛媛很喜欢吃那里的菜，然后她逛街，他去河对岸收账，然后在约好的地点汇合，一起回御史峪。一路酝酿之后，晚上再就未能践诺之事跟她解释……

可是没想到她这么早就赶集去了。也许是有什么重要的东西需要采买吧。

很快就过了晌午。从这里去卢桥村还有七八里路，不能再等下去了。抽完烟袋里的最后一支烟之后，福建二爹站起来，最后眺望了一眼路头路尾，转身大步流星地离开了。

后来，他常常怪自己，那天为什么就没有再多等一会儿。多等一会儿就不会留下那么多的遗憾了。

福建二爹离开大约只一支烟的工夫，吴媛媛就回来了。她在下山的时候忽然想起今天是闸口街赶集的日子，福建二爹从丫角村到卢桥村会路过御史峪，可能会顺道看看她，就在街上雇了辆马车赶回来。

院门口弥漫着一股淡淡的熟悉的卷烟的味道。她二楼的房间里搁着一个小小的卷烟机，他们常常腻在房间里一个裁纸，一个卷烟丝。所以那股味道她非常熟悉。

他果真来过。可惜没有等到她。

八

福建二爹在卢桥村没有收到账。欠债的人家已举家迁走了，只留下一个看宅院的驼背老伯。驼背老伯告诉他，主家半个月前就搬走了，说是这里要打仗了，避难去了。而他跟这家老板的约定是一个月之前的。这家老板的大儿子在省城当着什么官儿，消息很灵通。这样举家搬迁一定是要出大事了！

向家湾

这段时间他一直在忙着处理田产的事情。早在1936年，他在县城知道各地纷纷成立农民协会时候开始，他就开始谨慎处置田产，不再买田买地。吴媛媛替他收集了很多共产党关于土地方面的政策、信息，包括各种报纸或者小册子，两人一有空就讨论时局，分析对比国民政府和共产党的种种政策、局势。一有机会他就整合、转让田产。特别是开矿之后，他总是抓住机会鼓励底下的矿工和窑工利用工钱置田产，将一些离家较远或者力所不能及的地段的田地以非常优惠的价格转让给他们，并逐步将向家的田地转到大哥福春的名下去。福春福薄又英年早逝，但福建二爹过继给他的儿子业军两口子很争气，不断为向家开枝散叶，前前后后为向家添了向选科、向选举、向选国、向东姐三儿一女。因而那些田地很容易就分散了。

忙着这些事，加上好长时间没有跟吴媛媛见面了，消息就闭塞了一些。当他走到街上，明显地感觉到街上行人少了好多，街市也清冷了好多。他印象中的集日可是人山人海、摩肩接踵的。

向记钱米店门可罗雀。他刚一进门，伙计就一脸紧张神秘地把他引进里面的屋子。"二爹您可来了！"伙计一边泡茶一边说："刚才来了两个形迹可疑的人……"

"怎么形迹可疑了？"

"其中一个我记得半个月前来过，在门口转悠了几圈没进店子就走了，今天他带来了一个长官模样的人过来，在阶檐下对着咱们的牌匾指指点点了好一阵儿才进来，进来了直接就问春伢子那上面的字是谁写的。"

"牌匾？那俩人长什么样子？春伢子呢？快把他叫过来。"

"春伢子刚到后院洗菜去了……"话音刚落，春伢子已经从后门进来了。

"长什么样子？"春伢子挠了挠后脑勺，嗫嚅着，"还真说不上来，跟您和宝哥的个头差不多吧，就是感觉怪怪的……"

"怎么个怪法？"

"怪……他们说话不顺溜，绝对不是这十里八乡地界的人……"

"不会是日本人吧？！"一旁的宝哥插嘴道，话一出口连他自己都吓到了。

"是日本人也不奇怪。"福建二爹沉吟了好一会儿才说："听说这里快打仗了，日本人要从武汉打过来，打到常德、长沙去，好多消息灵通的有钱人都搬走了。"

"……可是他们为啥那么关心咱们这牌匾呢？这牌匾不是您……"春伢子忽然望着福建二爹疑惑地问，硬生生地将"夫人"二字及后面的话咽了回去。

"牌匾？不好！我得赶紧回去。"福建二爹说着就站起身，哪知刚站起身就被一个高大的身影堵在店门口。

"你怎么到这里来了？"看清来人是向老实之后，福建二爹颇感意外，"有一段不见你了，又去给业春寻人去了？"原来这向老实自从建新向家大院上梁的时候出了纰漏，就一直心心念念要给业春少爷寻一个"儿女双全、门当户对的寡妇"，但凡一有空就走村串户，甚至穿州过省地寻人。只要听到哪里有死了男人的女人，他必去看个究竟。也因此被人骗了不少钱财。福建二爹有时实在看不过就劝他不要听见风就是雨，说："人的命，天注定，业春自有他的命，该是他的，迟早会出现。不是他的，为他跑断腿也没用。"但这个向老实就是不听，说他不跑就不安心，看不到业春少爷成家他死不瞑目。时日久了，大家也就由他去了。

"老爷子让我出来找您，"向老实一看眼前竟然是他正发愁不知去哪儿找的福建二爹，也有些惊讶，愣怔了好一阵才憨憨地道："没想到在这里遇到您。嘿嘿！"

"老爷子找我？出什么事了？"一听说是老爷子找，福建二爹就

紧张。

"没出啥事,您别着急。"向老实见状连忙说:"是这样的,现在不是有大部队开过来了吗?老爷子的意思是,让你去驻扎在三等岩的国民党军队那里打听一下三少爷的下落。"

"打听业禾的下落?怎么……打听?"今天发生的事情太多,福建二爹一时没有反应过来。

"老爷子说大部队进驻,肯定有大仗要打。打仗肯定要修工事,修工事肯定单靠当兵的不行,让你去部队问问要不要民夫帮忙什么的,只要部队需要,我们都可以提供帮助。往大了说是抗日,往小了说是拉关系,关系搞好了就好打听消息了,说不定三少爷在部队里还能得到关照……"

"哎哟——看不出老实叔平日里石磨都压不出一个屁的,还能一口气说出这么多条条道道出来。"一旁的宝哥看到向老实说着说着就要卡壳了,赶紧笑着打圆场。而福建二爹的心早已被久无音讯的业禾占据了。

"这都是老爷子的原话……"向老实低声回着话,红了脸。

"那我们现在就去三等岩,你跟我一起去!"福建二爹一把扯起向老实的衣袖就往外走。

"等一等,二爹,是不是顺带送点东西去更好呢?听说那些当兵的常年在外挺不容易的,而且现在又要打仗了……"宝哥忽然站起来提醒道。

"对对……这个你提醒得好!就送德盛楼的包子和自家现成的大米过去。春伢子你跟你老实叔去准备,宝哥你去雇辆马车,我正好在这歇会儿,理理脑子……"

九

堆得像小山包一样的大米、包子和馒头，还有临时想起来买的半边猪头，让福建二爹和向老实受到了极高的礼遇。守军的长官亲自接见了他们。

长官姓张，湖南茶陵人，大家称他张团长。张团长得知有老乡送东西过来的时候正在山顶巡视炮楼修建情况，听到汇报立即就下山来迎接。

张团长亲自将二人迎进临时搭建的指挥部。交谈中得知福建二爹是"军属"之后更是礼遇有加，承诺战事结束后一定帮忙打听向业禾的消息，之后，还亲自与副官一起带领二人参观了正在修建的工事，虚心请教闸口当地的民情，平易近人地跟他们商讨在战事迫近的情势下，工事修建所需的人力财力预算。听到福建二爹慷慨表示无偿为他们提供人力物力，全力协助工事修建的时候，甚至以军礼致谢。

虽然在之前的好几年时间里，向家的煤矿和石灰窑在福建二爹的经营下赚了不少钱，但是这笔修建工事的支出与向家的财力相比依然显得很庞大。不过福建二爹心里很乐意。大敌当前，无数像业禾一样的孩子都在战场上流血牺牲，相比之下，再多的钱又算什么呢？

因为有之前矿工和窑工的人力资源，民工组织起来并不难。没有煽情的动员，福建二爹跟民工们一起席地而坐，用庄稼人的朴素话语详述前因后果，浅显地表明卫国即是保家的道理之后，表明修建工事无论需要多少钱都由他一力承担，希望大家尽心尽力。在他的感召下，民工们纷纷表示工钱的事好说，再难也不会难过国破家

亡。工钱有的话就要一半补贴家用，没有的话就不要，管饱就行，毕竟吃饱了才有气力，活儿是一定要做好的。

福建二爹重新以饱满的热情投入到了他认为此生最有意义的忙碌之中，又开始了过家门而不入的忙碌日子。他家两处仓库里的石灰除了直接用来修建防御工事之外，还用来换石头、泥沙、水泥和木头。不仅是过家门而不入，甚至经过吴媛媛居住的小院儿也没有抽空进去看一眼。倒是吴媛媛借口上街来买东西，匆匆地跟他见过几面。而那些曾经的承诺和无法践诺的解释，一直没有语境提起。

一切都在紧张有序地进行。

然而，仗还没有打起来，危险已经无处不在了。因为与闸口一衣带水的涔槐河上游浣水河边的暖水街，已经战火纷飞血流成河，不时传来"那边死了一河人"的血腥消息。

而在蜈蚣岭山腰旁边一座向家湾人不知道名字的山林里，一群结伴耙枞毛的女伢子吊起胆子徇着臭味发现的已经被枞毛（松针）覆盖的尸体，竟有十二具之多，全穿着他们在街上见过的警察制服。前来验尸的官员发现那些死者全都是一刀毙命，得出的结论是只有训练有素的军人才干得出来。

如此悄无声息地集体行凶，除了日本兵还能有谁？

没有发生所谓的遭遇战，因为没有人听到枪声，甚至一丁点儿异样的声音，山上山下的村民都没有听到。乡里后来的调查结果是：执行任务的警察路过那片山林时，与秘密潜入湖南边境执行任务的日本兵遭遇，日本兵先发现了我方警察，在我方警察还未做出应急反应之前抢先动手，用匕首杀死了警察……

那片山林从此被叫作"杀人塔"。整个御史峪似乎都被血腥气笼罩了。人们开始惶惶不安地担忧着幽灵般的日本人会不会在白天闯进来。

生活在不平静中平静地继续着。

为了保证御敌工事在日军到来之前完工,最紧张的时候,福建二爹吃住都在工地。

但是,一切还是来得猝不及防。

那天清晨,天才蒙蒙亮,三等岩军事工地上就忙开了。从山脚修到山顶的防御工事,最后的收尾工作正在紧张进行中,忙着指挥搬运水泥沙石的福建二爹,总感觉心里慌慌的——昨晚他做了一个很不好的梦,梦见吴媛媛被困在一个荆棘丛生的地方,浑身是血向他呼救,而他却总是无法靠近她。最后他横下心朝着她的方向扑过去,被摔倒在地的瞬间就惊醒了。他的心底泛起一种说不出的不祥感,恍然想起那天在钱米店里,伙计向他说起的有陌生人问起过向记钱米店牌匾出自谁手的事,那种不祥的感觉更强烈了。他举目望了一眼民工和士兵们正忙得热火朝天的工地,决定一会儿稍微松懈一些就偷偷租辆马车回去看看。

他找到正在拉板车的向老实,把他叫到一边说:"你不要拉板车了,帮我前前后后盯着点,我要回去一趟。"

"回去?今天竣工呢……家里有事?"向老实一边擦汗一边问,无意间转了一下头,忽然停下擦汗的手,指着大路那边,"那不是御史峪煤矿的孙老板吗?他怎么到这儿来了?"

福建二爹顺着向老实手指的方向,果然看见很久不曾照面的吴媛媛的表哥孙老板,他的旁边停着一辆黑壳子汽车,那是整个闸口镇独一无二的私人汽车,孙老板刚从车上下来。听说他要将矿里的煤卖给日本人,矿里的工人不干都离开了。他怎么来这儿了?

正疑惑间,孙老板也看见了他:"向福建——你果然在这儿!让我好找!"

"孙老板找我?什么事?"因为有吴媛媛在,两人的关系一直有点尴尬,遇事都有意无意地避开对方。所以,福建二爹对他找自己有些意外。

"你家里出大事了！快跟我走！"孙老板一把拉起他的手，不由分说地把他推上了车。车门关上，屁股还没有坐稳，车就开了……

十

吴媛媛死了，尸身一片狼藉，惨不忍睹。吴妈也死了，是被刺刀刺死的。吴媛媛养的金毛狗也死了。尸体被摔在院墙的角落，脖子都被摔断了。院子里到处都是黑红色的血迹和凌乱的脚印，每个脚印都很大。

福建二爹一脚跨进小院的时候，只觉腿脚一软，就瘫了下去……

孙老板一直架着他，将他半拖半抱着弄进二楼的卧室，将他扔到吴媛媛的床前，他的额角磕在冰冷的铜制床柱上，激灵了一下就醒了过来。

他看见吴媛媛被白布遮盖的身体和满床的血迹。

"你要看就赶紧看一眼吧，身子都已经缝合好了，还需要弄干净穿整齐……"床头边一位穿着白大褂的妇人轻声说。她是御史峪煤矿医务室的医生。

"她没有被玷污，是在激烈反抗的时候被杀死的，这地上还有被咬掉的耳朵……狗日的连畜生都不如的下地狱的日本鬼子，对手无寸铁的弱女子下这样的狠手……幸好她弄出了枪声，不然还不知遭到怎样的荼毒……"福建二爹目光呆滞地望着正冲着他喋喋不休的孙老板，一些遥远的声音被陆续灌进他的耳朵里……

昨天夜幕降临的时候，小院来了五个陌生人，都穿着便装，那种只有在县城才见到的西装，其中一个戴着眼镜，一副文质彬彬的样子，还有一个曾经到过闸口街上的向记钱米行。另外三个身上藏着武器，武器是吴妈试图阻拦时他们自己露出来以示警告才被发现的。他们是从暖水街过来的日本人，将车停在离小院儿不远的大树下，并将车身用树枝遮挡起来，还留下两个人专门留守，之后才进的院子。

吴妈开门的时候曾欲阻止他们进来，其中一人露出腰间的枪，并吓唬似的拍了拍，吴妈才噤若寒蝉地将他们直接带到正在楼下书房里习字的吴媛媛面前。

受到惊吓的吴媛媛，在那位文质彬彬的中年男人娴熟中文的安抚下，很快镇定下来。

中年男人说他们是慕名前来的，只为求一幅字，用作寿礼的一百个寿字，就是有文化的中国人家用来贺寿的"百寿图"。

吴媛媛本想以不曾写全过一百个不同形体的"寿"字予以婉拒，但稍事忖度之后便放弃了，毕竟是在省城和县城见过世面的，知道不能拿鸡蛋碰石头的道理。于是她略表谦逊之后，便顺从地裁好宣纸，磨好墨汁，并得体地强调自己只能尽力而为之后才开始运笔。整整两个时辰过去了，吴媛媛才将一百个形体不同的"寿"错落有致地写好。她书写的时候，那个文质彬彬的日本人就不停地绕着她的书桌转，一边转一边说着"哟西"，末了还拿过墨迹未干的黑乎乎的砚台，一边嗅一边把玩一边说着"哟西"。那是一块名贵的端砚，是吴媛媛父亲的遗物。完成书写的吴媛媛冷眼旁观，发现他貌似温文尔雅的面孔，眼睛里闪烁的全是贪婪之光。更令她不安的是另一双眼睛，那双眼睛躲在角落里像探照灯似的上上下下地打量她，贼亮贼亮的眼神里闪着令正常女人胆寒的色欲之光。吴媛媛的内心焦虑不已，只盼着他们快点离开。

书房里的挂钟敲过晚上十点的时候，那伙日本人终于离开了。

吴媛媛和吴妈一起，仔细地关好门窗，并从里面给院门加了锁，甚至将次日去镇上找福建二爹要穿的衣服都准备好了才上床睡

觉。她决定天一亮就上街去，去向记钱米行住一段时间，和吴妈一起去，把金毛狗也带上。她必须要待在福建二爹的身边才能感觉安全，临睡前她吩咐吴妈将必备的生活用品都用箱子装好，天一亮就出发到镇上去吃早饭。

然后就躺在床上睁着眼睛等天亮，直到午夜才倦极而睡。哪知刚睡着就被金毛的叫声惊醒——金毛从不那样叫，她心里一激灵赶紧起床，顺手拧亮床头灯，披上外套刚拉开房门就听见吴妈在楼下惊呼："太太快跑——日本人翻墙进来了！"话音未落就是一声惨叫！紧接着是金毛的惨叫！然后是可怕的沉寂，片刻之后是令人惊悸的脚步声，正沿梯而上。

一群裹着血腥气和酒气、背着刺刀长枪的日本兵闯了上来。惊恐的吴媛媛一眼就看见带头的就是上半夜来过的，一直躲在暗处用充满色欲的眼睛打量她的那个人。就是那双眼睛，令她做出天亮就离开这里去镇上住一段时间的决定。她看见那个人手上提着正滴着血的刺刀。

就在照面的那一瞬间，她已经在心里做好了赴死的准备。

好几双手推搡着她往床边去，好几双手按住了她的头，她的手，她的脚。那双充满色欲的眼睛扑了上来，一把扯开了她洁白的睡裙……屈辱和仇恨淹没了绝望和恐惧，她恨恨地咬住了那个人的耳朵，压在身上的躯体惨叫离身的当儿口，仿佛有如神助一般，她奋力抽出来的手摸到了那个人没有来得及卸掉的手枪！她竟然在被再次控制之前扣动了扳机！一声尖利的枪声划破窗外的夜空，房间瞬间安静了下来。然而只是短暂的安静，好几把刺刀刺进了她的胸口，她的乳房，她的下体……她终于被完全的黑暗吞噬了。

"这段时间到处都不太平，我昨晚刚好睡得晚，听见枪声才想起打电话过来的，一直没有人接电话，以为她们已经被你接到镇上去住了。天亮后想起昨晚枪声的方向，怎么也不放心，就过来看看，没想到……"孙老板的声音非常清晰地传进他的耳朵，打断了他的梦。

福建二爹目光呆滞，神志恍惚，不知道是吴媛媛真的托梦给了他，还是刚才孙老板和医生在向他描述的时候，他在脑子里还原了场景。

"是我害了她……我不该让她写那个牌匾……"

"是我对不起她！"他还想起了至今挂在向家大院堂屋里的百寿图，那是吴媛媛送给他的生日礼物，想起自己还没有跟吴媛媛解释新向家大院落成之际为什么没有带她回家……这样想一会儿哭一会儿，心就抽痛一会儿，整个脸色都变了，人也仿佛老了好多。

很多年以后，他儿子的重孙女在遥远的南方一个叫文化馆的单位的办公室里撰写他的故事，写到这一段时曾几度搁笔，不知该如何准确地记述他当时内心的惨痛、无尽的追悔，以及后来他跪在那位守军将领的面前请求替吴媛媛报仇的那种痛彻心扉的愤怒。

福建二爹在三等岩守军指挥部跪请复仇是吴媛媛惨死三天之后的事。这三天的时间里，凡是涉及吴媛媛后事的事情，他都给帮忙的人以下跪叩头的方式致谢，包括吴媛媛的表哥孙老板。

这个向来只是由晚辈来做的动作，让所有目睹的人都不忍直视。孙老板安排过来帮忙的医生和护士，好多次都被感动得掩面而泣。

孙老板找来最好的寿木，福建二爹请他换成普通的，不是心疼银子，而是不想让吴媛媛不安。

"你不要这样了！你对她的心意大家都看到了……媛媛是我妹妹，我有责任打理好她的身后事，我会将她平安送回长沙老家的，你放心！"吴媛媛的灵柩被抬上了卡车，吴妈的棺材也随她的一起，福建二爹习惯性地准备磕头时，孙老板一把托住了他。

"一切拜托了！"福建二爹退后三步，深深鞠躬。他要将吴媛媛

送回她的故乡。自始至终他都没有惊动向家湾的人,既然生前不曾惊动,死后又何必叨扰呢?他不想让天上的吴媛媛内心不安,他也不配将吴媛媛留在自己身边。

"质本洁来还洁去",她的归宿应该是童年的故乡,她挚爱却不得不离开的父亲身边。如果真的有来生,他希望是在她的故乡遇见她,不早不晚,在他最年轻、最纯真的时候,在她最美、最无忧无虑的年华,没有战争,甚至连纠纷都没有。

载着吴媛媛灵柩的卡车缓缓地驶离了他们共同生活的小院儿。吴媛媛彻底地从他的生命中离开了。

他一身素缟地"闯"进了三等岩守军指挥部。

他告诉那位一直待他如上宾的长官,日本军闯进了他的家,杀了他的家人,他愿意捐出他所有的财产,只求他们反守为攻打到暖水街去,或者给他一支枪……

而就在那天下午,三等岩的守军指挥部还在紧急商量如何出击策应早已落入敌手的暖水街的时候,日军整整一个中队开到了涔槐河北面……

十一

其实,福建二爹的故事到这里已经结束了。他的人生,早在吴媛媛遇害的次日,就已经结束了。

后来的中日三等岩之战打得很惨烈。双方伤亡都很惨重,涔槐河里全是尸体。战斗打响之后,福建二爹一直待在阵地里,不顾安危地帮各种忙,怎么劝都劝不走,也不知道躲子弹,好几次有炸弹在身前身后炸响,就是没有炸到他。

他是真想死在战场上,为吴媛媛报仇而死。

但是他直到战争结束也没有死成。

一切都结束之后,向家湾多了一个五十岁的老人,目光呆滞,行动迟缓。

所有的人都很尊敬他。

大湾地的传说

一

许多年以后,刘多全都记得那个她将她的国文老师邱艺兴骗到澧水河兰江码头的黄昏……

最后一缕夕阳沉进了河里,澧水河开始模糊起来。但只是一眨眼的工夫,那些停在河里的大小船只就次第亮起了灯火,盏盏渔火很快铺排成了美轮美奂的夜景。

黄昏过去了,夜幕已经完全降临,他们等的轮船一直没有出现。

借着附近渔船上的灯光,邱艺兴望着坐在他对面鹅卵石堆上的刘多全。

"我是骗你的,根本没有要等的船和书。"刘多全一改往日的尊称,将"您"换成了"你"。

学校今天放假了,学生们下午已陆续离开学校,留在学校的都是离县城较远今天走不了的学生。刘多全是毕业班,这一次离开就算是离校了,正式告别读书岁月。

下午毕业典礼结束之后,邱艺兴正在办公室收拾东西,同事们也大多离开学校回老家度假了,他也在考虑漫长的假期如何度过,就在那个时候,他一向看重的女学生刘多全闯进了他的办公室,而且是一个人,身后没有跟着天天和她形影不离的龚朝霞。刘多全站在他面前,红着脸说她需要老师帮忙,去码头接收一箱朋友从长沙托运过来的书,说是同学们都回去了,没有回去的都在归心似箭地收拾行李,找不到可以帮忙的人,只能来麻烦老师。然后约好在学校食堂吃过晚饭之后就出发前往兰江码头。

他信以为真,他在校门口叫黄包车的时候看见她早已在离校门口稍远的地方等着他了。双人座的黄包车,他很自然地护着她,她却一路都红着脸,脸上全是汗,像那种正陷入热恋的女孩子。

两人在码头上等了足足两个小时。两个小时里刘多全一直望着澧水河出神,像是在等待轮船出现,又像是在遐思。邱艺兴就那样陪着她,心里竟一丝等待的不耐或者期盼的焦急都没有,仿佛那是一段命中注定的时光。听到她说她骗他的话,也没有显出惊讶。

"我向分管人事的谭副校长推荐你了,谭副校长说外面正发生着翻天覆地的变化,学校可能也会发生很大的变动,届时应该需要补充师资,会考虑。"他说。

"用不上了……"她别过头,声音低得几乎听不见,他不得不坐过去,终于问:"出什么事了?"

"我要回去了。"她说,扭过头身子一歪就扑进他怀里,他有些措手不及地揽住她的肩。

"学校要八月中下旬才有确切消息,届时接到通知再回来……"

"我是说我不会再回学校了!"她打断他的话,从他的怀里抬起头,已是满脸泪水,"我回去就结婚了……"

"哦……"他沉吟良久,斟酌着说:"结婚之后也可以出来工作的,现在是新时代了……"

"你不懂的!"她忽然放肆地抱紧他,"不说这些了,我骗你出来就是想和你单独在一起……"

他们不再说话,他任她抱着自己,也回应似的安抚着她,努力摒弃心底那些隐隐约约的杂念。两个人就那样抱着,直到更深露重不得不离开。

之后直到九月,刘多全都没有等到任何通知。她清楚自己一直在隐隐约约地期盼着。没有通知,她的心反而安定了。

1949年农历八月初十那天,正是新历十月一日。向家湾的向家大院里举行了一场相当隆重的婚礼,据说那是向家湾后来近半个世纪里唯一称得上隆重的婚礼。

向家少夫人孔朝秀的随嫁女儿刘多全,和向家大少爷向业军过继给二少爷向业春的二儿子向选举结婚了。孔朝秀改嫁进向家之后一直没有生养,眼看年过四十了,业春又没有另娶的意思。福建二爹自从1943年"事变"之后就糊涂了,基本上什么事都不管。已经九十八岁高龄的向家老爷子向世玖不想看到业春一支就此断后,拄着拐杖召开家庭会议,代行儿子福建二爹的职责,将福建早年过继给大哥福春的业军的二儿子选举过继给业春。上一辈过继过去,下一辈又过继过来,也许就是向家的命数吧。一切都安排妥当之后,这位眼看要成为向家湾唯一的百岁老人,在孤独中生出这样的感慨,想着自己到底实现了四世同堂的人生理想,也算是此生无憾了。

对于随母亲改嫁的刘多全而言,这样的婚姻安排是必然的。尽管她接受的是新式教育,但是向家对她们母女恩重如山,尤其是母亲和继父琴瑟和鸣,继父对她更是爱护有加,不仅给了她名副其实的向家大小姐的身份地位,还亲自送她到百里之外的县立中学读书。放眼看看周边大户人家的亲生儿女也不过如此了。所以她终究拗不过命运。她一点儿都不喜欢向选举,甚至连多看一眼的欲望都没有。向选举长相普通不说,连身高都跟她差不多,如果她穿上有跟的鞋子,看起来她还要高过他了。更重要的是向选举没有进过正规的学堂，没有文明的生活习惯，两人一点儿共同语言都没有，这对于一个接受过新式教育和新思想的女性而言，简直是致命的打击。更何况刘多全在学校里还有自己的"恋人"呢！

刘多全一直把自己的国文老师邱艺兴当作"恋人"，准确地说是"梦中情人"吧，毕竟那只是她的一厢情愿，那个黄昏不过是她冒险设置的一个小骗局而已。邱艺兴已有家室不说，且年长她十四岁，因为她的国文成绩好，人长得漂亮而且阅读面广（她是全校第一个将丁玲的新书带进校园的学生）、上进心强被老师高看了几眼而已。邱艺兴高大英俊、风流倜傥、学识渊博，是无数怀春少女的梦中情人。她利用一切机会接近邱老师，得知邱老师的夫人常年卧病之后，主动约上要好的女同学龚朝霞前去老师家帮忙照顾，由此得知邱老师虽然教她们国文，却对医学、农艺更感兴趣，她还从与师娘零星的闲聊中得知，邱老师是携夫人背叛了自己的"地主家庭"才到县城来教书的。曾有传闻说邱老师曾经要参军抗日救国，因为夫人拖累才作罢，所以将一腔热情投入国文教学和个人的医学研究之中。邱老师在学校宿舍外的院子里种了很多花花草草，都是可做药材的植物。每次她和龚朝霞一起去帮忙的时候，都是龚同学在屋子里照顾师娘，她则在院子里和老师一起侍弄花草，她向老师求教每一种植物的名称和功效，跟老师谈自己的人生理想。她说她最大的愿望就是毕业后可以留校当一名助教，或者在县城里谋一份教书的职业，老师答应她会尽自己的能力给予帮助……那是她最开心的时光。

然而，她终究是没有勇气向命运抗争的。得知自己毕业就要成婚之后，她选择了特别的告别方式，于是就有了那个黄昏，和黄昏之后有过拥抱的夜晚。

她不知道的是，十月一日那天，县城里正发生着邱老师曾经说过的翻天覆地的变化，那一天是中华人民共和国成立的日子。举国

同庆之际，整个县城也都是一片沸腾的海洋。而他的邱老师，因为当年引荐他的谭副校长离开，加上夫人病情加重需要静养，选择了离开学校。

二

1950年1月，中共中央下达了《关于在各级人民政府内设土改委员会和组织各级农协直接领导土地改革运动的指示》，同时继续通过各种会议、文件，强调各级政府"要吸收知识分子"。刘多全是全乡极少数上过县立中学的"人尖子"，又是女性，尽管向家的家庭成分是富裕中农，她仍然非常顺利地进入了乡公所工作。

关于向家的成分，在"查田运动"刚开始的时候是被划成了"地主"的，后来，因为福建二爹有过支援三等岩抗战的光荣经历，诸多权利要给予保护等缘故，才改划为富裕中农。

曾经失踪多年的向业禾在1945年日军投降前夕才传回消息，寄了一封信和一张汇票回家，信封上面只有收信地址，没有寄信详细地址，只能从寄出的邮戳地址南京和信封里面的戎装照片中大致猜测向业禾在政府重要部门工作，或者在部队担任一定的职务。那时候刘多全还没有进县立中学读书，不知道这位从未谋面的叔叔在政府或者军队里当着什么官职，只记得继父一家子都因为有这个叔叔而自豪，叔叔的照片被放大后装在精致的相框挂在客厅的墙上，像是这个家的守护神。而向家也因为有叔叔的存在，在村里甚至乡里都备受尊重。

可是，她毕业回家却发现叔叔的照片不见了。她曾私下里装作不经意地问过母亲，母亲说老公公（曾祖父，就是向老爷子向世玖）把照片收起来了，说马上要变天了，并嘱咐她人前人后都不要提起叔叔的事，有人问起也要说从未见过这个叔叔、不清楚等。特别是她正式前往乡公所上班之前，母亲和继父还专门将她叫到堂屋里，关上门叮嘱了很多。她记得最清楚的是母亲叫她"要夹着尾巴做人，兢兢业业做事"的话，母亲谆谆嘱咐的时候，继父就在一旁微笑颔首以示鼓励。

后来，她真正开始工作之后，才渐渐明白母亲和继父的小心谨慎。

她正在面对的是一个全新的世界。为了熟悉手头的工作，她找出了乡公所农委会保存的自1928年的一系列土地政策，她都像对待学校功课一样逐条逐句认真研究、牢记。她还专门准备了一本"工作日记本"，将那些小册子中很多关键的条款摘录下来，尤其是与自身家庭成分有关的政策，她都认真抄录。有的抄录之后还用红颜色的笔另外在下面画上粗横线，比如有两条让她觉得特别安心，准备拿来作"护身符"的条款，她就是在认真抄录之后又用红笔标注，仿佛随时备用一般。

她将她认为极为开明的政策念给母亲和继父听，像是给他们吃定心丸，也给自己信心和勇气。由于对一应的政策都掌握得清楚明白，到乡下做各种工作就得心应手。由于工作出色，她很快就被安排担任一直空悬的农委会主任一职，她的这一身份，让她在后来的岁月里成了如履薄冰的向家人的保护神，让向家人一次又一次地成功躲避了各种运动的冲击。这是后话。

向选举在成婚三个月后被抽去了乡公所成立的民兵营，接受几个月的训练之后就应征去抗美援朝了。

丈夫远征去了，刘多全竟然松了口气，之前总是借口宿在乡公所宿舍，现在反而无论多晚都回家住。在外人眼里她是一片孝心，丈夫不在家她得多在家里照顾。只有她明白自己的内心，喜欢独处，习惯于那种深入骨髓的孤独。很多时候她甚至想，一辈子就这

样孤身一人，工作、奉养二老，也未尝不是一种人生。

向选举出门两个月后，她被发现怀孕了，是乡公所的同事发现她怀孕的。那天她带领农委会几名骨干人员去一个很偏远的乡下处理一起需要重新分配田地的事故，因为情况比较复杂，牵涉的人也比较多，混乱中她不知被谁撞到田埂下去了，她摔倒在田埂下的地里后就莫名其妙地晕倒了，众人七手八脚地用掐人中等土方法"抢救"时发现她下身流血了，一个平时负责接生工作的当地妇女惊呼："她是有喜了呀，要送医院……"

万幸没有流产。在怀孕最危险的时间段发生这样的事情，能保住才两个多月的身孕，连乡卫生院的妇科医生都连称奇迹！也正因此，向家上下包括她自己都格外珍惜和期待这个孩子。

乡领导让她在家里休养一个星期，但她负责的工作实在太多太重要，她只休息了一天就回去上班了。母亲孔朝秀不放心，执意要到乡公所的单人宿舍照顾她，只待了两天就被她赶了回去。她不想给领导和同事留下"大户人家娇小姐"的印象，她要把自己彻底磨炼成光荣的劳动人民中的一员。

她的固执和狠劲儿令家里的长辈忧心忡忡，又生气又担忧的老爷子更是直接病倒了。这一次他没能熬过去，在中秋节的前一天驾鹤西去。回光返照之际叮嘱守在床前的儿子和孙子、孙媳妇，兼具重孙女和重孙媳妇双重身份的多全，生了孩子一定要到坟前告诉他，不管是儿子还是女儿他都喜欢。向老爷子去世，全村举哀。尽管排场早已今时不同往日，但整个大湾地在家的父老乡亲都聚集到了向家大院，送老爷子最后一程。

老爷子走后，一向糊涂的福建二爹忽然清醒过来，开始井井有条地整理过去的物品。他年轻的时候有过一段轰轰烈烈的往事，往事里有过一个叫吴媛媛的女子，吴媛媛被日本兵残杀之前留下的很多东西，现在都成了"珍品"，如唱片机、手摇电话、旧报纸、各种首饰、各式簇新的旗袍和洋装等，还有差点被日本人抢走的那方堪称绝品的端砚。福建二爹擦拭得最多的就是端砚和唱片机，全部擦拭干净摆弄整齐之后，将它们全部锁进一口箱子，将箱子存放进偏房内用麦芒壳贮藏苕种的地窖，放进去之后又扒拉出来，取出那方端砚，然后又重新放回去。

做这些事情的时候，业春、多全父女俩一直陪着他，全部办妥之后，福建二爹对儿子说："这些东西不知道将来保不保得住。"业春说："仗都打完了，新政府也已经成立，不会再乱了吧。"福建二爹摇摇头，担忧地看了看还在埋头清理苕坑边麦芒壳的多全，说："遗留的问题太多了，清算的事情还在后头……"末了留下一句："这方端砚将来就让我带进棺材里去吧，我要带着它去见她。"

之后不久，一个月朗星稀的夜晚，福建二爹就怀揣着那方端砚与世长辞了。临去世时身边一个人都没有，大家发现他情况不对时，他的身子都还没有凉透。

曾在刘家湾前夫家里见过世面的孔朝秀说那方端砚是难得的宝贝，将来可作为传家宝。但是向业春坚决将那方端砚放进了棺材。村里原来没有田地的庄稼人基本上都是从福建二爹的手里取得了田地，且现在刘多全又是农会主任的身份，乡亲们都知恩图报，所以福建二爹的丧礼极尽哀荣，送他上山的人绵延了好几里路。

再不久，一向无病无痛的向业春忽然大病了一场，身体每况愈下，具体症状又说不上来，连卫生院也检查不出来，用什么药都没有效果。

由于怀孕月份太大，家里又连遭变故，刘多全不得不暂时放下工作，居家帮忙料理各种事情。

向业春一直强撑着，希望能看到孙儿出世再撒手。眼看撑过了春节，以为可以吊着一口气听见新生儿的哇哇啼哭，结果在正月初六的晚上一口气没有顺过来就去了，死在一直衣不解带照顾他的孔

朝秀怀里。

三天后的夜里，正围坐在向业春的灵堂前守孝的人们，忽然听见隔壁房里传来孩子的啼哭声。刘多全在继父向业春去世三天后生下了孩子，是一个女儿，当场取名孝英。

三

九月，拣棉花的季节。

早晚已有凉意，趁着露水将干未干之际出门拣棉花是最好的，太阳大起来之后棉花瓣外壳上的叶片一碰就碎，沾在雪白的棉花上很难弄干净。所以，刘多全和母亲总是大清早就到了棉田里。母亲的脚是过去的小脚，不能长时间在地里干活。继父在的时候，母亲也从不用下地干活。如今随她一起到地里劳作也不过就是陪伴她而已。

向家最重要的三个男人不在了，大湾地属于向家的时代也结束了，向家的辉煌戛然而止。

向家大院里只剩下两个与向家没有一点儿血缘关系的女人，以及一个尚在襁褓中婴儿。那个虽然也姓向，但却是过继来的向选举，又在抗美援朝的战场上。没有男人的大院子，总让人感觉瘆得慌。

九月中旬的一天，天高云淡、风清气爽，孔朝秀挨不住腰酸脚痛早早地就回家做饭了。刘多全系在腰间的围裙已经塞了鼓鼓胀胀的一大兜棉花，浑身上下穿得严严实实的衣服上沾满了露水，太阳出来了，她想趁着到田埂上将棉花装进箩筐的空隙晒晒身上的露水，休息一会儿。

就在空掉棉花抬起头的当儿，她蓦然看见前方岩山脚下那条出村的大路上,一个熟悉的身影正往村里的方向匆匆而行。她揉了揉眼睛,再看过去时心情蓦地激动起来——她认出了那个身影是向选举。虽然她不爱他,但是他到底是她的丈夫,向家大院里今后岁月的顶梁柱。

向选举越走越近,终于近到可以看清他身上背着的包裹和腰间斜挎着的军用书包和水壶了。但是同时,刘多全也发觉他走路的样子有些怪异,准确地说是走路不自然。直到向选举已经走到与他们家的棉田只隔了一块棉田的周家堰堰坎儿上,刘多全才看清楚向选举走路一跛一跛的,虽然他试图通过提高行走的速度来掩饰,但可能是走得久了有些累的缘故,跛的幅度还是让人看得分明。

向选举似乎并没有看见她,径直走过堰坎儿,走上了通向向家大院的那段上坡路。刘多全收拾好箩筐扁担,也挑着一担压得实实的棉花回家了。

下午的时候,院子门口陆续聚集了闻讯而来的孩子们,向选举将从外面带回来的糖果、饼干、果丹皮等零食拿出来招待他们。有大人路过院子也会停下来打招呼,每个打招呼的人都会得到一支稀罕至极的中华牌卷烟。那是向选举一生中最慷慨大方的时刻。

向选举的右腿瘸了。刘多全不知道在他身上发生了什么,她很想问他的,很想听他讲讲抗美援朝战场上的事情,可不知为什么就是没有问出口。还是一次大伯向业军来家里吃饭,听他们父子俩聊天才得知,原来向选举在部队里是炊事班的,一次与战友一起奔袭十多里往前线送饭的途中,遭遇敌机轰炸,被飞过来的弹片击中了腿……虽然家里已经不如过去那么讲究礼数了,但是有外人在的时候还是很注重男女有别的,向业军虽然是选举的父亲,但到底儿子已经过继了,在礼数上永远是多全的大伯。大伯来家里吃饭,刘多全和母亲都只在厨房忙活,不出去在一个桌子上吃饭。炒完菜添好饭就在隔壁的小间里吃,随时听着外间屋子里的动静。她听见向选

举跟大伯吃饭聊天时的声音很大、很爽朗，听他说起他的炊事兵战友竟然用两担箩筐俘虏了几个美国兵的时候，父子俩笑得整个房子都被震响了。那种情形是平常不曾有过的，而丈夫的形象也仿佛在那一刻被改变了，变得高大，甚至帅气起来。

当天晚上，刘多全一改往日的拘谨，主动问起："你白天跟大伯吃饭时说的都是真的吗？"

"当然是真的，我的腿……"向选举也仿佛还沉浸在白天的自豪中，重复地说起了战场上的恐怖和战友们的英勇，说着说着就动情了，夫妻二人难得和谐了一回。

但是向选举回家后多了个新的癖好却是她无法忍受的，就是他不知从哪里找来好多坛子，那种腌酸菜、萝卜或豌豆酱的坛子，然后就着魔了似的做腌菜，萝卜白菜辣椒葱蒜什么的全都拿来腌，整得家里一进院门就闻到腌菜的味道，那种味道胃口不好时闻起来倒是挺受用，但是整天整个屋子，甚至睡觉的地方都闻到那种味道就很不受用了，简直不堪其苦。

然而日子还是要照常过下去。随着腌菜气味的侵扰，丈夫的形象又渐渐回到了从前。他们的第二个孩子出生之后，两人的感情几乎降至冰点。因为又是女儿，连母亲都失望了，对她的照顾也是怜悯多过关心。而大湾地的乡亲们对她的态度也是这样。很多时候在田间地头劳作之余，乡亲们聊着家长里短的时候，聊及她、聊及没落的向家时就会不约而同地摇头叹息起来。这让虽然早已认命，但到底接受过新式教育并在县城见过世面的刘多全越来越无法忍受。那种无法忍受就连再多的会议、再多的工作、再辛苦的农活都无法消解。

直到1958年那个夏末秋初，苦闷的生活才重新出现一丝起色。

四

刘多全做了一个很长很长的梦。她不知道为什么被困在了一间肮脏的黑屋子里,屋子里很空,但她就是莫名地觉得很肮脏,因她的嗅觉所及都是难闻的气味,就好像很多人拥挤在一个狭小又封闭的空间里的复杂气味,还有各种嘈杂吵闹的声音。她有种快要窒息的感觉,很难受。就在她极度不适以为自己快要死了的时候,黑屋子忽然消失了。她嗅到一股清新的空气,瞬间获救了的感觉。徇着那气息,她摸索着来到了一个熟悉的院子里,在那里她看见了久无消息的邱老师,她刚要开口叫老师,老师却倏忽不见了。正疑惑的时候,场景又换了,她和邱老师一起到了兰江码头,然后又到了河堤上,河堤开满了鲜花,空气清新极了。她陶醉地躺在草坡上,像小狗一样使劲地嗅着……邱老师远远地跑过来,将一束五彩缤纷的野花捧到她面前……就在那醉人的花香中,她醒了……

"醒了!她醒了!"恍恍惚惚中她听见有人在旁边大声嚷道,"邱医生,多全妹子醒了!"

然后,她就看见了一张刚刚在梦里出现过的脸!她吃惊地坐起来,赫然看见身畔满地都是散落的菊花,红的、白的、黄的都有,而身边这个被人称为"邱医生"的男人,手上还捏着一把刚刚采摘的金黄色和淡紫色的野菊花。

那只捏着菊花的手一把扶住她,"你终于醒了!"她听到他恍若隔世的声音。

"我……我……我这是怎么了?"她下意识地暗里掐了掐自己的大腿,不是做梦。

"你刚才晕倒了,我已经跟你们队长说了,你的身体状况不适

合在人多的地方干活。"耳畔那个恍若隔世的声音说。

"邱老师……真的是你?!"

"是我!"那声音笃定地说道,"队长同意让我们送你回去休息,你刚才都吓着大家了……"

"是呀,我们都被你吓坏了,你干着活突然就倒下了,打碴的差点没砸到你!"一旁的申姐夸张地说。

刘多全这段时间老感觉呼吸不畅,空气太干燥,又没办法常喝水。一是自己带的水不够,二是工地里的茶水她总觉得人多口杂不卫生,三是水喝多了上厕所麻烦——没有厕所,男女社员都在工地附近僻静处解决。刚开始的时候她以为只是季节变换的缘故就没怎么注意,哪知时节已是深秋了不仅没有改善反而越感不适。这一天也不知怎么回事,队长对大家的分工进行了调整:原本打碴的都是清一色的男人,这天忽然调整成一半男人一半女人了,说是上级领导为了提高工作效率提议采取的方法。他们一组五个男的五个女的,一边打碴一边喊号子。所有的人中她最纤弱,其中有好几个人她都不认识,好在大家都很友好。大家都穿着白色的单衣——这是上级政府提出的"单衣化"要求,每个人都饱含劳动热情。在这样的环境中,女性的矜持是多余的,只有热情才符合场景。刘多全努力让自己显得更合群一些,喊号子的时候她也喊。无奈她的左右两边都是五大三粗的汉子,口气很重,右边的那个甚至有口臭,每次喊号子是她最难受的时刻,她觉得每个人的口气都好重,重到受不了。

终于,在一次十个人一齐高举碴石呼号子的当儿,她忽然感觉呼吸不畅,一口气没缓过来就当场被呛到窒息了,只觉眼前一黑,猝不及防就倒在地上了,差点没被碴石砸到!

当时正好有县领导下乡检查各地水利工程的工作进度,她的晕倒让整个库坝都惊动了。医生很快被找来了,她成了人尽皆知的带病坚持劳动的楷模。县领导工作繁忙,看到她被安置妥当,叮嘱陪同的公社领导要尽一切能力救治好她并给予适当照顾。

"队长安排人去做担架了,你现在感觉怎样?"申姐向她说了她晕倒之后的大致情形,关切地问。

刘多全深吸了一口气,说:"好多了!这些花……"

"这些花都是邱医生和我摘的,说是对你有用。"

"给你们添麻烦了!"她看了看正在一旁傻笑的邱老师说。

"你这是什么话?也是你运气好,邱医生今天刚到我们这,就赶上了……"

"他们过来了!"邱医生忽然说,"你去帮她收拾一下,我们送她回去。"邱医生对申姐吩咐到,随即开始动手捡起散落的野花,一边捡拾一边自言自语,"一般哮喘病人的身边是不适宜放鲜花的,但是这种野菊花例外……"

"你是说我有哮喘病?"刘多全有些难以置信。

"现在还不确定,你目前的症状有些像,不过就算是也是轻微的,你不用太担心。"说话间抬担架的已经到了跟前,队长也跟过来交代了几句,大家彼此客套一番之后就由申姐和邱医生一起将刘多全扶上了担架。申姐还要上工不能送她回去,邱医生理所当然一路护送。

"老师,我想回公社宿舍,你让他们把我送去公社吧,那里离这里比离家近。"在担架被抬起的时候,她忽然握住邱老师的手,等邱老师俯下头才低声说,声音里满是恳求。

"好。"他也低声回应,然后抬起头大声地对抬担架的几个男人说:"先送她回公社吧,那边离这里近,也离医院、药铺子近,方便看诊。"顺手将扎好的野菊花塞进她手里。

"好嘞。"抬担架的应了一声,一径往堤上去了。

她感激地看了邱老师一眼,虽然胡子拉碴的,但还是那么帅,

125

浑身上下散发着一种令她迷醉的男性气息。她将花竖放到胸前，紧紧地抱着，然后闭上眼睛，在担架一颠一颠的摇晃中惬意地享受着难得的病号福利。

也就一袋烟的工夫，他们就到了镇上。公社大院只有一个在门口看门的老伯，抬担架的几个人在门口略略迟疑了一下，就顺着担架上刘多全手指的方向顺着院墙往宿舍区去了。他们将担架小心地在她的宿舍门口放下，一直紧跟着的邱老师抢上前扶她站起来，她娇娇弱弱地依次向几个抬担架的道了辛苦，他们便完成任务似的离去了。

刚安顿下来，母亲孔朝秀就来了。当她行色匆匆地出现在女儿的宿舍门口时，她看见一个高大的陌生男子正脚踏椅子在墙上鼓捣着什么。

原来是墙上的灯泡坏了，在换灯泡。老家的村子里还在点煤油灯呢，她这里灯泡就烧坏了。难怪这丫头总不爱回家。可是这男人是谁呢？背影看着怎么这么眼熟……

"您怎么来了？"正在角落里收拾东西的刘多全发现站在门口发愣的母亲，诧异地问。

"戴队长让我来的，说是你上工的时候发病了……"话音未落，只听"哐啷"一声，邱老师从椅子上摔了下来，幸好他反应快，椅子也不高，撑着墙站稳了，只是不小心碰翻了靠墙放着的陶瓷脸盆。

"这是邱老师，我在县城读书时的国文老师。"刘多全红着脸向母亲介绍，一旁的邱老师早已淡定地站好，恭恭敬敬地打了招呼。

"邱老师？明明是邱医生呀，我见过的——经常到我们村看病的邱医生。"孔朝秀终于认出了这个让她看背影都感觉眼熟的男人，"邱医生家可是几代行医，家学渊源的郎中世家，怎么成了你的国文老师了？邱医生快坐，多全的病有您我就放心了！我马上烧水泡茶给您，快坐，坐。"

刘多全很少见到母亲一口气说这么多的话，一句一句像说外交辞令。

"伯娘您不用忙了，我还要回去给小刘配几服药，这就走了，明早把药送过来，您嘱咐她注意休息，晚上睡觉也要开一点窗，透风透气。"邱老师一边说着就背上了药箱，往外去了。

"你也不留留人家，都到饭点了，一点礼数都没有。"直到外面已经看不见人影了，孔朝秀才进到屋里，对呆愣愣的刘多全说，也不等她回话就自顾自地忙活起来，一面又问她："你也饿了吧？想吃什么我来做，我带了几个鸡蛋和一把葱，你这里还有些面粉，是做蛋皮子汤吃饭，还是吃荷包蛋面？"

"下碗面吧。"刘多全说，"您来了这里，家里怎么办？二姐那么小，孝英又还自己照顾不了自己……"不承想母亲并不接她的话，却埋怨地说，"我要不来，明天还不知外面怎么说你呢，一个男医生，一个女病人，还是师生，你的心可真够大的！"

"您说些什么呢？！我又不是为'外面'而活的！"本来就在心里埋怨母亲用那种让人生分的热情变相地赶走了邱老师，平素也最不喜欢母亲一辈子小心翼翼、瞻前顾后，生怕被别人拿住什么把柄的生活态度，现在听见这样的话，忍不住就气恼了。

"你快别说这种为谁活不为谁活的话，这世上的人，有谁不是活在别人的嘴里眼里的？偏你可以让别人当睁眼瞎不成？怕没那本事吧！"母亲口里说着，双手并没有闲着，说话间煤油炉子上的水已经响了，只见她麻利地磕蛋、下面条、撒葱花，片刻工夫，一碗漂着油花的香喷喷的荷包蛋面就端到了她面前，将她所有的委屈和想要辩驳的话都堵回了肚子里。

五

事情的发生有些偶然。

向家大院的人和事实在丢不开，又不放心刘多全一个人留在公社宿舍，尤其不放心邱医生看病送药的时候没有旁人在场。于是，孔朝秀就专门去请了申姐，并亲自包了两包向选举新腌制的辣白菜和豌豆酱，携申姐一起去了赵队长家，请求队长同意让申姐帮忙在多全身边照看几天。

这几年来，向选举的腌菜已经在不知不觉间成了大湾地甚至整个向家湾的传奇，整个村庄没有人不喜欢吃他做的腌菜的，连队长都调侃他，说向选举当兵，别的本事没学会，腌菜倒成了他的一门手艺了，可以开酱菜铺了。每当有乡邻称赞向选举做的腌菜好吃的时候，向选举总是纠正说他做的是泡菜，不是腌菜，是在部队里跟一个朝鲜老乡学的，泡菜是朝鲜的"国菜"。

队长家的女人很高兴，队长不仅同意给申姐放假半个月，工分照计，还叮嘱申姐要照顾好刘多全。申姐简直是欢天喜地到了公社宿舍，打扫卫生，煎药喂药，早早去食堂排队打饭，大声地跟食堂师傅要求"病号餐"，巴不得刘多全一直病下去，病到不用挣工分的那一天。

每天邱医生来看诊的时间是刘多全最开心的时刻。那种眼神的交流就像咳嗽一样，忍不住也掩藏不住。大家都是过来人，申姐也早已为人妇，什么情况一眼就看出来了。她是既同情又担忧，不忍阻挠也不敢撮合，只能尽己所能为他们创造独处的机会。

细心的申姐发现刘多全的宿舍一个通间显得太大了，从风水的角度看也不好，就建议她将宿舍隔成里外两间。得到许可后就开始风风火火地忙活起来，到处找木板，借钉子、锤子和糊墙的纸等，忙得脚不点地，将抓药、熬药的事全都交给了邱医生。

对于刘多全来说，那是一段终其一生都难忘的日子。

一晃半个月过去了，刘多全在她的邱老师的精心照料下已经恢复如常，申姐的假期也结束了，她们重新回到了工地上，邱医生也回到了他的诊所，重新开始了四处行医问药的日子。

刘多全在申姐的陪伴下回了趟向家大院，哪知一进院门就条件反射似的咳嗽起来。嘴快的申姐说可能是腌菜的气味不适合她。孔朝秀和向选举，还有两个女儿都被她止不住的咳嗽吓到了，连夜将她送回了公社宿舍。她可以名正言顺地不用回家住了，心里竟然有放下千斤重担的感觉。

所有人都知道刘多全患了一种"鼩病"，对气味非常敏感，是需要经常看医生的人，干活的时候，大家都主动照顾她，让她尽量在人少的地方劳动。公社食堂也因为这个新情况专门开了病号餐，凡是有头疼脑热或者看过医生的社员，都可以享受病号餐。

冬天来了，"单衣化"还在继续。在社员们热火朝天的劳动号子中，冬天也很快过去了。

事情就发生在春天。

正值青黄不接的时候，食堂为了节省粮食，用上了代食品，病号餐也取消了。

那天下了一场难得的春雨，淅淅沥沥地一直下到晚上。刘多全吃了一种橡子粉做的糊糊，肚子一直不舒服。那段时间刚好在公社附近干活的申姐经常留宿在她这里，看着她辗转反侧、腹痛难忍的样子，申姐不得不冒雨跑到邱医生的诊所报信，回来的路上恰巧碰上了来接申姐回家的男人，于是将邱医生接到公社宿舍后，申姐就跟老公回家了。食品紧缺，药品也紧缺，邱医生的诊所里只有一般的催吐或者止呕止泻的药物，都不适合刘多全的症状，情急之下只

能用一种特殊的按摩方式来缓解她的不适。

那种说不出的不适感不知不觉间消失了，取而代之的是一种异样的不曾有过的感觉。室外雨声潺潺，室内一灯如豆，两个风华正茂的茁壮生命，一个对对方倾慕暗恋已久，另一个对对方爱怜垂顾有加，一股无论什么力量都无法阻隔的情愫，在欲拒还迎的纠缠中终于淹没了彼此。

一切水到渠成。完全停歇下来之后都缠绵难休……

邱老师离开的时候，刘多全背靠着宿舍的门抱着他，忽然就想起了那个兰江码头的黄昏，一时间恍若隔世。邱老师则热烈地回吻着她，难舍难分，仿佛那样就可以地老天荒似的。

那次以后，她三天两头地发病，他三天两头地看诊，每次都由申姐陪伴着，他们珍惜每一次可以单独相处的机会。每次在一起，他们都当成最后一次，热烈而绝望，希望就那样死在一起，永不分离。

然而，生活就在身边。纸哪儿能包得住火呢？

六

"三月三，蛇出山。"自农历三月开始，大湾地的人们走夜路都会拿着棍子，用棍子探路，惊走冬眠过后总是不安分地盘踞在路边草丛里的蛇，以确保行走安全。白天干活也格外留心，生怕被蛇咬了。

大湾地被蛇咬致死的故事很多。隔壁生产队周家屋场十六岁的幺丫头刚刚找了婆家，一次去苕地里翻苕藤——据说苕藤被翻过之后长的苕会更大。幺丫头翻苕藤的时候，不小心被藏在苕藤下面跟泥土颜色差不多的蛇咬了一口，当时没有什么感觉就不以为意地走

130

回了家，对家里人说她好像被蛇咬了。家里人看她被咬过的地方也只有小小的两个黑点儿，就不紧不慢地去请了郎中。那个郎中也是邱医生的徒弟，只看了一眼就直摇头。结果幺丫头第二天就在昏迷中死掉了。前后不到一个全天的时间。

还有一个年轻媳妇，在割田埂上的草时碰到了一条跟草的颜色差不多的蛇，也被惊慌中的蛇咬了一下。年轻媳妇当场用传说中的老办法——自己扎紧被咬周围的地方，喊来附近干活的人将她背回家里，请医生医治，最终也只挨过了两天就丢了性命。

在大湾地有个传言：凡是被蛇咬之后，如果能挨过三天不死，就可以活下来。

向选举是唯一被蛇咬后挨过了三天的人。他在被蛇咬后第一时间遇到了邱医生。

因为在部队里受过伤瘸了腿，向选举回家后就被大队安排当了看管员，负责大队田间山头的巡查工作和公共财物的安全工作，经常要在野地里走。为此，刚搬进向家大院不久的业文爹爹还特地给他做了一个一头包着铁皮的棍子。蛇没有听觉，主要依赖触觉和振感来判断危险，包了铁皮的棍子拄在地上更有重量，振动也就更强，更能惊走蛇。

业文爹爹与业春爹爹同辈，是向家族亲为孔朝秀撮合的老伴，在正月十六正式搬进向家大院。孔朝秀在向家再婚时没有举行任何仪式，只有大队食堂为他们家的几位族亲做了顿白米饭，刘多全也只在食堂的饭桌上跟这个新继父照了个面儿，并没有为这件事回家。

但是向选举被蛇咬了之后她第一时间赶回了家。邱老师告诉她说被蛇咬后很危险，关键看头三天，挨过了就有救，挨不过就是死。

向选举是在巡山的时候踩到蛇的。当时邱医生正好从山那边的

丫角村看诊回家,需要翻过蜈蚣岭,从蜈蚣岭山顶下山的时候,遇见正蹲在山道上给自己包扎的向选举。向选举到底是当过兵、上过战场的人,一点儿都没有慌张,见到邱医生时他只是平静地说:"我踩到蛇了,被反咬了一下,我的手不灵便,你帮我处理一下吧,看能不能走回去。"

邱医生赶紧蹲下来,打开药箱,非常麻利地帮他扎紧伤口两头的部位,清洗消毒之后才说:"幸亏你碰到了我,走回去是不可能了,我背你吧。"

山路难走,且离家不近,邱医生背着向选举回到向家大院时衣服都湿透了。顾不上喘口气,邱医生又打着手电筒去附近的田埂上采了一种祛毒的草药,重新帮他清理了伤口,敷上草药,折腾了大半宿才消停下来,在向家大院的堂屋条凳上小睡了一会儿天就亮了。

向选举在家里昏昏沉沉地躺了三天,邱医生就在向家大院里照看了三天,第四天,邱医生说,"伤口变红了,没事了!"

向家从此将邱医生视为救命恩人。但是邱医生的心里却充满了负罪感——多全怀孕了!那天他让她帮忙给向选举换药时,她忽然就一点征兆都没有地呕吐了。他随手把了一下她的脉,是喜脉!他直觉孩子是他的。

自从刘多全搬到公社宿舍去住了之后,向选举就将家里的腌菜坛子全部搬进了院子西北角的一间偏屋里,平时想做泡菜的时候就去偏屋里做。家里已经基本没有腌菜的气味了,只在吃饭的时候偶尔闻到奇香无比、连刘多全都觉得开胃的气味儿。

她知道向选举是在乎她的。只是她没有办法去爱他。

怀孕也是件遮掩不住的事情。孔朝秀很快看出了端倪。第一个反应就是让多全拿掉孩子,为了确保安全,让邱医生自己动手。二人自然是坚决不从。多全更是长跪不起,说她宁愿与孩子一起死也不要打掉孩子。邱医生陪她跪着，求孔朝秀放孩子一条生路，他愿带着多全远走高飞，从此不再出现在向家湾人的视线里。

"你说得轻巧！你带她走了，我怎么办？这个家怎么办？！你问问她自己，她对得起她的业春爹爹吗？！"

孔朝秀一把眼泪一把鼻涕，一把年纪的人早已哭成了个泪人。哭着哭着就骂起了已故多年的向业春，骂他短命鬼狠心抛下他们母女守着偌大的院子无依无靠，骂得多全的心都碎了，觉得自己连死的权利都没有了。

"你们要让全天下的人都听到这样的丑事吗？"就在母女二人在祖宗牌位前哭得纠缠不清的时候，去山上砍柴的业文回来了。

七

所谓"当局者迷"，有时候，一些当事人找不到出路的事情，局外人倒可以用简单粗暴的方法给予解决。

"事情已然做下了，如何解决问题是第一要做的，其他的都靠边。"这是向业文坐下来之后说的第一句话。之后，他就非常清楚地给出了解决事情的原则和方案：

一、向家的利益永远排在第一位，只要这个院子里的人还有一口气，谁也不能违背这个"天理"；

二、家丑不可外扬，面子比天大；

三、人命关天，孩子是铁定要留下的，但必须姓向；

四、三个人的事情，三个人解决，最后以向选举的意见为主；

五、孩子出生之前，邱医生不得再与多全有任何牵扯，一切等孩子出生后再做定夺。

这个方案无懈可击。事情似乎就这样解决了。然而一波未平一

波又起，当刘多全接到开会通知回到公社办公室的时候，等待她的是一纸县政府转发的《关于精减职工工作若干问题的通知》，这是第二次精减下放职工的通知了。在以她为首的由农会骨干转为乡干部的干部职工中，她是唯一在第一次精减中被留下来的，其余的几名干部都在第一次精减中以带工资回乡务农的方式被精减了。更何况这一次凡是1958年参加工作的干部，来自农村的都在精减之列，而且全都不带工资，一次性发放安置费用，连公社书记的儿子都在精减之列。书记的儿子被排在精减名单的第一个，她的名字排在最后，名单中只有一个可以留下来。领导征求她本人的意见，告知排在她前一位的曹大兵是复员军人，在抗美援朝的战场上被炸掉了左手臂，无父无母，属于照顾对象。而她也是"老革命"，是资深农会干部，按照政策也属于照顾对象，但公社在他们二人之间只能二选一，所以领导想征求她的意见……

她能有什么意见呢？连沉默都显得缺少阶级感情了。而且以她的身体状况，当前更适宜在向家湾静养。于是，她以高度拥护组织决定的姿态，在公社同事们的欢送和祝福中离开了兢兢业业十多年的工作岗位，搬出了度过太多欢乐时光、再也不会重临旧地的公社宿舍。直到回到家里才能好好地痛哭了一场。

她第一次真切地体会到，在强大的时势面前，个人的命运是如此的不堪一击、不值一提。

孩子会是她的希望吗？她的还有着一技之长护身的邱老师会跟她在一起吗？

八

刘多全的第三个孩子、她和邱老师的第一个孩子，终于平安出生了，是个男孩。因为她与向选举尚未离婚，这个孩子在法律上是他们的。业文爹爹如获至宝，母亲孔朝秀脸上也难得露出了笑容。孩子从"云"字辈，大名向云梦。

邱医生是很多人的救命恩人，但在刘多全的眼里，他永远是她的国文老师。物资匮乏，营养不良，奶水严重不足，邱老师托熟人弄来了有限的代乳粉，业文爹爹翻山越岭去远嫁的妹子家借来一只刚生产完的母羊，专门挤羊奶给梦伢子。只可惜母羊也好像营养不够，挤不出多少奶水。孔朝秀就在煮芍子颠颠饭（一种野菜煮的饭）的时候，先滗出一些米汤用来喂梦伢子。全家人的心思和力气都使在这个宝贝疙瘩身上了。

孩子满月后，军人出身的向选举为了顾全大局，主动提出离婚。离婚不离家，向选举住西头的偏房，刘多全与邱老师结婚，两口子住很久以前向家佣人住过的正屋东面隔开的几间屋子。梦伢子则跟着孔朝秀和业文爹爹，刚刚会走路的时候就跟业文爹爹一起睡了。业文爹爹对梦伢子整天不是背着就是抱着，捧在手里怕摔了，含在嘴里怕化了，无论好的歹的，有求必应，才三岁就学会了抽叶子烟（自己种的一种大叶子老黄烟），外人是一句重话都不许对他讲的，更别说被弹一指头了。邱老师说小孩子这样养不好，但业文爹爹不听，依然一意孤行。

"这孩子，怕是要将福享在前头了，只怕将来要被误终生。"夜里，邱老师搂着多全担忧地说。不曾想这话多年以后被应验。

"儿孙自有儿孙福，我怕是误了你了……"刘多全软语温存，说的是他们的孩子都要姓向的事，她又怀孕了。孩子明明是邱老师的，却要随向家姓，她总觉得……替他不值。

"姓啥都是咱们的孩子，管他呢！也不独咱们，山腰的田家夫妇，三个儿子，还不有两个都姓向？凡是落在向家湾的都姓向，这是老规矩。这样的乱世，能跟你在一起已是不易了，只要孩子平安

长大，比什么都强……"

"你倒是想得开。"

"真没有什么想不开的，都什么时代了。等孩子大了，他们总有自己的打算。你若放不下这种想法，咱们可以多生几个，总有一个可以跟我姓吧……人心都是肉长的不是？"到底还是有些介怀的。

这是夫妻二人秘不外宣的私房话，无奈地掺着心酸，也掺着安慰。

邱老师老家早已家破人亡，他家是医学世家，因为家庭成分是地主的关系，他和哥哥，乡卫生院里只能留一个，哥哥留下，他就只能当走村串乡的赤脚医生，没有固定工资，连工分也是中等档次，上门看病打针只收得回成本费用。有病看病，不用看病就务农。由于年少时家道殷实，养尊处优，邱老师根本不会干农活，田头地角的活基本全压在刘多全病弱的肩上。

在大湾地，刘多全是公认的最能干的人，曾创下过早上孩子们还没有起床她就一个人耕完一大块田的纪录。乡邻们茶余饭后聊起她，都用"能干""很苦"四个字来形容她。耕田是男人的活，邱老师不会，只能她做。女人的活儿就更不在话下了。最让人称道的是她会织蓑衣，著名国画《寒江独钓》里面蓑笠翁穿的那种蓑衣。邱老师当然也不甘落后，他是另一种能干，多年的风餐露宿早已没有了读书人的斯文羸弱，刘多全扛着犁耙下田的样子，是他一辈子都忘不了的心疼。为此，他一有空就利用多全稍事休息的时间，赶着疲惫的老黄牛，在多全耕过的田里学耕，她则坐在田埂上指点。那样的画面，也是大湾地人们常常围观打趣的风景。他们是整个村子里妇唱夫随的典范，也正因为多全的"能干""很苦"，当然还有她多年担任农会主任的身份，和邱老师"治病救人、虚心学农"等原因，运动席卷到向家湾的时候，乡亲们全都选择了对向家的一切避而不谈，对各种工作队的表面欢迎和内心回避。尽管如此，当

"破四旧"运动冲击到小山村的时候,向家最得人心的祖辈福建二爷留下的一箱子旧物,还是未能幸免于难。

事情的起因是革命小将们在笔架山脚下的江财主家的墙壁里发现了藏匿的"花边"(银圆),当时江财主的家因为土改时就被查抄早已破败不堪了,因为连日下雨,冲坏了墙根,江家人还来不及清理。"破四旧"工作队到他们家也是例行公事,其中一名小将尿急去墙根边上撒尿,没承想银圆一经尿液冲刷就露了出来。这家人不知道他们的祖上是什么时候将民国时的银元藏进墙里的,连当家的自己都说不出个所以然,直呼冤枉。那件事之后,"破四旧"工作队在专拣"大户人家"抄检的时候就开始特别留心砖缝、地窖之类的地方。福建二爷当年藏在苕坑里的情人吴媛媛的遗物,很不幸也被抄出来了……这件事让向家的"家庭成分"重新进入人们的视野。为了明哲保身,向家大院从某种意义上被孤立了,乡邻们开始有意无意地回避与向家或者与刘多全一家有关的话题。向家大院也成了乡亲们忌讳的地方,必须要经过的时候大都选择绕道而行,需要看病了也都利用人少的时间段悄悄地来请邱医生。

世事无常,人情如纸。二十世纪六十年代到七十年代之间,是刘多全一家,也是整个向家最难挨的岁月。在最艰难的时候,刘多全为了养大一直紧跟自己过活的两个女儿云菊和云梅,自己连苕粉都吃不上,经常冲盐水喝。

九

远处传过来沉闷的雷声,雨越下越大了。这是今年第一次听到雷声。雷声提醒人们:夏天开始了。

雷声由远及近,天供山方向的一角天空被黑云压得像打翻的墨

汁。雨势渐大，一时半会儿不会停下的样子，可刘多全还没有回来。天气不好，村人们都放下农活回到家里了。隔壁的正屋里已亮起融融灯火。刘多全的大丫头孝英三岁起就跟着她奶奶孔朝秀长大，这个月初刚刚新婚。结婚仪式上"三拜高堂"时拜的是孔朝秀和向业文。这个业已凋敝却又根深蒂固的"大户人家"，永远固守着他们奉为天条的规矩和伦理，丝毫个人情绪的空间都不会留下。邱艺兴对刘多全的悲苦感同身受，只恨自己不能分担。他想带她离开这个大院儿，远离这个令人窒息的地方，可是，外面的世界传进来的都是纷乱的消息，让人彷徨，看不清方向。更何况身边的幼女正嗷嗷待哺。

整个天空都被黑云遮住了，村道上还是一个人影儿都没有。邱艺兴终于待不住了，他进屋安抚好才一岁多的女儿云梅，又到正屋那边悄悄找到一直跟随孔朝秀长大的刘多全与向选举的第二个女儿云英，叮嘱了几句要她留意他们偏屋动静的话，就披上蓑衣、戴上斗笠，打着大队特别为他夜间出诊配备的手电筒，一头扎进了雨里。

下午他因为要出诊没能帮刘多全干农活，不知道刘多全在什么地方。他先是去了上午一起薅过水草的田里找，然后又去了昨天没有干完活的地方，都不见刘多全的影子。风雨交加的声音盖过了其他声音，他一路寻着一路唤着刘多全的名字，途经几户路边的人家还进去问了，都说没有见过刘多全。

找遍他们家所有的田地、自留山、自留地已是大半夜了，他已经没有力气再走那么远的回头路回家去，就在最靠近山路的一个窨坑里找了块干爽的地方坐下来。没想到刘多全就蜷缩在那里，已经奄奄一息。所有的疲倦似乎都不见了，他下意识地探了探刘多全的鼻息——还活着，再一摸额头，滚烫的。

老天爷！难为她昏迷之前给自己找了这么个干爽的地方，不然后果不堪设想！这个窑坑，是当年福建二爹当家的时候烧石灰的窑坑，这样的窑坑这片山上到处都是，默默地见证着向家当年的辉煌。

邱艺兴也不知突然间哪里来的力气，他解下身上沉重的蓑衣和碍手碍脚的斗笠，将刘多全用她歇息前解下来放在身边的塑料雨衣裹好，背着她就下了山。

什么都顾不上了。他在快天亮的时候才回到向家大院，来不及换衣服就去敲隔壁正屋的大门，向从来都对他视而不见的孔朝秀讨要红糖和生姜。全家人都被他的样子吓到了，深藏的母性被唤醒。孔朝秀随他一起进了她几乎从不曾靠近过的偏屋，一边呵斥他赶紧换掉身上的湿衣裳，一边麻利地给刘多全换衣服，协助他煮生姜红糖水。他有些恍惚，在恍惚中一直折腾到天大亮了才消停下来，等孔朝秀离开后才关门闭户，拥着迷糊的刘多全倦极而眠。

事情是在他醒后爆发的。他醒了却睁不开眼睛，准确地说是睁开了眼睛却看不清东西。多日来所有隐约的不适好像一下子全都集中爆发了出来：头疼、鼻塞。但他知道出现这种症状不是因为感冒，他确信自己没有感冒。可是他的鼻子堵得厉害，里面像长了什么东西。小心地用手指探了探，竟然满是血腥味……

他的医学知识和经验告诉他：自己出大问题了。

"等你完全好了，陪我去一趟卫生院。"他对已经起身照料云梅的刘多全说。

"我已经感觉全好了，今天就陪你去。"

"也好，宜早不宜迟……"

卫生院给他看诊的医生让他们直接去县人民医院看看，邱艺兴坚持说："把你的疑虑说出来就行。"

"可能是鼻癌……"

果然与他自己的直觉不谋而合！瞬间天塌地陷。

十

邱艺兴没有去县人民医院，也没有选择住院治疗，他知道这样的病怎么治都是徒劳。不管刘多全如何苦求，他都无动于衷。

"你若真的疼我，就放下手中的活儿，好好在家里照顾我，反正就算我住院，也是要人照顾的，你就把家当成医院好了。"

"只要有一线希望，我们就要做百分百的努力！"刘多全强颜欢笑。

"努力只会让我死得更痛苦，我自己是医生，你要相信我，我们就好好地过几天安生的日子吧。庄稼地里的活是忙不完的，好好陪陪我！"

其实，他是想让她好好休息几天。

正屋里的孔朝秀，趁家里的人都去田里忙活的时候，舀了几升米过来，米里压着几个鸡蛋，放下东西什么也没说就离开了。

"这些吃完了，你就带着梅丫去火连坡卫生院找我大哥，他现在是卫生院的骨干医生了，不管伢子姓什么，你都是邱家的媳妇，他不会不管的。"邱艺兴握着多全的手，"是我拖累了你！"

"不！是我拖累了你……"

他们两人互相推诿着，等待命运安排给他的最后的时刻。

1970年的春末夏初，仅仅两个月，邱艺兴就离去了。离去的场景有些惨烈，他想最后好好地看一眼自己将要撒手不管的妻子和女儿，使劲地揉着眼睛，揉出了血。刘多全死命地抱着他的双手，任他挣扎着咽下最后一口气。六岁的大女儿云菊抱着一岁多的云梅，吓傻了似的跪在房间凸凹不平的泥地上。直到一切都安静了，孤儿寡母才哭出声来……

十一

邱艺兴死了,刘多全的活全部成了"苟活"。邱老师是她生命里的火,火萎了,她也要走了,只是一直没有走成,两个女儿拖着她。

往后十几年的时间,因为拒绝复婚和"搭伙过日子"式的改嫁,刘多全的日子过得很悲苦,是那种罄竹难书的悲苦。

邱艺兴去世后,他的大哥邱德兴曾经与其单位领导一起来过向家大院,表示要将向云梦、向云菊和向云梅三个孩子接到邱家去,由他的单位抚养到十八岁。但最终,他们被业文爹爹拖着扁担赶走了……

原生家庭的不完整和自小娇生惯养的原因,向家自福建二爹之后第三代唯一的男丁向云梦,十五岁的时候就有人上门提亲,却一辈子也没有结成婚。刘多全和邱艺兴的两个女儿,虽然最终依靠自己的努力改变了命运,但当初嫁得也都不理想。关于他们儿女的故事,会在其他的篇章里有所讲述。

刘多全是在1989年春末夏初去世的,她去世前已经好久不能吃盐了,去世的时候全身浮肿。据说自那一年的春节开始,随着唯一的儿子向云梦第十一次相亲失败,刘多全就开始神志不清了,村里的人经常在清晨的时候看见她蹲在邱艺兴的坟头上,太阳出来才下来回家,遇到人也不打招呼,模样和神情怪吓人的。

村人们说,她那是跟她的邱老师商量什么时候带她走,商量了小半年邱老师才答应带她离开……

黑金岁月

一

农历八月十六的向家湾,早晚天气已经很凉了。大约是刚刚过完中秋节的缘故,人们都睡得晚也起得晚,清晨的山村显得很安静。小路两边的草尖上挂着晶莹剔透的露水,露水沾在脚踝上冰冷冰冷的。路过的草丛中,偶尔会看到被油浸透的那种包月饼的纸。清晨的空气有些清冽,蓟舫弯下腰将裤脚挽高一些以免被露水打湿,等他收拾好站起身准备继续往前走的时候,身后自家楼房一侧敞着门的牛栏里忽然传来几声异样的牛叫声。

"哞——哞哞——哞——"第一声拉得长长的,第二声有些急凑,第三声又拖得很长,记忆中他家的老黄牛从来不曾这样叫过。

蓟舫的心里没来由地咯噔了一下,一股异样的情绪瞬间笼罩了他。见他回头,老黄——他一直称老黄牛为"老黄",并把这头已届中年的老黄牛当作家人,老黄见他回头又冲他"哞"了两声,像是跟他打招呼,又像是要叫住他的样子。

而就在这时,二楼卧室的门打开了。二楼的布局是一间卧房一间卧房地往下顺延,卧房外面是通用走廊,孝英扶着走廊栏杆冲老黄骂道:"一大早的,你叫魂啊!"

没想到老黄竟然掉过头也冲着她"哞"了两声，声音里充满与哀婉类似的恳求的意味，让人听着心里恓惶恓惶的。

蓟舫回头看了一眼楼上，又看了一眼正烦躁地往外挣绳子的老黄，转身走了。他要去石灰窑上早班。蓟舫走了老远，已经看不见自家的小楼了，还听得见老黄焦躁的叫声，一声比一声急，最后在一声惊心动魄的长哞之后，静了下来。

他知道牲口都是有灵性的，老黄这样反常必定有缘由，可就是不知道会应在什么事情上面。这种不祥的疑惑一直笼罩着他，让他到了石灰矿开工了都心神不定。

他觉得自己当时应该回去安抚一下老黄的，也许他一安抚老黄就安静下来了，或者老黄还会在他的安抚引导下让他能找到答案。但是他不愿意回去面对孝英那张恨不得咒死他的大黄脸。这婆娘越来越不像话了，竟然学会了骂大街！他只不过把两盒盒装月饼送给了大湾地的四丫头，而将纸封的筒装月饼带回了家，他只是觉得盒装的比筒装的更适合送礼而已，并没有厚此薄彼的意思。实际上筒装的月饼比那盒装的还要好吃的，因为两种月饼是同样的价格，而盒装的月饼明显算进了包装钱。可是孝英却不依不饶，竟然在中秋节的夜里大家都在开心过节的时候，那么忘形地骂起了他的相好，造成的不良甚至恶劣的影响，估计没有三个月消除不了。

自从861煤矿出事后，他的运气就一直没有转过来。连开了几个煤洞都没有挖到煤，不得不去乡里的石灰矿当了个点炮炸石灰石的大师傅。"大师傅"听着风光，实际上是干玩命的活儿，其他人都不敢揽。

他是有头有脸的人，昨天晚上却被孝英骂得一文不值——她竟然骂他"猪狗不如"！纵然他有千般不好——在对待女人方面，也总有一点点好吧。他已经要放她自由了：不离婚但彼此互不干涉。她为什么还要作践四丫头，居然在中秋节这样的特殊日子用最恶毒

143

的方式诅咒她，让整个向家湾的人都像听大戏一样，听着她在楼顶一边剁着砧板一边"沙由（母牛）娼妇""断子绝孙"地咒骂四丫头。她也曾是大户人家出身，怎么骂起人来泼辣粗俗得就跟那些蠢笨村妇没有两样呢？

今天早上老黄的反常举动是不是与昨晚的咒骂和殴打有关呢？他昨晚差点就掐死了她！老天爷，她不会真的趁他不在家的时候去找四丫头孤儿寡母的麻烦吧？不会真闹出什么事情吧？！蓟舫心神不定地想着，终于理顺了连接雷管的电线。就在连接电线的瞬间，他忽然想起没有关掉电闸！然而……一切都来不及了！电光火石之间，随着"轰"的一声巨响，他的身体和灵魂一起飞上了天……

孝英接到噩耗赶到御史峪羊耳山煤矿职工医院时，医生已经停止了对蓟舫的抢救。一位年长的医生想帮他合上眼睛，顺着他的眼皮往下抚了两下都没有成功，就放弃了。

孝英跌跌撞撞地扑倒在病床前，只说了一句"早知道老黄的反常是应在你身上，我就叫住你了……"就晕过去了。一旁的医生及时救醒了她。她一睁眼就看见蓟舫死不瞑目的双眼，那么无辜地瞪着头顶的天花板，下意识地伸手过去将掌心盖在他圆睁的眼睛上往下拂了一下，那眼睛就闭上了。

送蓟舫回家的大卡车才出现在通往向家湾腹地的岩山脚下的村道上，孝英就听见了老黄的哞叫声。所有的人都听见了。老黄连叫了三声就停下了。

卡车到达楼下晒谷场时，老黄又连叫了三声，没有先前的悠长，很低沉很短促，然后大家就看见老黄冲着卡车的方向跪了下来。

"这牛在哭呢，看它在流眼睛水（眼泪）……"

"牲口都有灵性的，听说今早蓟舫出门时它一直在叫……"

"好好的怎么就出了这种事？用雷管炸山石向来都是他的拿手

活儿……"

"是上工的时候还没睡醒吧?听说昨晚……"

整个丧礼上,亲戚朋友们都在议论着,妯娌们都是一边号啕大哭一边像唱歌一样细数着死者生前的种种往事,只有孝英自始至终都呜咽着,一句词儿都没有,只有流不尽的眼泪。

就在今天早上,她在咒骂老黄的时候都还顺便骂了他,诅咒他出了门就不要回来,就这样死在外头。

没想到他真的就死在外头了。

二

孝英自出生起就肩负着复兴向家的使命。特别是妹妹二英出生之后,因为又是女儿,"老祖宗"对她的寄望就更大了。从三岁的时候开始,她就跟随"老祖宗"生活。

"老祖宗"是她的嗲嗲(祖母)孔朝秀,曾经是山那边隔壁县刘姓大户人家的童养媳,刘家败落、丈夫去世后带着刘多全(孝英的母亲)改嫁过来,之后一直不曾生养,却为这个家撑起一片天。她不曾见过爷爷(祖父),爷爷向业春在她出生前三天去世了。她不知道祖父祖母的故事,只是从这个家的种种规矩,猜测祖父祖母必定有过不同寻常的过去。她很小的时候就被要求不能大声说话,更不可以放声大笑,吃饭不能吃出声音,喝汤吃面尤其不能有声音,为此她不知挨过多少骂。田地里的活要会干,厨房里的活也要学,农闲的时候还要学纳鞋底、织毛衣……社会不同了,男女平等了,女人不仅要像男人一样顶起半边天,还要具备女人天生的心灵手巧。她只觉得自己从小就被当成全能儿培养,未来的人生之路那么任重而道远,让她不敢有丝毫懈怠。

向家湾

她知道她们向家是向家湾乃至整个御史峪数一数二的大户人家，这从家里高高的大理石门槛和铁梨木大门，以及光可鉴人的大理石门框就可略窥一斑。她家是在公公（曾祖父）的时候开始败落的，御史峪所有的人都称她公公为"福建二爹"，据说公公当年写张小纸条，在御史峪都可以用来当银子使。公公抗过日，也有过人尽皆知的风流韵事。其实不只是她家，当时所有的"大户人家"都是在曾祖父时代开始败落，有的甚至在更往前的年月里就开始败落了，这不是人力可强的事情，是时代潮流使然。

时代潮流浩浩荡荡，顺之则昌，逆之则亡。所以，当她自个儿扛着大北瓜去上学，用大北瓜抵学费的时候，她一点都没有感到贫穷是可耻的，相反觉得无比自豪。

学校里的老师教她读书、习字，回到家，祖母教她做人的道理，告诫她凡事不可太过，"势不可使尽，使尽则祸必至"；还有感情不能太热烈，"情深则不寿"；要"见人只说三分话，不可全抛一片心"，凡事都要懂得"知止"……除了人尽皆知的童养媳改嫁的往事之外，她不知道祖母的身世，但祖母对她的教导，让她在很多事情上都受益匪浅。

十五岁的时候，她跟着队伍去"抄家"，从不跑到前面，别的同学唯恐显得不够卖力，她常常在大家疯狂扫荡之后趁大家不曾注意到她的时候，替被抄对象做一些善后的事，比如捡起被小将们扔到地上的东西，轻拿轻放等。当她的同学在沸腾的人群中激昂地高喊"打倒某某某"的时候，她因为心中充满敬畏而一直紧闭着嘴。她知道自己无力改变什么，但至少可以做到让自己不暴戾不愧疚。

十六岁的时候，她喜欢上了家住天供山那边的学长戴红庆，当得知两人家庭成分悬殊之后，便立即将那份情狠心地扼杀在襁褓中了。

无论时代如何变化，"父母之命、媒妁之言"的婚嫁模式，在她们向家都不会改变。而她作为向家长女的婚姻，从一开始就注定不由她做主。

随着亲生父母的离婚和母亲再婚——她的母亲刘多全曾经勇敢地跟她的亲生父亲、向家安排给她的丈夫向选举离了婚，之后嫁给了自己在县城学校读书时的初恋情人、她的国文老师、已经沦落成赤脚医生的邱艺兴，她的命运就完全被确定了，无论后来与她同母异父的是弟弟还是妹妹，她都要被留在家里招婿上门，为向家开枝散叶、撑立门户。每个人来到这个世上都是有使命的。使命即责任，使命即价值。她的使命就是让向家的血脉延续下去，条件成熟的时候，重建向家辉煌。

然而，当十八岁的孙蓟舫出现在她面前时，她还是觉得命运对她太苛刻了。湘西北一带有个大家都心照不宣的潜规则：凡愿意给别人家当上门女婿的男伢儿，大都是家里兄弟多而本人又是其中不怎么成器的那一个。出色的儿子谁愿意给别人去撑门户呢？肯定是要留在自家里续香火立门户的。

此外，还有一个传统，凡大户人家结亲多奉行"亲上加亲"的原则，以巩固家业，防止资源外流。这个孙蓟舫就是她的亲表弟，孙蓟舫的母亲向东姐是她亲生父亲向选举的亲妹子。

孝英并不排斥这个比自己小几个月的未婚夫，她不像母亲刘多全那样，去过县城读过书，也没有母亲那么"好命"，可以离婚再嫁自己所爱之人。她的情感生活一片空白，她的人生际遇全赖命运之力，注定要在既定的框架之内去实现自己的人生理想。让她意想不到的是，这个表弟不喜欢她，对他家人的安排很是不满，跟她独处的时候明确表示"不过是奉父母之命"。甚至在婚后将房中之事都当作例行公事，偶有动情的时候也戏称不过是在配合她"造人"，为向家造人。这样的婚姻生活，注定不会有幸福可言。孝英觉得很委屈，却无处可诉。唯有希望他的放浪只是因为年轻，希望岁月终

会抚平一切。

矛盾的爆发有些荒唐。孙蓟舫竟然爱上了选举爹爹的外甥女，也就是孝英的表妹，并且毫不掩饰。表妹的父亲被招工进了羊耳山煤矿，那时候的羊耳山煤矿相对于御史峪的乡村而言就是城里了，因而在同龄的农村小孩中，表妹就是城里人了，就连她的名字都是带城市味儿的，叫"晓芙"。晓芙长得像朵含苞待放的蔷薇花，皮肤白皙细腻得像婴儿的皮肤，美得无可方物。几乎所有的人都疼爱这个晓芙。孙蓟舫就像中了邪，在家里吃不好睡不好，一天到晚就往矿里跑，有晓芙的地方就有他。

谁也不知道他们是什么时候在什么地方把事情办成的。直到晓芙找到孝英，哭着求助说她怀孕了，丑事才被抖出来。然而家丑不可外扬。向家全家包括已经离婚多年的刘多全，和才八个月大的向家第五代长女金凤在内，一家老小齐聚晓芙家，避开两个当事人，向晓芙的父母诚恳道歉之后，晓之以理、动之以情，并动用各种关系为晓芙物色待嫁人选，最终让晓芙安全人流之后远嫁他乡。

三

"晓芙事件"之后，孙蓟舫安静了很多。几年之后，适逢全村上下兴起拆土砖房、建灰砖房的热潮，孙蓟舫不知从哪里弄来了砖模子和瓦模子等工具，还学会了造泥、板砖、打瓦、烧窑的本事，几乎在一夜之间开启了一个上门女婿沉默忧伤的发愤图强之旅。全家的劳动力，包括才读小学三年级的女儿金凤和从不待见他的小姨子，都被他叫来当牛做马使唤了。

事业是一个男人的生命。孙蓟舫仅用了三年的时间就收获了人生中的第一桶金。

孙蓟舫收获的第一桶金,也是向家在漫长的沉寂之后收获的第一桶金。也就三年左右的时间,整个御史峪的泥砖房都完成改造了。在这场自发的泥砖房改造中,整个御史峪有七成以上人家的砖和瓦都出自向家湾,而向家湾唯一的砖窑厂是孙蓟舫、向孝英夫妇的。这场泥砖房改造的结果,是在向家大院门口留下了一上一下两个很大的鱼塘,那两个大鱼塘,也成了御史峪泥砖房改造的历史见证。

砖瓦之后,年轻气盛、心思活跃的孙蓟舫,又瞄上了御史峪另一个发财领域——煤。关于向家祖上"福建二爹"辉煌的发家史,作为向家的上门女婿,他当然是知之甚详的。但是他没有选择向家湾煤矿旧址,而是选择了正如日中天的国营煤矿羊耳山煤矿的一个小分矿。羊耳山煤矿是整个御史峪的经济命脉,因为产煤太多,矿里现有的人手忙不过来,想把"861分矿"承包出去。孙蓟舫得知后,毫不犹豫地承包了。一个华丽转身,他又从窑厂主变成了矿长,成了向家湾乃至整个御史峪都有头有脸的人物。外面的人常常将他这个"861煤矿"的小矿长混淆成国营煤矿羊耳山煤矿的大矿长。

羊耳山煤矿是常德地区第一家国有煤矿。1955年9月由澧县人民政府从私人手中接管,挂起了第一块国营的牌子:澧县羊耳山煤矿。七年后又由常德地区接管,由澧县羊耳山煤矿更名为常德地区羊耳山煤矿,行政级别由县局级升格为正处级。1981年至1986年这段时间是羊耳山煤矿高速发展时期,煤炭出产量由最初年产量不足三万吨提高至三十万吨。而关于羊耳山煤矿的历史,更早可以回溯到1894年的时候。一直到清末民初,御史峪那一带的采矿业风起云涌,其中尤以采煤最为热潮。那时候的羊耳山煤矿不叫羊耳山煤矿,叫御史峪煤矿,有史记载的开矿人先后就有乡绅陈显逢、地主王自远、湖南省省长赵恒锡的干儿子孙化堂、保安团团长李化

甫、国民党军官龚再生等。在这期间，向家的祖上也不甘其后，大约就在与孙化堂同一时期，孝英的祖父、在当时声名远扬的"福建二爹"在县城高人的指点下，在离御史峪大煤矿两三里远的向家湾，同时进行煤矿和石灰矿的开采。那也是向家空前绝后的辉煌岁月。事隔半个多世纪之后，作为向家后人的孙蓟舫再次选择煤矿，也许是冥冥之中的天意吧。他的人生也因为与煤结缘，一步一步迈向辉煌的巅峰……

孝英以为他经历过"晓芙事件"之后已经完全回心转意，只会一心想着复兴向家，成就一番事业，不会再儿女情长，就此回归正途了。

不可否认，那段奋斗的岁月是向家最安宁顺遂的岁月，也是孝英和蓟舫夫妻生活最平稳和谐的时光，平稳和谐得除了一个接一个的孩子出生之外，乏善可陈。

是一次次的酒醉之后，还是一次次的运输途中，还是同道中人的撮合成全，已经无从考证了。

男女之间的那点事了，有了第一次就会有第二次、第三次。而出轨，更是一件让人容易上瘾的事情。据好事者传播，除了伤心远嫁的晓芙之外，前前后后与孙蓟舫有过瓜葛的女人，数得出名字的，如爱香、灯菇、兰芬、四丫头等，就有十多个。一段感情尚未结束，另一段感情就已经开始，其中维系时间最长也最终闹出大风波——蓟舫横死前一晚被孝英剁着砧板咒骂的是四丫头。但真正影响孙蓟舫前途命运的人，是另一个连好事者都不知道名字的女人……

一个人的声望，常常是与一个人的财富、地位成正比的。经过几年的奋斗和苦心经营，孙蓟舫的声望已经达到一个农村男性所能达到的巅峰状态了。

然而月盈则亏，水满则溢。大约是1986年，孙蓟舫结识了一个被大家称为"孔二姐"的女人。这个女人，比多年前的晓芙更好看、更成熟，是那种被男人称为"尤物"之类的女人。更致命的是，这个孔二姐读过书，只差一分就考上大学了，有才华、有主见，是百年难遇的才貌双全的美人。

孔二姐是"861 煤矿"母矿某科室副职干部，地区某大领导的"女朋友"。国人关于"色"之于好色之人的魔力，有过诸多典故，如"色令智昏""色胆包天"等。孙蓟舫大约是身上有着好色的基因，不小心被诱发成疾，之后就收不住了。为了得到这个孔二姐，他下了很大的功夫，甚至因为长时间的爱而不得动了真情。他在极短的时间内斩断了与其他女人的暧昧关系，一心追求孔二姐。

也许是美人本身寂寞的缘故，也许是功夫不负有心人，孙蓟舫在孔二姐欲拒还迎的暗示下，终于在一个月黑风高的秋夜里摸进了孔二姐的单人宿舍，摸上了她的床，从此就陷进了温柔乡，连家都不回了。

他从来不知道一个女人的身体会有那么多索取不尽、欲罢不能的奥妙。他觉得之前所有的情事、性事都不过是过眼云烟，唯有与孔二姐的一切才应该天长地久、绵延不绝。

他甚至不止一次想要跨越婚姻的界限，想将孔二姐和她给他的缠绵，永远留在身边。

与他的狂热迷恋相比，孔二姐则冷静得多。他来了，她会倾尽所有为他接风洗尘，每个毛孔都传递出"欢迎"和"邀请"的信息，然后极尽缠绵。他要离开的时候，她会缠绵得仿佛一刻也不想放他走。但是他一转身，她就变得冷若冰霜了，仿佛他从不曾来过。她从不主动联系他，哪怕是节假日的问候。

欢愉的时光总是转瞬即逝。每一次离开的时候，孙蓟舫都显得那么不放心，千叮咛万嘱咐，叮嘱她要锁好门窗、照顾好自己，乖乖地等着他忙完手头的事情就过来看她，她则紧紧地依偎在他的怀

里,用清亮的眼睛坚定地望着他,点头,再点头,直到他已经骑着自行车走出老远,她还痴痴地立在门口,等他在拐弯的地方下车回头,然后在他的挥手中关上门……

四

六月天,孩儿脸,说变就变。这一年的夏天特别容易变天,特别是"双抢"那段时间。一忽儿晴一忽儿雨,乡亲们天天都忙得像跟日头或者雨水赛跑。收割的稻谷要及时晒干,田里的秧苗要在早上和傍晚的时候插到耙好的田里去。

田埂上的农人们仿佛个个都成了气象专家,每天下田之前都要观察天气,太阳出来要看是红的黄的还是白的,判断天气好坏的标准有谚语为证:"白太阳有风,红太阳有雨,黄太阳晒死人。"每天傍晚收工的时候也格外留意落日景象,看看西边天上有没有晚霞,然后对照"日落西北满天红,不是雨来就是风"的相关经验,提前安排好第二天要干的事情。若是前一个晚上下了雨,早起就要注意有没有雾,雾气是浓还是淡,如果雨后的早上天气是雾蒙蒙的,就要趁早下田,还可以放心地晒谷子,因为有老祖宗留下的农谚告诉大家"早上雾蒙蒙,一会儿晒死雷公"。如果在田里干活的时候忽然起风了,就特别注意风向是从靠近丫角那边的老人头和蜈蚣岭(东南方向)那边吹过来的,还是从岩山和笔架山交界的那个方向(西北方向)吹过来的,如果是老人头和蜈蚣岭那边吹过来的,就不用担心。如果是岩山和笔架山那边吹过来的,就要准备收谷子,因为有谚语"东南风,干松松;东北风,雨祖宗"的预警……

孝英这段时间忙得是脚不沾地,向家人多田多,但多是老人,能用的劳力少。稻子已经熟得趴在田里了,几场雨下来,空气潮湿氤氲，再不收割就要在田里发芽了。秧田里的秧苗也长得老深了，再不栽下去就错过最佳栽秧时机了。她已经陆续约请了好几个姐妹，要尽快集中到她家帮忙"双抢"。往年大家都是这样轮流帮忙，谁家急就先帮谁家干，或者谁家先做好了准备就先帮谁家干。许多平常到外面搞副业比如"下井挖煤""上山烧窑"的男人，也都早早赶在"双抢"开始前就回到了家。但是在她家承包的"861煤矿"上班的几个后生伢子，这次都没能回家帮忙"双抢"。据那几个后生伢搭回的口信儿，不能回家帮忙的原因是矿里接了几宗大单，要赶出煤的进度。说是矿里如果误了出货的工期，要照合同赔偿……而孙蓟舫本人，已经整整三个月没有回过家了，"双抢"开始了，也没有托人带个口信儿回来。

家里没有男劳力，老人们又下不了田，正在读初三的大丫金凤成了她的重要帮手。每天天不亮就被她叫起来，草草收拾一下就挑了粪筐跟着她去田里。每天孝英都要专门听金凤向她汇报天气情况，她很迷信小孩子的"口无遮拦"，认为小孩子说话没有那么多顾忌，往往最真实、最可信。也正因此，金凤小小年纪就在老祖宗的教导下学会了观察、预测天气。孝英每天的农活安排都以金凤清晨的"天气预报"为依据：如果金凤告诉她从老人头山顶升起的日头是红的，她就会叮嘱留守在家的老祖宗不要将稻谷全部晒出来，只晒那些新收割的急需要晒的几箩筐，其余的都只放在檐阶上吹风，这样下雨时收起来就快当，不至于损失；如果金凤说"哎呀，这日头怎么是白色的呀"，她就会叮嘱老祖宗可以将谷子都铺到稻冲地上去吹风，有空就翻动……

帮忙的队伍终于转到她们家了。这一天，天还没亮透，孝英就亲自提了菜篮子上街去砍肉买菜，平常在家里要加点荤菜都是做腊肉，只有待客才上街砍新鲜肉。提前两天拍的甜酒，时辰刚刚好。这一整天，她只需要做好指挥，保障后勤供应就行，金凤担任往返

田间和屋里头的信使,向她转达田里忙活的伯娘婶娘、伯伯幺幺们的种种问询和要求,再返回去传达她的种种指令,及时传饭,保障茶水供应等。虽然大家都以干好事情为主,对吃喝招待并没有什么要求,但是孝英还是极其重视那几天的伙食,每一天都像整酒似的做够十大碗菜,鸡鸭鱼肉、千张豆腐一应俱全,中饭和夜饭之间还将甜酒汤圆送到田埂上去,让大伙儿觉得帮她家干活儿就跟过节似的,干起来特别有劲头。除了好吃好喝,孝英还别出心裁给帮忙的人们准备了完工后的小礼物,男人一条汗巾子,女人一顶太阳帽。孝英家的"双抢"全部忙完那天,每个人离开她家时都满心欢喜,孝英本人也因此在左邻右舍间留下了极好的口碑。

向家湾的"双抢"已经忙得七七八八了,孙蓟舫还没有口信儿回家。孝英心想:他就是再忙也没有理由连口信都没有时间搭一个吧?他怕是又有了艳遇已经完全忘了这个家了吧!这样的想法着实令她气馁,让她觉得了无生趣。

这天晚上又下了雨,孝英早早就上了床,关照正在另外的房间里做作业的金凤,等自己睡着了记得帮她拔掉双卡录音机的插头,然后就一边听着录音机里的花鼓戏一边等着入睡。大约半夜时分,她忽然被屋外头的狗叫声和拍门声惊醒。老人家睡得浅,等她披衣起床,发现"老祖宗"已经将来人迎进堂屋了。来人是大湾地刚去世不久的向老实的孙子——向老实曾经追随孝英的曾祖父福建二爹一起创业,也曾是向家湾的灵魂人物之一。向老实的孙子向云华是"861煤矿"的主任,是矿工中年纪最大的一个,矿上的日常事务,孙蓟舫都交给他打理,他也是矿里安全生产的第二责任人。第一责任人是矿长孙蓟舫。

"孝英姐,蓟舫哥回来了吗?"

"他……他不是一直在矿上吗?几个月都没有回家了……"

"几个月都没有回家了?这可如何是好?"向云华急得直搓手。

"矿里出什么事了?"孝英克制住心里的不安,尽量温和地问。

"下井的工人说……井下出现挂红了,处理不好恐怕会出安全事故……哎!跟你说你也不懂的,你快告诉我,在哪里可以找到蓟舫哥。"

"你不要着急,我知道'挂红'的,弄不好会透水,应该是这段时间连日落雨的缘故,你先将井下的工人调上来……"孝英没有说她也不知道去哪里可以找到蓟舫,她不想让外人知道他们的夫妻关系如此不搭调。

"不行啊,工期紧,两宗大单赶着出煤呢!"

"那也不要下井,安全第一!你听我说——"到底是大家闺秀出身,孝英冷静地叮嘱,"你赶紧去大矿里找戴红庆科长,他是羊耳山煤矿分管生产的领导,就说是我让你去找他的,向他汇报具体情况,大矿是我们的母矿,子矿有事他们不会不理的。"孝英说的戴红庆就是她读书时的"初恋情人",虽然她人不在矿上,但时刻关注着矿上的事情,包括母矿的人事分工,她都很清楚。

"好!我明天天一亮就去找他!"

"你从我这里出去后就直接去他那里,戴科长就住在矿上生活区职工宿舍东边第一栋最东头的那一间……他可能知道蓟舫在什么地方。"

"好!我这就去!"向云华说着,人已经到了稻冲地了。

外面,雨还在下个不停。孝英却再也睡不着了。

向云华找到戴红庆的时候已经是下半夜,睡得正熟的戴红庆不想被打扰,隔着宿舍窗户回应说有事等天亮了再说。向云华说是向孝英让他连夜来找戴科长的,戴红庆就赶紧从被窝里爬了起来,问清缘由后即时叫起矿里的技术人员,连夜赶到"861煤矿"。

戴红庆带领大矿的技术人员全副武装地赶到"861煤矿"的时候,天刚刚亮透。向云华指挥矿上轮班的工人协助做好安全防护措

施之后,用绞车将两名技术人员送到井下查看情况,两名技术人员下去了很久才摇铃通知可以上来。上到地面后汇报说的确发现作业面有"挂红",煤岩壁上也出现了水珠,工作台下有轻微的臭味……都是可能透水的预兆,要及时采取措施。

戴红庆马不停蹄地向大矿的领导汇报了"861煤矿"的情况,请示立即启动应急措施。矿长将"861煤矿"的安全生产全权交给戴红庆处理。戴红庆一边安排人从大矿里调出两台大功率的水泵备用,一边安排人联系孙蓟舫近期联系过的客户,都没有结果。不得已只得亲自联系正在赶工期的订单客户,说明情况请求延迟发货时间。安全重于泰山,对方很快同意延期发货,但是由于需求量大,又正处于急需状态,也恳请他们务必在保证安全的情况下抓紧时间。因此最后达成协议的延期并不长,只延迟了三天,强调到了期限就算没有货也要从其他地方调煤给他们。戴红庆答应了。将原计划暂停"861煤矿"井下作业的方案,修改成减少同时下井人员,采取分批次下井,并由技术人员全程督导井下作业。

一切防范措施都安排得井井有条、万无一失。可是人算不如天算,日防夜防,还是出事了!连日大雨的第四天,"861煤矿"还是发生了透水事故。事故发生的前一刻,一直全程督导的大矿来的技术人员本来已经指挥井下矿工及时撤离,哪知到了半途,一名隐瞒病情带病上工的中年矿工忽然体力不支滚下了井底……

井下的水涨得疯快,两台大水泵同时启动,最终也没有救出那名矿工。等到水终于被抽到可以下井了,救援人员赶到井下,拉出来的是一具已泡得发白的尸体……

孔二姐是在矿里紧急召开的安全事故通报会议上才得知情况的。情急之下她跟谁都没有打招呼就从会场跑了出来,骑了辆自行车火急火燎地赶往她和孙蓟舫的"爱巢"——他们在三天前才住进来、位于御史峪与闸口交界处青岩村的一户农家小院儿,小院儿的主人是一对聋哑夫妇。那对夫妇只有一个独生女儿在深圳打工，老两口住偌大一个院子显得很冷清，孙蓟舫寻访了好久，确认这户人家安全无虞才租了下来。两人花了半个月的时间，将小院儿分给他们俩住的房间里里外外重新装修了一番才搬进来。这三天的时间里他一直住在这里足不出户，几乎与世隔绝。每天为孔二姐做饭洗衣，等她下班，将自己从甘溪滩老家老爸那里学来的各种做吃的的手艺，比如包饺子、炸麻花油条、蒸包子等，都展示了一遍，把孔二姐伺候得整天笑靥如花。

不用再细述孙蓟舫听到噩耗时的情景了，晴天霹雳、天塌地陷等词儿，都不足以形容当时情形之万分之一。

孔二姐在会场的突然离开，和孙蓟舫的骤然现身，将两人的关系一下子暴露在光天化日之下。所有的美梦瞬间破碎，现实呈现出它无比狰狞的面目……

五

一场原本与孝英一点关系都没有的丧事，将她的全部心神都耗尽了。整场葬礼下来，她已经记不清自己磕了多少个头，流了多少眼泪——为死者，也为她自己。

二十世纪八十年代，"御史峪"这个地名早已淡出了历史舞台，再也没有人还记得"常德地区羊耳山煤矿"曾经的名字"御史峪煤矿"。但是向家湾，一直是向家湾。

那个年代的向家湾周边，除了最大的煤矿——国营羊耳山煤矿之外，还有许多小煤矿，多是那种小煤洞，多到可以用星罗棋布来形容。那些星罗棋布的小煤矿，由于缺乏先进的采煤技术——主要是大矿用的一些先进机械小矿用不了，同时缺乏科学的管理经验和

严格的监管，安全事故在所难免，死人的事件也偶有发生。人死之后除了丧事热闹之外，其余的事情基本无声无息。赔偿的标准是什么又是如何进行的，家属是如何安抚的，除了与事件密切相关的人之外，外界无从知晓。"861煤矿"透水事故很快平息了。即便是茶余饭后，人们闲话更多的是孙蓟舫与孔二姐的关系。大约也是这个原因，当孝英眼含热泪声音嘶哑地安慰死者妻子时，死者妻子被她一口一声"大姐"感动得一塌糊涂，两人竟从此成了好姐妹。孝英的忍辱负重和发自内心的悲伤，恨不能以身相替的自责，都深深地打动了所有见过她的父老乡亲。

与孝英的际遇完全相反，孙蓟舫成了人人都可以戳一戳他脊梁骨的人。

而孔二姐，不知是迫于舆论压力还是别的，从此没有再在羊耳山煤矿出现。

所有的善后事宜都处理完毕，完成最后一宗出煤任务之后，"861煤矿"被封掉了。

一身轻松的孙蓟舫回到农家小院，打开尘封已久的厢房门，愕然发现孔二姐所有的东西都不见了，收拾得整整齐齐的双人枕头上放着一只他送给孔二姐当生日礼物的上海手表，与他出差时才戴的那一只是情侣表。手表下面没有压任何字条之类的东西。孔二姐没有留下只言片语，也没有留下任何属于她的个人物品，连牙刷和拖鞋都带走了。角角落落都显露出主人离开时的决绝。聋哑夫妇打着手势告诉他，孔二姐在半个月前就将钥匙给回他们了，走的时候拎了个很大的箱子……孙蓟舫找到她在羊耳山煤矿生活区的单人宿舍，发现门锁上都落满了灰尘，门口也布满了树叶和垃圾。再找到她的办公室，办公室只有一个人，那个人不认识他，问："你找谁？"

"孔……我找你们孔副科长。"他差点就说成找孔二姐了。

"孔科长？她早走了。"

"走了？去哪了？"

"她被调回常德了。"孙蓟舫敏感地捕捉到对方说的是"调回"，而不是"调到"，瞬间意识到孔二姐原来不属于这里，当然也不属于他。不辞而别，就是他们爱情的结局。

……

他失魂落魄地走在羊耳山煤矿生活区那条笔直的上坡路上，不知不觉就来到了后来成为文物保护单位的羊耳山影剧院。他就是在那里认识的孔二姐。那时候，孔二姐和另一个女工在门口做验票员，他和几个后生伢仔排队从她面前经过，他们当中有一个没有买票，他进去后从铁栅门的缝隙将自己已经被撕开一个口子（表示验过票了）的电影票递出去，没有票的那个就捏着他的废票递给孔二姐，孔二姐装作没有发现，又在那张票上撕了一个口，就这样让他们全进去了。他从此记住了她，一直等到自己发迹后才展开追逐，并最终得偿夙愿。

自从有了电视，影剧院就很少开门了，只在偶尔有大片上映的时候才开放。

正是吃中饭的时候，影剧院旁边隔着一条马路的职工食堂门口的篮球场上人来人往。孙蓟舫疲惫地坐在影剧院门口的台阶上，一个似曾相识的男人端着两盘饭菜朝他走过来，将其中的一盘放在他身边，像个地下党似的蹲下来，说："你不要再找孔二姐了，她背后有人的，是大人物，那个人要整你，你那煤矿本来不用封的……"说完这几句话就站起身，若无其事地离开了。放在他旁边的饭菜也没有拿走。恍若梦中的孙蓟舫直到那个人走远了看不见了也没有想起来是谁。最后是放在身边的饭菜香味提醒他，他从早上到中午还滴水未沾，于是便狼吞虎咽地吃了起来。

填饱肚子，恢复了元气，他才开始回味刚才那人说的话。关于

孔二姐背后有人的话,他深信不疑。他从来就知道孔二姐的身后有个大人物。他也曾以开玩笑的方式问起过,但每次问过之后的结果就是他们的性爱会持续得更久更热烈,仿佛做完爱就直赴死地。有时候问得多了,孔二姐会生气,不理他。久而久之,他就不问了。何况,孔二姐只是背后有人,而他自己却是身后有个家。关于后半部分"那个人"要整他的话,从最后那句他的煤矿"本来不用封"已经得到了答案。他恍然想起别的煤矿出事之后,处理方式方法都是停工责令整改,往往事态平息之后就悄悄复工复产了。只有他的"861煤矿"是直接查封的。他觉得他应该找母矿,也就是羊耳山煤矿的领导问个清楚,就算死,也要死个明白。

孙蓟舫连续三天都去羊耳山煤矿的矿务办公室找矿长,但都被告知矿长不在。他也确实看到矿长办公室的门一直锁着。

第三天,戴红庆受矿长委托接见了他,告知他对"861煤矿"事故的处理是上面的意思,说是国家对煤矿业的安全生产加强了监管,以后只会越来越严格、严厉,让他调整心态,正确看待处理结果,以后有机会,他们会继续支持他……

戴红庆一边说着场面上的话,一边穿插说他自己前些天一直待在"861煤矿"指挥安全防范和救援的事实,证实母矿一直在协助他们。这让孙蓟舫瞬间无话可说,最后只得黯然离开了。

回家后的孙蓟舫好像生病了。回去那天闷声不响地吃完晚饭就上床睡觉了,一直睡到次日日上三竿了都没有醒。"屋漏偏遭连夜雨",就在第二天夜里,他和孝英五岁的儿子军华,一点征兆都没有地夭折了。当孝英发现时,孩子的身体都僵硬了。她就那样抱着儿子冰冷的尸体躺在丈夫身边,等着他醒来。

军华是他们唯一的儿子,可能是因为父母近亲联姻的关系,这个孩子患有先天性心脏病和智力障碍,五岁了还不会说话,不会走路,整天坐在一张圈椅里,大小便都不会自理,也不会叫人,每天等忙碌的大人们想起他时常常已是一身尿一身屎。他的夭折，对所有人而言都是一种解脱。但到底是自己身上掉下来的肉，孝英自是悲恸难抑。

在当地农村，没有成年就去世的孩子，都被称为"化生子"，不能睡好的棺木，也不能有高出地面的坟墓，不能办葬礼。所以，军华半夜前去世，天刚亮就被送上了山，连葬在哪里，包括金凤在内的小一辈都不知道。

孙蓟舫好像一夜之间衰老了。才三十多岁的他，头上竟然出现了白发。当他再次出现在乡邻的视线里时，已经是半年之后了。那时正是春暖花开的时节，山村里的人们都在忙着春耕，他却像幽灵一样在山上游荡。从老人头到蜈蚣岭，到杀人塔，再到大山沟，甚至对面的笔架山和岩山，那些半个多世纪前曾经成就过向家辉煌的窑坑和煤场，他都踩了个遍。

春耕过后，一支全是中青年的十人队伍出现在六十年前的向家湾煤矿旧址上，领头的就是孙蓟舫。他们用一个月的时间，将那座六十年前向家先祖福建二爹挖掘过的矿洞重新挖了一遍，只挖出黑黑的石块。确定老矿没有继续开采的价值后，他们转移到矿洞的下方，挖了三个月，也没有挖到煤。然后继续转移，到所有他们凭经验认为可能有煤的地方继续挖……他们在那几个山坡上从头年的春天，一直挖到第二年的冬天，先后新挖了六个矿洞，最深的挖到三十米，直到挖出带铜星子的石块才作罢。这期间，孙蓟舫经历过无数次的希望、失望和绝望。最初的十个人，逐渐减少到八个、六个、五个，最后只剩下三个人了。这三个人，一个是孙蓟舫，一个是他同母异父的弟弟，最后一个是中途加入进来的孝英。为了向家的复兴，也为了维护她的婚姻，孝英忘记了自己的妇人身，跟随丈夫一起下井，一起弓着身子背着满筐的石块爬出洞口……

然而，命运之神再也没有眷顾他们。

向家湾 XIANG JIA WAN

　　那时候已经是二十世纪八十年代末了，经过半个多世纪的开采，老天爷赐给这片土地的黑色财富，已经被消耗得差不多了。羊耳山煤矿的人也越来越少，管理层被分批调回常德，矿工被分流到闸口乡水密村的双堰井、火连坡镇的新胜井、松祝井和中武乡的亘山井等其他矿区，昔日繁忙的机修厂和人气超旺的职工食堂，还有对外开放的小吃部、理发店和冰棒厂等公共场所，人气开始迅速凋零，到处一派日薄西山的景象。

　　没有任何一个人的命运可以拗过时代的变迁。虽然在羊耳山煤矿最后的那几年里，孙蓟舫在昔日朋友的帮助下，曾经当过大矿的采购员，还陪同矿里、镇上和村里的领导外出考察过葛洲坝，但那不过是他人生高光时刻的"回光返照"。

　　1989年的中国，发生过很多大事件。1989年的向家湾，也发生了一件显示向家彻底败落的标志性事件：孙蓟舫弄丢了整整两车煤的结算款。那笔款项向家的第五代长女向金凤曾经亲眼见过，因为孙蓟舫曾带着鼓鼓的一公文袋钞票到金凤就读的澧县职业学校去看望她。金凤读职中的时候家里非常穷，伙食费仅靠老祖宗的积蓄赞助——母亲在她每次离家的时候都不在家，她一直怀疑是故意躲开她，避免要伙食费时的尴尬。那时候，她每餐只吃二两饭、一毛钱的菜，即使这样也常陷入窘境，而零花钱根本没有。父亲破天荒到学校看她，她都不得不向同学借菜票给父亲加菜。父亲离开的时候，从随身携带的那个装满钱的公文包里抽出了两张拾元的纸币给她零花。所以，她对那一袋巨款的印象非常深刻。后来，孙蓟舫每次说起那次遭遇的时候，说得最多的就是，他很后悔当时没有多给金凤一点钱，他要是知道会遇到那么厉害的扒手，就多给些钱给金凤了……

　　据说，孙蓟舫那次遇到的是专业扒手，报案后曾被警方定位为团伙作案。

巨款失窃的事情就像导火线，一下子引爆了向家的讨债大潮。连孙蓟舫自己都不知道，他曾经为了那些挖掘未果的矿洞，借过那么多的债。孝英多年的积蓄全部用来还债了，还不够。电视机、录音机，包括椅子在内的家具，全部被搬走抵债了，还不够。最后，孙蓟舫在老祖宗的反对中，强行卖掉了家里那副传承百年的铁梨木大门，包括大理石的门槛和门框……

那是整个向家的至暗时刻。

但是真正动摇向家根基的事情，发生在1990年。

为什么说是动摇根基呢？因为所有经济方面的重创，都有可能会有复苏的那一天。家业败了，也可以重振，只要假以时日，只要精神气儿还在。但若动摇了根基呢？面临的就可能是解体了。这个动摇向家根基的事情就是：向家的"老祖宗"孔朝秀去世了。直接死因是被孙蓟舫推了一把，摔倒之后就病倒了……

六

大约是因为家里有了男劳力的缘故，这一年的"双抢"格外的顺利。

各家各户配合得相当默契。自家田里的活儿，孝英基本没有下过田，她只需要干净利落地做好一日三餐就行了。她的厨艺和她对帮工们的周到和慷慨，让孙蓟舫很有面子。大丫头金凤没有考上重点高中，就干脆去了县里的职中，一个学期才回家一两次。尽管这孩子在学校的伙食费捉襟见肘，但还是长得完全像个城里姑娘了，白白净净、纤纤瘦瘦、长发飘飘。"双抢"的时候正是暑假，孝英怕山里头的日头把她晒黑了，就让她在家里晒谷子、择菜、烧火。倒是孙蓟舫一会儿秧田，一会儿稻田，忙得不亦乐乎，显出自变故

之后从未有过的精气神和从未有过的和气。孝英觉得她忍辱负重这么多年，终于要过上平淡安稳的日子了。

事情发生在"双抢"结束后的第三天，所谓"双抢结束"就是稻子收完了，秧也栽完了，金凤的谷子也晒得差不多了。晒干的谷子被风车风过之后装满了那个高高的谷仓，剩下的工作就是看住老鼠了。

夜饭时候是家家户户最开心的纳凉时光。孙蓟舫惬意地躺在家里唯一的帆布睡椅上，摇着蒲扇喝着茶。老祖宗和孩子们则坐在竹床上玩耍，金凤一个人躲在阁楼上看书。孝英点着了两把干艾蒿，一把放在睡椅旁、一把放在竹床旁熏蚊子。

艾蒿香，那是仲夏夜特有的清香。周围有萤火虫飞来飞去，那是仲夏夜特有的景象。

燃好艾蒿把子的孝英正准备回屋洗澡，一个女人幽灵似的在后面叫住了她。她背着身子确认声音之后才回头，是大湾地的四丫头。四丫头一手拿着扁担，一手提着两只空箩筐，箩筐里面还沾着夹在篾缝里的稻谷壳子。

"蓟舫哥让我来挑一担谷。"四丫头的声音细得像蚊子哼。

"你说什么？"孝英没有听清楚。

"蓟舫哥让我来挑一担谷。"四丫头的声音里似乎透着喘息声。

孝英没有反应过来："你说蓟舫让你来我家挑一担谷？搞什么？他借了你的钱？"

"他……他是欠了我的钱，你叫他过来就晓得了。"四丫头的声音越来越小，孝英却忽然听明白了！

"他欠你的钱，你去找他呀！他就在那里躺尸呢！"孝英说完就哐啷一声关上了门，然后隔着窗户，冲那边已经从睡椅上抬起身子朝这边张望的孙蓟舫骂道："你们不要脸，老子还要脸呢！不得好死的沙由娼妇……"

原来是孙蓟舫在某一天里跟四丫头办完事儿之后没有物质上的表示,就许诺说等"双抢"完了挑一担新谷子给她。在孝英这里他们家的稻谷就成了孙蓟舫的"嫖资",孙蓟舫在外面嫖的时候忘了带钱,搞得娼妇上门讨债,而且是向她这个原配讨债。她觉得世上没有比这更滑稽、更恶心的事情了。

四丫头的男人早几年犯事进了监狱,一个人带着一双儿女,孤儿寡母度日艰难,平常多得孙蓟舫接济。过去孙蓟舫发迹的时候,也没少给她好处。这也是孙蓟舫觉得自己在对待女人方面没有过亏欠的缘故,就是他自己家里,电视机、录音机、收音机,还有女人穿的衣服、用的雪花膏,都是什么时髦就往家里置办什么,孝英衣柜里的那些没有穿过的衣服,全是他从外面回来的时候带回来的。孙蓟舫的风流债层出不穷,折腾得孝英早已对男人失去兴趣,在家里也从不让孙蓟舫近身。他们的房间里放着两张雕花大木床,一人一张,在心理和生理上比分房或者分居来得更彻底。而自从经历了孔二姐的事情之后,孙蓟舫也似乎对性和色有了免疫力,无论是过去的情人还是陌生而漂亮的女人,他都觉得再也提不起兴趣了。对四丫头的接济,不过是出于一个男人对曾经有过亲密关系的落魄女人的同情而已。好几次,他在四丫头的暗示和邀请下去到她家,到了床上也是不尽人意。就连这"一担稻谷",也是他上次偶然路过四丫头家门口,四丫头说她拍了甜酒让他留下尝尝,后来顺理成章上了床,在床上力不从心,心有愧疚想给予补偿才许下的……凡此种种难以尽述。

四丫头早已扔下箩筐扁担哭着跑开了。老祖宗也在第一时间将孩子们带到楼上去,关上房门打开了电视。一边安抚孩子一边竖着耳朵听楼下的动静,听到孝英在楼下喊"救命"才颠着小脚踉踉跄跄地跑下楼来,只见两人已经在谷仓旁扭打在一起。装了一半谷子的箩筐倾倒一旁,稻谷散了一地。敞开的小小谷仓门口堆满了谷

子，孝英正被孙蓟舫按在地上一拳一拳地打着……

"你疯了！"老祖宗冲上去一把推开孙蓟舫，却不料被孙蓟舫一个惯性的挥打动作击中，当场摔倒在地上。一切在瞬间安静下来。老祖宗被早已闻声赶过来的左邻右舍抬到床上，孝英也被隔壁的姐妹扶到床上去了。

老祖宗身上的伤倒是没有大碍，但是她的精神彻底垮了。谁问候她一声，她都要默默地流半天眼泪。悲伤的情绪对孔朝秀这个年纪的老人是大忌。

孔朝秀亲眼见过这个百年家族最辉煌的样子，也与这个家族一起经历过最艰难、最晦暗的时刻，没有谁比她更有资格叹息和哭泣，也没有谁真正理解她的伤悲。而这伤悲，也将她平时并没有显露的一些疾病诱发出来了。这个八十二岁高龄的老人，是如此的孤独、无助、心灰意冷，她的身体每况愈下。

金凤要去上学的那一天，老祖宗强撑着起身，像往常一样坚持将这个重孙女儿送到村口的木子树下。她一直相信金凤三岁那年经历"汤火关"的时候，那个算命先生的预言，说金凤大难不死，必有后福，如果将来能走出去，可成大器。关于"汤火关"，在金凤刚刚周岁的时候就有赶酒（残疾人到办喜事的人家行乞）的算命先生说，金凤在六岁之前会经历一个"汤火关"，让家里人小心。无奈孙蓟舫从不信这一套，认为算命先生是胡说八道，因而也就没有放在心上。结果在金凤三岁那年的一个晚上，孙蓟舫在厨房用两根筷子挑着火桶上的双耳锅经过金凤头顶，一个不小心，满满一锅肉汤全倒在了金凤头上，给金凤留下了几处永难消失的瘢痕……那件事之后，老祖宗对金凤的前途命运充满了担忧，专程请了算命先生给她算命。结果就有了金凤可成"大器"的预言。只是她可能看不到了，她有一种强烈的预感，自己可能再也见不到这个重孙女儿了。但是她不能让远行的孩子不放心，所以分别的时候，她只是一如平常地叮嘱金凤："要好好读书啊！要有出息啊……"

金凤走了几步回头见她还站在树下，又跑回来用那双白皙的小手拉起她那双松树皮一样的手说："我一个月后就回来看您，您回去好好养好身体，等着我。"然后才依依不舍地离开。

金凤说的"一个月后"就像冥冥中的一个预言。一个月后，孔朝秀溘然长逝。

弥留之际，她抓住守在床前的孝英的手，留下一句话："将来，金凤和银凤，都挑个好人家嫁了吧。除非她们自己想，否则都不要留在家里。"

孝英瞬间泪奔。她知道，老祖宗是不想让她的孩子再受她这样的苦。

于孙蓟舫而言，老祖宗孔朝秀已经是他在向家送走的第四个老人了。前面三个依次是邱艺兴、向业文、向选举。他们的去世，虽然葬礼都办得很隆重，但都没有在向家引起大的震动。而在所有外人的眼里，给向家这些老人送终、办理后事，则是他这个上门女婿最重要的价值，和他在向家存在的主要意义。

孔朝秀去世三个月后，早已卧床多年的刘多全，就是在1943年随改嫁的孔朝秀一起来到向家的"大小姐"、孝英的母亲，也去世了。

至此，孙蓟舫才真正成了向家名副其实的一家之长。属于他的时代才刚刚开始，然而他的辉煌早已经结束。他像向家湾所有的普通男人一样，过起了农忙时回家干农活儿，农闲时到矿里上班的日子。曾经的女人们一个个离他而去，再也没有一丁点儿联系，就连四丫头也表示等自己的男人回家，让孩子有了着落之后就离开这里。饶是如此，他依然没有忘记在过年过节的时候给予她照顾，尽管他对男女之事早已力不从心，自孔二姐之后再也没有真正唤醒过身体对女人的欲望。

他每接济一次四丫头,孝英就要在家里闹一场。闹得他疲惫不堪,不得已立下荒唐字据:"孙蓟舫与向孝英自即日起正式分居,维持夫妻名分,彼此互不干涉……"后面的意思就是,如果孝英觉得委屈,可以自己也找一个男人,他孙蓟舫绝不干涉她。可是孝英还是见一次四丫头就骂一次,一直骂到孙蓟舫横死的前一天。

七

孙蓟舫死了,死得那么惊天动地,又那么无声无息。就像一盏灯,亮着的时候光明璀璨,熄灭了就只剩下一片黑暗和沉寂。这个世界也许只有死亡才是永恒的。

一个人只有及时死去方可永生。孙蓟舫去世的时候,离他四十八岁的生日还有不到一周的时间,正是一个男人的生命应该如日中天的时候。他死了,向孝英的心也仿佛被掏空了。她曾经那么痛恨这个男人,恨不得他死了自己才安生。现在他真的死了,她的脑海里浮现的、心里记得的却又全是他的种种好……

孙蓟舫睡过的那张床,她平时看都懒得看一眼。如今细细整理,想起的全是新婚时的铺床叠被,他的嬉皮笑脸,他的玩世不恭,他那些令她羞涩的花样,她不配合时他的死皮赖脸和威逼利诱,她怀孕期间他的种种小心,他脾气爆发之后的沉默与后悔……而他的那些传言中的女人,他在她面前其实一个都不曾承认。她曾经咒骂过无数次的四丫头,他也曾有过好多次暴怒之后的赌咒发誓——

"你不要把什么婆娘都跟你男人扯在一起好不好,四丫头,那是谁在你面前嚼的舌头?"

"我怎么会看上她?我就是可怜她。我们这队上就她一家孤儿寡母，我不帮她帮谁？我那是在做好事。"

"谁说我做好事做到床上去了？你看见了？耳听为虚，眼见为实懂不懂？！"

"你不要再闹了，你再这样闹指不定哪一天被我失手打死了就真害了我了！"

"我为什么三个月都没有回家，你知道我又当老板又当采购员有多累？矿里几十号人都指望着你男人呢，我天天往家里跑，你去外面跑？"

……

凡此种种，她能够回忆起来的全是他的强词夺理式的清白无辜。

她在清理孙蓟舫那张凌乱无比的大床时，发现床头床尾有好几本翻烂了的杂志，又想起她睡觉要听花鼓戏他不得不用棉花塞住两只耳朵看书的情景，竟然一时恸哭失声。那时候她才确信，自己的男人是真的像当初做媒的人向她介绍时说的那样"文武双全"，并不是传说中的上门女婿都是不成器的伢子。她的内心里其实是喜欢蓟舫的，如果不是，就不会在他落魄困窘的时候还被他"诓骗"到那些煤洞里去，跟着他一起吃苦，一起经历希望和绝望了……

然而，一切都过去了。人死如灯灭，而活着的人还要活下去。向家还有一双儿女刚刚成年，还要为女儿操心婚事，还要为儿子娶媳妇。大女儿金凤中专毕业后就随县劳动局"劳务输出"的大部队去了广东，之后就嫁在了广东，光景并不是她和蓟舫生前所期望的样子。二女儿银凤初中升高中最重要的时候正是家里最艰难的时候，读过高一就背着她出去打工了。因为不放心家里不敢走远，只在县城一家餐馆干活，有过去煤矿的同志在那间餐馆吃饭时认出她，回来问起孝英才知道。最小的儿子五亿出生的时候计划生育刚刚开始，为了躲避计划生育突击队，她怀着八个月的身孕整夜整夜

藏在蜈蚣岭山顶的芭茅丛里,为了她的安全,孙蓟舫主动跟计生队的同志去乡卫生院结扎。这个儿子完全被家里一穷二白的境况耽误了,初中没有毕业就辍学了,天天在家里放牛、扯猪草、上山下田……这样的情景,怎么容得了孝英没完没了的悲伤呢?她的心很快被可以预见的人生重担填满了。

没有什么酒醒不了,没有什么痛忘不掉,生命之河一路向前,容不得总是回头观望。除非你能让时间停止,除非你能回到过去。但真相是,人生的每个瞬间都一去不返,没有什么从头再来。想通了,悲伤就慢慢地淡了。

六个月后的一天,孝英和儿子正在家里吃中饭,一个陌生男人牵着一头牛出现在她家的稻冲地上,问她儿子:"这里是向孝英的屋吗?"儿子说是。那男人就自顾自地将牛绳套在稻冲边沿的枣树上,进了屋。

孝英没有认出对方,但是男人认出了她,自我介绍说:"我是戴红庆。"

孝英记住的一直是戴红庆当年上学时的样子。"哦哦,你怎么找到这里来了?还牵着牛……"

"我是专程来找你的。我现在是牛贩子了。"

"牛贩子?"

"先给口水喝吧,口干死了。"

孝英赶紧亲自奉上温开水。戴红庆看见桌子上有剩饭剩菜,又觍着脸说:"这肚子也饿了……"于是,孝英又拿来碗筷,说:"没什么菜,得罪了。"

"蛮好蛮好。"戴红庆说着已经狼吞虎咽起来,好像从饿牢里放出来似的,眨眼工夫就将桌上的饭菜扫了个干净。看着他那副把她家当成自己家的样子,孝英的心底升起一股异样的情绪。放下碗筷,漱了口,又顺手将桌子收拾干净了,戴红庆才坐下来解答孝英的疑惑。

进入20世纪90年代，国家由计划经济向市场经济转轨，部分国企下放，企业由市场经济这根杠杆自行调节。由于资源型企业自身的特点，决定了羊耳山煤矿这个百年大矿在时代潮流中的命运结局：羊耳山主井因资源匮乏关闭，下属各个矿井原煤产量跌至历史低谷，80年代后期由羊耳山煤矿自筹资金兴建的化工厂、水泵厂、食用菌厂、张公庙砖厂、汽车维修厂、赵家峪石灰矿等下属企业普遍亏损。整个企业出现了严峻情况：销售收入少，新老旧债多；工资收入少，困难职工多；就业门路少，下岗职工多；甚至交不起电费，发不出工资，找不到盘活资金，难以为继……矿里太困难，上面煤炭局下派的领导，以及有背景、有门道的干部职工早在90年代初就离开了，剩下的不是保留最低待遇自谋出路就是领取一次性补助之后下岗了。戴红庆的职务和最基本的待遇都保留着，开始的时候还每天都去办公室"点个卯"，渐渐地，矿里实在没事干，只需要值班的了。于是他除了轮到他值班时才去矿里之外，其余的时间都用来"搞副业"，当牛贩子就是他的主要副业。

末了，戴红庆还告诉她，"孩子他妈"已经走了三年了，他一直一个人过……离开的时候，戴红庆望着她的眼睛，郑重发出了请她去他家做客的邀请。

她含笑答应了，但她没有去他家"做客"，一次都没有去。她才不会像孙蓟舫的那些女人那样，贪恋临时性的情感上或物质上的享受，虽然她曾经因为那些女人嫉妒到发疯，一次又一次地咒骂，但是心底里她是非常看不起她们的。她只会跟愿意承诺自己婚姻的男人建立亲密关系，即使她非常喜欢对方。那是她的底线，也是她自尊自爱的家教操守。

果不其然，戴红庆在长时间的等待无果之后，托朋友专程到她家郑重转达了他想和她重组家庭的愿望，并详细告知他的一儿一女

均已成家，儿子是常德某大型卷烟厂中层干部，他现在是真的孤家寡人没有任何负担，子女也同意他再婚等相关情况。

之后不久，两人就在有第三人在场的情况下打了结婚证。没有摆酒。戴红庆住到了她家。之后他做的第一件事就是拿出自己的积蓄，极力督促孝英的儿子外出学艺。仅这一件事就足以证明孝英的选择是正确的。他们都已不再年轻，早已经没有了年轻人的热烈与激情，但是却更显深情而隽永。遗憾的是天妒良缘，两人的好日子只过了不到五年的时间。2003年春天，戴红庆因肝部疼痛查出肝癌晚期，拒绝进医院，坚持在家里进行保守治疗。一年后的春天去世。之后，向孝英作为煤矿干部遗孀，每个月领取由国家支付的生活补助，虽然不多，却是她作为一名农村妇女的最好归宿。毕竟，羊耳山煤矿，曾经是她年少时无限向往的地方，而命运最终成全了她。

戴红庆去世后，他在常德芙蓉王卷烟厂工作的儿子，将父亲安葬在了天供山那边他原配夫人的坟地旁。两个人的后人中，只有金凤没有回家。不是金凤不回家，是孝英没有通知她。那时候，金凤在广东的公司正在经历一次很大的变革：重组成立集团公司。就在戴红庆去世前一天，金凤还打电话回家问候了她只见过一面的继父。当时，戴红庆强忍疼痛，向这个家庭最有出息的女儿报告自己身体很好。不知情的金凤让继父打开座机的免提键，她要跟两位老人家汇报自己近期的工作成绩和正在实现的伟大梦想，邀请他们在她正在组建的集团公司举行周年庆典的时候一起到广州……戴红庆欣然应邀，并以他在国企多年的工作经验谆谆嘱咐了许多"注意事项"给予鼓励支持。

每年清明，孝英都会带着在家的儿女翻山越岭去给戴红庆挂青。然后爬上她能爬上去的最高的山顶，久久地遥望正南方向，在她的印象里，广东就在那个方向。在遥远的广东，那个向家第五代最有出息的孩子，正在建立一个庞大的商业王国。

无尽的蔷薇

春暖花开,草木葱茏。向家湾的春天,永远是春天该有的样子。

2020年的春天,是向家湾自改革开放以来居家人员最多的春天。往年,外出的孩子们春节回家,最多能在家里待个十天半月就很难得了,这一次,随着超长春节假期模式的开启,打工归来的孩子们一连在家待了两三个月。

自大年三十那天开始,人们就被村口旺爷大丘田角的大喇叭整天不间断地提醒居家隔离。进出村口的路都有村委会的人或者志愿者值守,一直到三月初都基本处于"封村"状态。

从年初一一直到三月桃花开,村民们,包括那些外出务工、求学回来的孩子们都蜗居在家里,晒太阳都只在自家稻冲地上,绝不跑到别人家甚至隔壁家的稻冲地上去。买东西都靠物流,日用品网购,新鲜菜蔬基本靠一山之隔的丫角村丫农科技物流,这家物流的老板就是土生土长的丫角村人孙国华,20世纪80年代的时候南下广东,先打工后创业,从做物流起家。公司总部设在广州,名字用儿子的名字,叫志华物流有限公司。孙老板创业三十年,临近退休选择叶落归根,在老家建了个农场,丫农科技物流是专为农场配备的物流公司,瓜果时蔬及鱼肉家禽都是农场自产自销。向家湾的敏之园是这家农场和物流公司的老顾客,丫农科技物流的快递小哥基本上隔两天就造访一次敏之园。

向家湾

大约从三月中旬开始，陆续有县人社局点对点运送外出务工人员的大巴出现在村口，早已电话沟通好的孩子们纷纷走出家门，拖着大箱子、戴着医用口罩登上大巴，像候鸟一样分批次地往南方飞去。本来就不曾热闹过的山村，更加安静了。

三月的最后一天，随着新闻播报李兰娟院士一行撤离武汉，全国抗击新冠肺炎疫情的大局基本稳定了。包括向敏之姐弟在内的所有人都松了口气，开始相约一起外出购物、下地干活了。而随着清明节的临近，女人们也开始挑着粪筐、扛着锄头忙着种瓜种豆起来。

一

向家湾的敏之园坐落在百年前的向家大院旧址对面，是一座传统样式的"品"字形砖瓦房。灰砖青瓦的房顶上正炊烟袅袅。刚刚过了早，还有炊烟是因为妹妹银凤和弟媳妇荣梅正在蒸娃儿糕，预备做今天的茶点。

宽阔的稻冲地边上，身穿米驼色家居服的向敏之正在给攀爬在木质护栏上的蔷薇花浇水。院子左边方向的老人头山顶朝霞弥漫，再过一会儿，太阳就要出来了。太阳出来了，她家的稻冲地就会热闹起来。

其实，说热闹也不是很热闹，就是在日渐空落的村庄显得有些人气而已。大家都被关在自家院子里两三个月，闷坏了，好不容易熬到终于可以聚在一起，免不了就有些抑制不住的兴奋。不过大家也不是简单地聚到这里，都是来这里显摆手艺的。她没想到自己只是在去年冬天的时候一边晒太阳一边织了件毛衣，结果就引发了留守姐妹的编织潮，她的毛衣还没有织好，下边的周家屋场、对面的孙家屋场、上边的大湾地等四邻八舍的伯娘婶娘、嫂嫂姐妹们，竟然纷纷闻风而来，织毛衣毛裤的、钩帽子围巾手套毛拖鞋的，一下子全都聚集到敏之园的院子里来了。这两三个月的宅家时光，还不知又创造了多少新花样来"比拼"呢。

特别有意思的是，敏之园前天还接纳了一个扛着竹子来织筲箕的伯伯。屋里的椅子不够，大家就捡块石头或者砖头席地而坐，弄得她不得不赶紧在网店里订了三十把椅子。刚刚下完单，一旁的老弟五亿就提醒她大湾地有木匠师傅，只要她在稻冲地问一声，保准明天就有师傅找上门来。果然，昨天刚吃完早饭，稻冲地边的院门外就来了两个还没有出去找活儿的后生伢子，隔着只有半人高的栅栏问她是不是要订制家具。于是她赶紧打开手机找到还没有发货的订单申请退款，跟俩后生伢子说她要定做那种最传统的椅子……于是，她精心布置的堂屋就成了俩木匠的工作室，漂亮温馨的布艺沙发全收到楼上放好了。这里的楼上也不是小洋楼的那种楼上，而是在屋子里面用厚实的木板隔开的阁楼，是她的卧室。

湖南澧县御史峪向家湾的敏之园与广东窦州那边的敏之园相比，最大的不同之处就是朴素。外观是"品"字形的复古样子，里面的装修也很低调。原本只是敏之和妹妹银凤、老弟五亿三姐弟用来回老家度假用的，现在快成父老乡亲们竞相展示才艺的"非遗博物馆"了。来到这里的每一个人，仿佛都可以成为政府曾经不遗余力发掘和培养的非遗传承人。这些人每天都像约好了似的，总是在她家早饭刚结束就不约而同地到达，然后在弟媳准备弄午饭的时候不约而同地离开。遇到有丫农科技物流的快递员光临的时候，也就是大家纷纷起身离开的时候。家里有活儿干的时候只来半天，特别闲的时候才上午下午都来。

也许将来可以用公司的名义成立一个"湘西北非物质文化遗产博物馆"呢。淋着蔷薇的向敏之出奇地想。之所以用"朴素"来

向家湾

形容这里的敏之园,是因为"朴素"是她对全权负责建设和装修的老弟最重要的要求。为了加深老弟对"朴素"的了解,向敏之特地下载了古装剧《开封府》最后一集的几个镜头的视频给老弟,告诉他,包拯最后回到嫂嫂家的那个农家小院儿,就是她想要的样子。向家湾老屋传统的"品"字形格局,灰色的火砖、黛青色的瓦,所有的色彩都要以那副铁梨木大门及其深灰色花岗岩门框和门槛的颜色为基调。这里的铁梨木大门和花岗岩门框门槛,就是向家在"福建二爹"时代传承了近百年的铁梨木门,和"福建二爹"在20世纪20年代的时候从很远的地方运回的花岗岩门框和门槛,福建二爹当年定制花岗岩的门框和门槛就是为了与铁梨木门配套,因为老爷子向世玖将那副厚重得不能再厚重的铁梨木门视为"镇宅之宝",只有用同样厚重的花岗岩来做门框和门槛才相称。敏之园的"品"字形格局的屋子与传统老屋不同的地方,是屋脊距离地面的高度要有两层楼高,为的是在三间正屋里面都能分隔出阁楼。还有院子,要比建筑的面积大一倍,围墙要开放式的,护栏要用木条,最多半人高,花草以蔷薇为主……

她现在正在打理的蔷薇,据说是老弟亲自带着工程队的人去后山上直接挖掘移栽过来的。深红、粉红、玫瑰红、鹅黄、深黄、白色等各种颜色都有,供蔷薇攀爬的木质护栏,刚好只有半人高。

蔷薇花是她童年时最喜欢的花,记忆中的山坡上,漫山遍野的山花就数蔷薇花最多、最艳、最香、最高贵,说蔷薇花高贵是因为这种花是不能被随意触碰的,主要是花下有刺,不容易碰到。其次是蔷薇花的花瓣儿也很娇嫩,一碰就掉。如果你不想被蔷薇的刺伤到手,如果你不想毁掉蔷薇花的美,就不要轻易去碰触。这是一种需要细心呵护不可亵玩的花。小时候去山上放牛,她总是戴着自己用野花编织的花环,沉醉在蔷薇花的清香里,听松涛阵阵,看云卷云舒。那样的场景,在成年后的漫长岁月里,成了她对惬意时光的不变的怀念和向往。

蔷薇对土壤要求不高,耐干旱,耐瘠薄,但不耐水湿,忌积水,所以她每次淋水都是确认土壤被打湿就作罢。除了院墙,屋子所有向阳的窗台上也都摆放了蔷薇的盆栽,这样整个屋子整个园子都浸润在一种蔷薇的清香中,特别怡人。蔷薇花也有花语吗?花店里卖过蔷薇花吗?历史上有文人墨客为蔷薇写过赞美诗吗……

"打地青洋伞,坐地菊花轿,一声唢呐一声号,哥哥回来好热闹……"忽然,一阵清亮稚嫩的童声打断了她的胡思乱想。回头一看,是大湾地的小丫头娅娅背着她三岁的小外孙到了院子门口。向敏之赶紧放下洒水壶,上前把伢子接了下来。

"快叫金凤娅娅。"

"金凤娅娅好!"

"好好好!真乖!"向敏之忍不住摸了摸小家伙的头,含笑问:"告诉娅娅你刚才唱的是什么?怪好听的!"

"你不知道呀,你像她这么大的时候,秀嗲嗲可是天天教你唱的呢。"小丫头娅娅嗔怪地说着,已经牵着小外孙的手到了她们日常坐着干活的铁花桌椅旁,她是向敏之的母亲向孝英的堂妹,算是敏之很亲的亲人了,她口中的"秀嗲嗲"是向家的"老祖宗"孔朝秀。

"你去忙你的吧,不用管我们,她们也都快到了,你把茶饮端出来就行了。口罩也不用了,这个口罩我昨天消过毒了,可以重复用。"早在疫情暴发之初,向敏之就非常有先见之明地买了大批医用口罩回来。封村伊始,她就主动让老弟送了好几包给村委会备用。后来大家各自居家隔离,基本就不用口罩,现在解封了,大家聚在一起要保持距离,口罩也刚好派上用场,凡是来这里的人,隔天都可以分到一只口罩。分口罩的时候,向敏之亲自叮嘱不要随便扔掉,她这里数量有限。结果大家不仅舍不得扔掉,还自我发明消

毒办法，又蒸又煮地重复利用。

向敏之答应着，就进了屋子，叮嘱周妈妈泡茶，预备今天的点心给她。

周妈妈是专门从周家屋场过来敏之园帮忙的，除了协助弟媳妇做好家务之外，还为她制作干花以备将来婚礼上用。她要的干花全部用新鲜的蔷薇花制作，这是周妈妈秘而不宣的手艺，向家湾甚至整个御史峪都只有周妈妈一个人会做。也正因此，她制作干花的过程在敏之园也是绝对保密的，供她干活的偏屋的门平常也都关着。

向敏之很想学这门手艺，打算找个好日子正式拜师，但是现在，她的心思却被小丫头娅娅那句"秀嗲嗲过去曾经天天教你唱"的话，牵起了心底无限的回忆……

二

向敏之小时候不叫向敏之，叫向金凤，这也是现在她重归故里，大家依然叫她"金凤"的原因。向金凤的父母亲是近亲联姻，她的父亲和母亲是近亲的表姐弟关系。

那时候但凡有些底子的家庭，儿孙辈结婚都讲究门当户对。对于有些渊源的世家大族，还讲究亲上加亲，就像封建社会时的皇亲贵胄一样。向家虽不算世家大族，却也是向家湾乃至整个御史峪数一数二的大户人家。传说其祖上的祖上曾经是天子山"向王天子"的贴身护卫。

向金凤的母亲，是向家湾当年人人尊敬的"福建二爹"的重孙女孝英，而"福建二爹"已经是向家迁徙至此的第四代了。向金凤的父亲孙蓟舫是入赘到向家的上门女婿，根红苗正的工人阶级出身。那个年代，落魄的富家子弟能与工人阶级联姻算是高攀了。据说向金凤的父亲孙蓟舫原本是可以接嘎公（外公）的班当个工人的，无奈政策出来的时候，年龄已经超了两个月，招工的名额就留给了后面的妹妹。

每个家庭对第一个出生的孩子都是充满期待的，金凤也不例外。向家因为其祖上曾经被女子所救，向家人没有重男轻女的思想，所以金凤出生后享尽了宠爱。

童年的印象总是清晰又模糊，清晰的是细节，模糊的是具体年龄。三岁以前的故事，金凤基本都是长大后从长辈或者别人的口中得知。大体印象是她长得很可爱，见过她的老人们都用"团头大脸"来形容她，就是书上说的"面如满月"那种，是女性传统意义上的福相。她的声音非常洪亮且很有爆发力，哈哈大笑的时候整个山村都会响起回音，据说天供山那边都听得见，当然那是夸张的说法。但是其预兆却是很不凡，是那种将来会"一鸣惊人"的表现。这两个特征，都是长大后有"出息"的征兆。那时候的农村，物资匮乏，哺乳期的妇女奶水普遍不足，金凤才几个月大的时候就开始喝米汤、吃面条和苕（番薯），每天吃完夜饭，"老祖宗"孔朝秀都会用灶膛里的余烬煨一个番薯，等到半夜她醒来的时候一点一点掰开了喂给她吃。

金凤的记忆里第一次搬家是在她很小的时候，是从福建二爹时代建起的向家大院搬进父母亲用自己烧制的砖瓦建成的灰砖青瓦房，那时候父母亲房间的梳妆台上摆着一个很大的玻璃镜框，里面有她婴儿时的照片。照片是黑白的，她坐在一张圈椅里，头上戴着有凤毛和兔子耳朵装饰的帽子，穿着锦缎的棉衣，脖子处还戴着围兜儿，被打扮得像个洋娃娃，果然是"面如满月"的面孔。那张照片大概是她出生后的第一张照片，可惜后来从灰砖青瓦房搬进小洋楼时被弄丢了。

金凤还记得自己喜欢吃甜的东西，连面条都要放了糖才吃。那

时候好像没有牙刷,她的整个童年记忆里没有与牙刷有关的记忆。印象中只有"老祖宗"用小缸子调了盐水给她在早上或者临睡前漱口。每次吃完饭都会督促她用茶水漱口,就像红楼梦里林黛玉刚进贾府时那样的漱口。这在当时的农村已经很难得了。所以金凤的蛀牙发生得早,最痛苦的记忆,就是静静地坐在那个高高的光可鉴人的花岗岩门槛上,想办法忘记牙痛。为了减轻她的痛苦,老祖宗想尽办法转移她的注意力,其中最常用的办法就是教她唱童谣,不仅要会跟着唱,还要会自己独自唱。

比如,"黄毛丫头,困到饭熟。听到碗响,爬起来就抢,一抢抢个缺碗,一七(吃)七一百碗。"这一首是在她起床起晚了的时候教她唱的。

还有,"鸡儿喊,谷儿黄,幺姑儿挑水泼稻场。路又远,水又深,打齐幺姑儿脚后跟。"这个是在她帮忙从屋旁边的井里提水,结果一去就去了大半天才回到屋里的时候,冲着她唱的。

也有只是单纯教她唱,并没有所指的,比如:"鸦雀儿尾巴倒拖,听我来唱个倒歌:先生我,后生哥,再生我的老家伙。爸爸结婚我打锣,妈妈结婚我挑货,我从嘎嘎(外婆)门口过,嘎嘎还在摇窝地坐……"金凤唱一遍就会了。

有时候她忽然想嘎嘎了,老祖宗就会教她唱与嘎嘎有关的儿歌,"虫儿虫儿飞,飞到嘎嘎(屋里)踢(去),嘎嘎不杀鸡,伢儿不过踢,嘎嘎不杀鹅,伢儿不过河,嘎嘎不杀鸭,伢儿要回家,嘎嘎不赶狗,伢儿转身走。"唱着唱着,她就觉得自己成了嘎嘎屋里的座上宾,开心地憧憬着自己可以走着去探望嘎嘎的日子。

那样的时光,即便是难忍的牙痛如影随形,她也常常动不动就乐得咧开嘴哈哈大笑,笑过之后竖起耳朵仔细倾听周围的那些大山是否会有她的笑声回响。

然而那些无忧无虑的快活日子,很快被一场厄运终结了……

三

那是一个春寒料峭的夜晚，忙碌了一天的大人们都在灶屋里一边烤火，一边忙着做吃的。向家大院的院墙不知道什么时候拆了，只留着与普通人家一样的连三间的一正两偏"品"字形房屋，格局一般，但比别人家的房子高大宏伟。尤其是那高高的灰黑色花岗岩门槛、那两扇厚重的留着弹孔的铁梨木大门和可以当镜子用的灰黑色花岗岩门框，总在不经意间向人们昭示着向家曾经的辉煌。因为已经是春天，专门用来烤火的火坑已经不用了，只在灶门口旁边的角落里放了一个烧煤的火桶，大家平时就围着火桶烤火、吃饭、做手工活。做手工活多半是女人的事，比如织毛线衣、钩围巾、纳鞋底——据说姑娘出嫁前要给婆家的三姑六婆每人做一双鞋。火桶除了可以取暖之外，还可以烧水、炖肉菜。

那天夜里，忙了一天的父亲跟大湾地的几个后生伢一起，打着手电筒抓了好多克马回来，同去的几个后生伢都跟着父亲来到他们家"打牙祭"。父亲大约是继承了嘎公做各种美食的手艺，小半桶克马一会儿就收拾干净了，配上姜葱蒜等各种香料爆炒、焖、炖，满满的一锅克马肉炖得满屋飘香，隔着半里地的左邻右舍都闻香而来，围坐在火桶旁等着好好吃一顿。小金凤也禁不住那种香味的诱惑挤了进来，坐在小板凳上听大人们兴致勃勃地谈天说地。火桶上的双耳锅里，克马肉咕噜咕噜地翻滚着，散发着诱人的香味儿，她拼命地嗅着那股搅动食欲的奇异的香味，翻腾的热气模糊了大人们的脸……人太多了，父亲和母亲决定让大家移步到堂屋里去吃，摆好平时整酒摆席才用的四方桌子和长条板凳，其他用大锅炒好的菜也都摆上了桌子。父亲让大家让一让，他要将火桶上的炖锅端到外

面去。那时候还没有可以当软布使用的纸巾,父亲嫌抹布不卫生,就用了两根筷子,一根筷子挑着一个锅耳朵,大家小心地提醒着"慢一点慢一点",父亲也格外小心翼翼。然而,悲剧还是发生了——灶屋里的灯火有些昏暗,父亲大约是没有看见挤坐在两个大人之间的小板凳上的小金凤,当他挑着一锅沸腾的克马肉从小金凤头顶经过时,手一抖,锅一偏,一整锅滚烫的克马肉连肉带汤全倒在了小金凤的脑袋上……

所有的人都惊呆了!小金凤当时还穿着过年才上身的新毛衣,是母亲亲手织的,毛线是织大人的毛衣剩下来的,什么颜色都有,搭配着编织出来花花绿绿的很是漂亮。估计是衣服和头发都比较厚的原因,她当时并没有感觉到烫或者疼,只是想着不能弄脏了妈妈亲手织的漂亮毛衣。众人也七手八脚地帮她脱衣服,等"老祖宗"闻讯赶来的时候,小金凤的手臂和脖子上的皮已经被毛衣粘着脱了下来……

"老祖宗"孔朝秀已经快七十岁了,年轻的时候曾经是隔壁县刘姓大户人家的少奶奶,当年的婆婆刘家二娘是医学世家的后裔。刘家败落后改嫁到向家,跟随向家当时的灵魂人物、小金凤的曾祖父向业春,一起经历过很多大小事件,见过世面,颇有见识,知道烫伤不能脱衣服……在老祖宗一迭声地阻止下,小金凤才避免了更大的伤害——同样是过年才上身的毛线裤被毫不留情地剪碎了,小金凤的屁股上面两个比屁股还大的水泡被完好地保护了起来……附近没有医院,每天只有赤脚医生周医生用一种常见的野青菜捣汁涂洗。周医生是小金凤的嗲嗲刘多全的已故丈夫邱艺兴的徒弟。小金凤除了在涂洗伤处的时候才翻身之外,整天都几乎是一动不动地躺在堂屋里高祖福建二爹生前用过的睡椅上,就那样躺了几个月。每天望着太阳的影子从高大的泡桐树颠一点点移过,听着屋外枝叶繁密的麦李子树上"吱呀"(知了)的鸣叫,睡着又醒来。

因为烫伤留下了几处瘢痕，全家人对她未来的人生充满了担忧。老祖宗让母亲请来瞎了双眼却什么都知晓的算命先生，预测小金凤未来的命运。母亲还与大湾地的姐妹们一起，偷偷在半夜里请神扶乩，给她"称命"……算命瞎子掐着手指头，一边摇晃着脑袋一边絮絮叨叨，说小金凤命中注定五岁前要经历一个"汤火关"，说她命大，将来会遇到贵人等。还举例说自御史峪往上，整个向家湾六岁以下的孩子，有十几个都在年内经历了"汤火关"，每一个都比她惨，有两个男伢子的脸被烫毁了，有一个女伢子整个手掌都被烫得全是伤疤……在所有经历过"汤火关"的孩子当中，小金凤是最幸运的一个。滚烫的肉汤从头上淋下，头和脸所有看得见的地方一点瘢痕都没有，只有耳根和下颌连接处有一点接近皮肤颜色的小瘢痕隐约可见。上天对她已经很垂顾了……总之说得头头是道。唬得母亲天天烧香，感激祖宗荫庇、上苍垂怜。然而"汤火关"的直接后果，是在小金凤身上留下了几处永难消弭的瘢痕，也给她留下了终生不能穿短袖和露肩礼服的遗憾和痛苦。

长大后的金凤，曾经在好多个漫长的夏天里都在为如何遮住左前臂上的瘢痕而烦恼，绞尽脑汁。直到许多年以后才终于如愿以偿，衣柜的抽屉里堆满了各式各样定制的与衣服或裙子同颜色的蕾丝护腕。

幸好养伤期间一直有"老祖宗"的悉心陪伴、照料和开解——"老祖宗"说她得感谢老天爷，保住了她的那张脸。经历过这件事之后，小小年纪的金凤似乎忽然长大了很多，她很感激向家有这么一个见识过人的"老祖宗"，还有把她当宝贝宠着的业文公公。在她之前，业文公公最宠的是她的幺叔向云梦，自从她开始牙牙学语，业文公公就把对幺叔的那份心思全转移到她身上了，上山伐木或是砍柴，回家总会带一把"栽秧梦儿"（像野草莓的一种野果）给她。上街哪怕什么都不买，也会记得带个烧饼或者锅盔回来给

她。还有老是被大家诟病"吝啬"的佬佬（她的另一个祖父，哆哆刘多全的前夫），偶尔一个人做了点好吃的，都要偷偷把她叫过偏屋让她一起分羹同味。

那一年，她从仲春开始就躺在那张藤椅上，一直躺到夏天，陪伴和照顾她的一直是"老祖宗"。她也不记得那些夜晚是否回到床上去睡过，只记得自己一直躺在那张睡椅上，睡椅就放在堂屋那扇厚重的铁梨木大门的花岗岩门槛后面，那两扇厚重得她根本关不了的铁梨木门一直敞开着，外面是高大的泡桐树、麦李子树、苦楝树、水蜜桃树、五月桃树、皂角树，陪伴她的是知了、麻雀和每天傍晚都会回到屋檐上的燕子。

有时候，她正百无聊赖地听树上的知了唱歌，"老祖宗"会出其不意地走到她的睡椅旁问她："吱呀（知了）哪里喊？"

她百无聊赖地答："吱呀在壳里喊。"

"老祖宗"又问："吱呀在壳里喊。乌龟有壳哪么（怎么）不喊？"

她想了想答："乌龟在水'斗里'（水里面）。"然后小声解释，"一喊就被水呛了。"

"老祖宗"继续问："克马（青蛙）在水斗里哪么又喊？"

"它是敞口。"

"撮箕是敞口哪么又不喊？"

"它是竹子做嘀。"

"笛子是竹子做嘀哪么又喊？"

"笛子有眼眼儿。"

……这样一问一答，时间就过去了。

就是这样，她整个童年岁月都被各种各样的童谣填满了。而今的细伢子，小小年纪就开始吼着"妹妹你大胆地往前走啊，往前走"，再也不见老祖宗一样的老人细心地教导孙子辈唱儿歌了。所以，当小丫头娅娅的小外孙稚嫩地唱着久违的童谣来到她的家门口，她的心瞬间就被融化了，遥远的童年记忆如潮水般一浪接着一浪地淹没了她……

那段躺在睡椅上的日子，具体是什么时候结束的，金凤一直记不准确。她只记得那次事件之后，父亲和母亲之间的交流更少了，亲戚们看她的眼神也多了一些她看不懂又感觉得到的与从前不一样的内容。相反地，她对老人们的记忆很清晰，就是家里的老人对她更怜惜了。对她最严苛的是母亲，母亲反对她穿漂亮的衣服，别人家的小孩头上的辫子都绑得漂漂亮亮的，唯有她是千篇一律的羊角辫。那时候的向家每到冬月就会请来裁缝师傅，每个人都要做一套过年的新衣，别人家请不起裁缝师傅去家里，就将布料拿到他们家来。小金凤的外套都是父母亲做剩的布料，花朵儿似的孩子，走亲戚总穿着一身老气横秋的黑色呢子大衣，围着母亲不戴的天蓝色羊毛围巾。

记得那时候走亲戚，特别是拜年的时候，她总是一进门就给出来迎接的长辈磕头。她记得小时候磕了很多头，得的压岁钱也是同龄伢子中最多的一个。即便是炎热的夏天，她也是穿着长袖的衣服——印象中家里的人似乎都穿着长袖衣服。有一次"老祖宗"给她扯了块花布，让她自己去街上的裁缝铺做夏天的单衣，漂亮的女裁缝师傅问她想做成什么样子，并找了几件她这个年龄的丫头流行的款式给她作参考，她选中了其中一个前襟扣子两边有荷叶边的。一个星期后衣服做好了，母亲却勒令她拿回去让师傅剪掉荷叶边，后来在老祖宗的干预下才不了了之。父亲似乎对她也很嫌弃，发起脾气来就像要把她往死里打一样，动不动就骂她蠢得像苕猪（番薯加猪脑子的意思）。动不动就让她去捡面汤喝——捡面汤喝是叫花子才干的事。也不知怎么搞的，小金凤越挨骂就越笨，常常犯一些低级错误，比如父亲让她去买一条（十包）烟，她常常就买了一包

烟回来。有一次家里整酒（办酒席），让她去买两条待客的香烟，她又买成了两包，不单数量搞错了，连烟名也弄错了。父亲竟然随手抄起一把菜刀就向她砍过来，她在客人的解救下才躲进屋后的竹林里，躲了一整天，等家里所有的人都睡了才出来。

纵然如此，父母亲仍然是她的偶像。外人眼里的父亲总是笑嘻嘻的，很招人喜欢。大湾地的后生伢子都喜欢邀父亲去大队仓库前面的大晒谷场骑单车，父亲是大湾地第一个拥有单车的后辈人。如果有人说去"稻冲地"，肯定不是哪家的稻场地，而是指仓库外面足有几百平方米的大晒谷场。那个大仓库里储藏着属于整个生产队的各种各样的物资，经常发生盗窃事件，但都不了了之。仓库保管员是最让人羡慕的职业，也经常遭人非议，但是场面上大家都对他很尊敬。那个大晒场真的好大好大，大队里要分什么东西都去那里，所有的稻子、麦子、芝麻、黄豆、油菜籽都放到那里翻晒。

农忙结束后的大晒场，其实就是大家娱乐的地方。她常常坐在父亲的单车后座，抱着父亲的腰，闭着眼睛让父亲载着她在大晒场上一圈一圈地骑行，她感觉就像是在飞行。她就那样在父亲英雄般的显摆中活成了所有小伙伴羡慕的样子。后来的岁月里，无论父亲怎么苛责她，她都会用大晒场的回忆原谅他。而母亲，则是向家湾所有媳妇妹丫头的榜样，母亲是那么的心灵手巧，她编织的毛衣、帽子、围巾总是那么好看，那些花样别人怎么学都学不来，几乎整个向家湾的女人都要来找她描绣花鞋垫的样子。母亲还是全湾里长得最好看、穿衣打扮最得体的那一个，她没有理由不骄傲。

为了讨父母亲的欢心，她常常拼命干活，表现出勤快又懂事的样子，和同龄的伢子一起到收割后的稻田里去捡谷穗，她总是捡得最多的一个。漫天大雪之后，大人们都围在火坑上烤火，她却提了花篮（一种长圆形的容量较大的镂空竹篮）出去捡柴。大雪天里，很多时候她捡满一花篮柴竟然会出一身汗。有一次，她在屋后的雪地里捡柴,偶然抬头竟然看见一道彩虹,恰巧在同一时间头顶响起一声鸟叫,她竟然兴奋地提着一篮子枯枝飞跑进屋,冲着一屋子烤火的大人"报告":"我听见马兰(彩虹)在叽(叫)呢,马兰还会叽呢……"正在烤火的人们愣怔了一下哄地笑开了。从此,"马兰还会叽"就成了她创造的笑话。

"金凤啊,金凤——哎呀!你的花都织错了……"忽然,坐在她旁边的友珍娅娅惊叫着打断她的回忆。

原来她沉浸在过去的回忆里出了神,把毛衣的图案织错了。因为时间充裕、"师傅"又多、气氛又好,她这次特地选了一个最复杂的桃子图案来编织毛衣,这个图案的线条弧度比较大,编织的时候要特别集中精力。她收回心神,低头一看自己才织了不到一半的毛衣,发现连续两个桃子尖尖的部分都被织成三角形了。

"起码要拆十来圈呢,工程有点大,还有,这里的针脚有点紧,这里的又有点松,不好看……"友珍娅娅指着她放在膝头的毛衣说,大家都围拢过来。

"咱们金凤是干大事的人,这样的小事做起来不顺手也是有的。"

"金凤的手是拿笔杆子的,不是拿这毛线签子的。哈哈……"

"金凤的手可不只是拿笔杆子,还抓大印呢。你太小看人啦。"

"哎哎哎,你们都说得不到位,金凤的手是发财手……"

大家你一言我一语地调侃着,搞得她都不好意思起来,她后悔自己选了个这么复杂的图案,这里所有的毛线中她的毛线是最好也是最贵的那种羊绒线,由于容易断线还要特地加上绒线伴侣,拆了重织羊绒线会变细,会让毛衣显得不够均匀,那样就太浪费这种娇贵的羊绒线了。

"你若不嫌我手粗的话,我跟你换着织吧,你这毛线太金贵了,要特别注意均匀用力织出来才好看。我这个简单,小伢子的毛线裤

保暖就行了,不织花样全部织平针,搭线的时候均匀使力就行。"最后还是小丫头娅娅给她解了围。

"对对对,她这个简单,你可以一边织一边给我们讲讲你的经历故事。孝英姐生前常说你是记者、作家还是人大代表、政协委员什么的,写的文章经常上报纸,怎么又成了老板呢?"

"是呀是呀,听说你在广州的公司很大,到底有多大?"

"金凤那是集团公司了,总公司下面十几家公司呢,不只是广州,全国各地都有她的公司……"

"还有,听说你现在也不叫金凤了,叫敏之……"

"哎呀!哪有你们说的那么夸张呀,我在家里就叫金凤……"敏之忙不迭地解释着,思绪却又飘飞起来……

四

"汤火关"成了她整个童年生活的分界点,具体就是她"欺负人"和"被人欺负"的分界点。

以前,她的童年一直有德高望重的老人们罩着,加上她的接受能力和反应能力都很强,记忆力又好,长得又可爱,在父母亲约束不到的地方,她总是那么无法无天:曾经有好几个年纪比她大的女伢子都曾跑到她家里告她的状,说她欺负人。结果被老祖宗一句"你多大金凤多大?你怎么能让她欺负到你",就堵回去了。

那时候她觉得在家里很不自由,总觉得在亲戚家比在自己家里好。三四岁的时候,她喜欢坐在箩筐里让大人们挑着去走亲戚,两个箩筐,一头放着红糖饼干、鸡蛋或者大米谷子,另一头就放着她。那时候没有交通工具,走亲戚全靠步行,那些伯伯幺幺(叔叔)们挑着她,扁担箩筐一闪一闪地翻山越岭,她坐在箩筐里刚好可以露出个脑袋,看着青山绿水、牛羊村庄摇摇晃晃地往后移去,很快就在那种摇摇晃晃中睡着了,醒来已经是另一番天地。

"汤火关"之后,无论去多远的地方,她都要靠自己走路了。大约六岁的时候,她跟着业文公公步行三十多里的路——她不知道那时候为什么有公路却没有车子可坐,抄了小路又走大路,去甘溪滩看嘎嘎。回来的时候,嘎嘎送了他们爷孙俩好远,她记得嘎嘎提着给他们带回家的"节花儿"(手信),一直陪着他们穿过弯弯曲曲的田间小道、蹚过哗哗作响的甘溪河,一直将她和业文公公送上大公路。她和业文公公已经在大公路上走了好远好远,回头还看见嘎嘎站在大公路边的白杨树的树荫下,望着他们走远的方向,一边挥手,一边抹眼睛。那个画面,一直印在她的脑海,一辈子都没有忘记。

她六岁就开始读一年级了,那时候好像还没有幼儿园,上初中之前也不用读六年级。八岁时的暑假,她跟着大娅娅在山门水库坐船到湖北大岩嘴才七角钱。之后步行几里山间小路就到了大娅娅家,然后在大娅娅家一住就是半个月。去的时候走水路,回来的时候走山路,大娅娅将她送到山间公路上,才八岁的她,一路翻山越岭大约也只走了大半天的时间就从湖北走回了湖南。那时候她没有感觉到害怕,却感觉到了分别的不舍与难过。是的,她很早就体验到了那种"相见时难别亦难""挥手自兹去"的不舍、难过和勇敢了。

也是在"汤火关"之后,金凤敏感地觉察到父母亲之间的关系急转直下,父亲还闹了很长一段时间的婚外情,家里所有的老人都出动了才摆平那件事。之后消停了一段时间开始创业。那是小金凤最劳累的一段时光。

那时候,父母亲因为要齐心协力创业而和好了,夫妻俩每天起早摸黑忙着挖土造泥巴、板砖,打瓦、烧窑,几乎垄断了整个向家

向家湾

湾几个生产队的砖瓦供应。忙起来的时候，连当时正读小学三年级的小金凤都要请假留在家里帮忙端砖。向金凤后来成了向敏之，当了集团公司的董事长却不会打算盘，就是因为当年正学珠算的时候，父亲因为砖和瓦都供不应求，"日以继夜"都忙不过来，就将她这个"半劳力"留在家里帮忙端砖。所谓"端砖"，就是将砖模子板出来的泥砖用专用的木板子端着——像端茶盘筛茶一样端着，放到稻冲地的空地上去晾干，以备装窑烧制。从板砖的泥塘到晒砖的稻冲地要走一段路，一个人跑不过来，常常是她和比她年长三岁的丫娅（小姑姑）两个人一起负责端砖，一天下来常常小胳膊小腿小腰都酸痛酸痛的。一整天从早到晚得端多少砖、走多远的路、弯多少次腰，想想都觉得腰腿疼。好在那时年纪小，再累再疼睡一觉就恢复了。除了端砖，父母亲通宵轮流烧窑的时候，小金凤为了陪伴母亲还要经常在窑场过夜。

改革开放仿佛一夜之间唤醒了人们蛰伏已久的要过好日子的热情，老百姓恨不得将过去得过且过、等着吃大锅饭而浪费的时间都补回来。一向勤奋好学的小金凤忽然请假，理由竟然是要在家里帮忙端砖。喜欢她的数学老师托村里的同学带了张字条给她的父亲，字条上面只有一句话："是端砖重要还是读书重要？"父亲看完纸条随手一扔，吆喝着："赶紧干活，端完这一塘泥你就去上学……"父亲的心大得很，要在两年内当上"万元户"，他在房间的门楣上用毛笔写上"大干四化""为社会主义建设添砖加瓦"等当时流行的"口号"，而且用最直观的"添砖加瓦"的实际行动来践行目标和理想。父亲还在大门口那两扇已经传承了一百多年的厚重的铁梨木大门上面，写上"来了来了，楼上请"的毛笔字，工整的楷书，分两行竖排……

那时候的向家，每个人都很辛苦。小金凤经常因为不堪重负发脾气，不敢冲父母亲撒气，心疼她的老祖宗就成了她的出气筒。当时是怎么发脾气的后来都想不起来了,但是许多年以后,小金凤都记得一些细节,就是每次老祖宗都被她气得拿了布褡裢要出去"讨米"(要饭),总是在夜幕降临的时候颠着她那双小脚一口气走到村口的木子树下,别人劝她回家,她就赌气说除非金凤来请她回去她才回去。结果,每次都是小金凤打着手电筒去接被她气得要离家出走的老祖宗回家……那是长大后可以回忆千百遍的场景。

举家上下共奋斗的结果,就是他们家成了向家湾第一个盖楼房的家庭。从古老的向家大院搬进灰砖青瓦房里,嘎公带领大队人马送来的"紫微高照"牌匾还是簇新的,父亲就又与时俱进地建起了小洋楼。除此之外,他们家还是整个御史峪第一个拥有电视机、录音机的家庭,电视机先是日立牌黑白电视机,不久又换成了彩色的。砖瓦窑的时代过去了,父亲又承包了御史峪国营羊耳山煤矿下属的"861煤矿",小金凤又从丑小鸭变回了小公主,那是她最幸福的时光。

然而好景不长,父亲的煤矿出事了,死了人,他们家一夜之间从天堂堕入地狱。再然后是父亲和母亲发了疯似的到处挖煤洞,再然后是父亲被招进大矿负责采购却弄丢了巨款……

记不清是哪一年的哪一天了,小金凤回到家,发现家里什么都没有了。电视机、电视柜、录音机,还有那些供乡亲们来家里看电视时坐的长条凳,全不见了。家里家外都空空的。她像往常一样拿着书本,准备去那高高的凉凉的像镜子一样的花岗岩门槛上写作业,才发现他们家的大门都不见了——她回家时没有留意,以为不过是敞着门而已。

那是一段极度贫穷的岁月。那时候他们家养有一条毛色黄白相间的狗,小金凤给他取名小白,每天放学回家,都是小白远远地就摇着尾巴跑上前迎接她。因为没有东西给它吃,父母亲想赶走它,但是小白怎么赶都赶不走,白天被赶走了,晚上又跑回来,每次回

来都一身伤。终于有一天，父亲和幺叔，还有对面孙家屋场的几个亲戚一起，将已经饿得瘦骨嶙峋的小白用绳子弄死了。弄死狗的那天，小金凤不在现场，她被老祖宗带到后山去扯猪草了。但是她知道他们弄死了小白，因为小白不见了。那天夜里，她悄悄爬起来，跪在小白经常睡觉的地方，默默地祈求小白的原谅。后来很长一段时间里，她放学回家，总是恍惚会看见小白摇着尾巴迎接她的样子。

那是她人生中的第一次与生命相关的"失去"，痛彻心扉，流不完的泪。

为了东山再起，父亲想尽了法子，但是老天爷再也没有眷顾他。

所谓"三十年前看父敬子，三十年后看子敬父"，因为父亲的风流韵事和失败经历，小金凤也连带受到牵连，放学路上开始有人欺负她，有几个大约是受了家里大人的唆使，将她堵在路上骂她，将农村里最脏、最毒的骂人的话都用在她身上。如果她反抗，他们就联起手来整她，甚至在她路过的时候，用土块扔她……没有一个人帮她，过去当着公主的时候受过她恶作剧欺负的小伙伴，都冷眼旁观地看起她的笑话，跟着嘲笑她。

那些后来才从课外阅读中知道的"校园欺凌"和"人性的黑暗"等，她在少年时期就亲身经历过了。

阴影肯定是有的。金凤从此变得沉默起来，整个初中阶段除了学习就是读课外书，同学之间按地域、贫富和成绩分成好多派，唯有她从来都是独来独往。因为贫穷，每天除了吃自己从家里带来的选举佬佬亲手腌的萝卜、豌豆酱和老祖宗炒的榨辣椒，就只吃冬瓜和北瓜。初中三年在无声无息中度过，没有考上理想的高中，她就干脆以五百六十多分的成绩去了兰江职中，进去的第二年学校就更名为澧县职业中专学校。在专业选择上没有人指导，她就选择了自己喜欢却特别费钱的美术，只为这个专业可以参加高考。遗憾的是，三年过去，她到底没有考上大学。疼爱她的老祖宗也在她刚进职专的第一年就去世了，毕业后她毫不留恋地选择了背井离乡。

"你看看，这个怎样？金凤……"一声询问打断她的回忆，抬起头一看，是小丫头娅娅正拿着她的毛衣在问她，"我全部拆了，重新按自己的想法——这是我自己摸索出的图案，你仔细看看，喜欢不？"

"这个图案是您设计的？"金凤下意识地接过来，仔细看了看，"您是要加其他的颜色吗？"她指着面前用绿色、深咖色和粉红色才织出一点端倪的图案问，"但是其他地方还是……"她有些疑惑地看着小丫头娅娅，等她自己讲解。

"我是这样想的，你不是要用这件毛衣来作婚礼当天的便服吗，我就想干脆特别一点，主体还是按你原来的织原色的桃子花样，就像衣服布料上的暗花，但是前面呢，我想用绿色、粉红色和深咖色编织一个大的图案，图案由桃叶、桃枝、桃子组成……"

"哦……我明白了，很好，想一想都觉得好看！"学过美术专业的金凤一下子就听懂了，忍不住开心地打断。

"不过，织大图案的毛线质量不一样，我这里可没有你这么高级的羊绒线呢。"

"没关系，用别的毛线织出来更有质感，就像丝绸或者棉麻布上的手工刺绣一样。"金凤几乎要兴奋了，"干脆两件毛衣都全权交给你来织了，你怎么想就怎么织，把你要织的毛衣毛裤也都交给我。"

"还有一件？"小丫头娅娅疑惑地问。

"哎呀，这还用问，婚礼上穿的肯定是情侣服啦。"友珍娅娅插话。

"哦哦，瞧我，真是老了。那两件织一样的图案？或者你这件

193

织成桃枝桃花，他的织成桃叶桃枝和桃子？"小丫头娅娅沉思着说。

"您怎么想就怎么织。或者您觉得怎么织起来顺手就怎么织。"金凤鼓励道。于是小丫头娅娅就去一边比画着去了。

"金凤姐，我有个问题……不知当问不当问。"今天才新加入进来的回乡下休假的金香妹子有些怯怯地说。

"什么问题呀？"金凤微笑地问。

"十几年前，应该有二十年了，当时也是在这里，孝英娅娅曾给你补办过结婚酒，现在……你这是要重新结婚吗？孩子他爸呢……"

"你这丫头……没大没小！"友珍娅娅小心地打断。

"孩子他爸十年前就去世了。"金凤很快接过话，声音平淡地说，"我是打算再婚的。到时候就在这里宴请大家。"

"你还这么年轻，条件又这么好，应该的！"友珍娅娅用她的思维方式补充道。

"对了，新姑爷是哪儿的人？什么时候带他回来我们帮你掌掌眼？"小丫头娅娅在一旁打趣。

"哎呀，快跟我们说说新姐夫吧！"金香妹子在一旁急不可待地央求着……

金凤记忆的闸门不可遏制地再次打开了……

五

歌德在他的《少年维特之烦恼》里说，"哪个少女不怀春，哪个少男不多情"，谁没有情窦初开的时候呢？除非发育不良。向敏之的少女时代正是向家的至暗时刻，家里已经很穷了，吃得很不好，但似乎并没有影响她的发育。初中时，独来独往的她喜欢上了对她青睐有加的语文老师,也仅止于喜欢而已,还没有找到机会表白就毕业了。上职中时受学校早恋风气的影响,她开始与向家湾唯一考上高中的邻家男孩通信,才刚开始就被双方父母亲以一种非常粗暴的方式扼杀在摇篮里了。向敏之——那时候她还叫向金凤非常坚强地挺了过来,以至于后来凡涉及感情问题时,她都能应付自如。直到后来背井离乡,在遥远的广东东莞一个小镇的工厂里,她遇到一个像父亲一样的广东男人,并以闪电般的速度嫁给那个男人,她才意识到之前的那些青春情怀都不是爱情,只是一些专属少女的怀春情绪而已。说是"嫁给",其实就是懵懵懂懂地跟着广东男人回了家,连婚礼都没有的,就是领了张结婚证而已。即便如此,那个叫文宗良的广东男人也不是她的真命天子。但不管是不是真命天子,向金凤人生的重大转折都是因为他。

高考后,向金凤随家乡劳动局组织的"劳务输出"大军一起南下,成了千千万万打工者的一员。那时候电脑刚出现,她所在的那间厂叫"永威电子厂",主要生产电脑配件。她和她的工友们应该是国内第一批接触到电脑的人。每天"9+3"(白天工作9小时,晚上加班3小时)的工作模式,纪律森严得比小学时的课堂纪律还要严格,一个月只能休息一天,月工资一百多元,老板补贴一百元生活费,没有活干的日子,每天要扣除三元钱的伙食费,整个人从头到脚、从内到外都感觉很不好,除了累还是累。因为不甘心沦为被最大限度榨取剩余劳动价值的廉价劳动力,向金凤在三年的时间里换了十家工厂(公司),先后干过流水线工人、生产部的质检员、丝印厂的制版员、制版厂的美工设计师、公司人事部主管助理等工作,全都是她炒的老板。最后因为在辗转漂泊的过程中弄丢了身份证和毕业证,又不好意思灰头土脸地回湖南老家,就借了一个叫彭冬香的女工友的身份证和高中毕业证,应聘进了东莞塘厦的一家电子厂。那家电子厂生产的是电子和电池,因为有高中毕业证,她一

进去就当了质检员。

那时候的打工一族，每天都流传着一些"灰姑娘变成公主"的故事。有钱的男人欲壑难填，没有钱的男人也要填欲望。本就阴盛阳衰的打工世界里，女孩子都成了一道道等待品尝的美味佳肴，待价而沽。有人飞上枝头做凤凰，甘愿或不甘愿地做起了金丝鸟。有人一失足成千古恨，再回首已回头无岸。也有的一厢情愿地营造着地久天长，结果弄得疲惫不堪且收效甚微。现实是如此的残酷，而人总要生活在现实里。她也曾经想过要嫁给一幢别墅、一张金卡或者一条钻石项链，就是没有想过嫁给一个自己有可能爱得死去活来的男人。

十八岁生日那天，她没有等来祝福，却等来了父亲向她索要种子、化肥、农药费用的家书。那时候的湖南农村，农民种田种地还要支付高额的农业税，辛辛苦苦种出来的农作物，换来的常常是收购部门或村干部拿来抵扣各种税收的"白条"，所以家里常常在青黄不接的时候没有钱买化肥、农药甚至种子。经历过几起几落的父亲，已经完全沦落成了一个要靠庄稼收成过活的农民，从肉体到精神都蜕变了。随着家乡各种版本的哪个妹子打工致富，哪个妹子当了老板娘的神话传说此起彼伏，一年才汇一两次款，一次才汇一千几百元的向金凤，明显感觉到了父亲对她的不满。父亲拿她跟同村同组一次就寄几千甚至几万块钱回家的女伢子作比较，旁敲侧击地问她是不是打算就这样只顾自己过小日子不管家里了……她孤单、无助而彷徨，开始期盼自己也会遇到对她青睐有加的老板、大亨。而随着亲眼看见无数打工妹、女秘书、公关小姐、文员、二奶被始乱终弃的种种遭遇，就像打工日常一样频繁上演，她又很快打消了那些不切实际的念头。就在她几乎找不到出路的时候，一个叫文宗良的广东男人闯进了她的生活。

那时的她并不知道文宗良包括年龄在内的真实情况，只觉得他对她特别特别的好，好到她找不到任何不好的地方。文宗良对她完全超出常人的包容和耐心，让她觉得再也不会遇到一个对她那么好的男人了。她成了被人捧在手心里的宝贝，成了所有女孩子梦想成为的公主。因为对她的各种没有原则的宠溺，文宗良常常被他的广东老乡嘲笑，嘲笑他为她"提鞋"，嘲笑他是"老婆奴"。她终于在一个男人精心营造的温柔乡里沦陷了，跟他回到了偏远贫穷的粤西老家。没有婚礼，也没有亲友祝福。不仅如此，那个叫窦州的地方贫穷、闭塞、陈旧，都超出她的想象，可是她已经没有退路。文宗良父母双亡，仅有的两间泥砖屋也是家徒四壁，连临时身份证上的年龄都是假的，一切的一切都那么出乎意料。她觉得命运跟她开了一个天大的玩笑，然而木已成舟。向金凤从没有真心爱过她的丈夫，也可能永远都不会爱上他，可是她在心里准备跟他生活一辈子了。因为她不愿意让远方的父母为自己担心，甚至在亲友面前抬不起头。她也要为自己的无知和轻率负责。

文宗良当然心怀愧疚，对她还是一如既往地好。但是她的感觉已经完全不同了，对他充满了怨恨和不屑。那是一段不堪回首的岁月。直到后来的后来，窦州县撤县建市，开始大规模的拆迁和建设，她亲眼看见曾经陈旧不堪的县城一天天地旧貌换新颜，城市也一天天地扩张，这里的人们跟所有勤劳务实的广东人一样，在地方党政领导的英明领导下，窦州，一个偏远的粤西山区小城，在极短的时间里发生了翻天覆地的变化。终于有一天，刚好处于城郊接合部的文宗良家也成了"拆迁户"，一次性获得了近百万的拆迁补偿款。文宗良不顾兄弟姊妹的反对和多事乡邻的干扰，将那笔钱全权交由她处理。

那笔钱成了她创业的本钱。她把那笔钱当作自己的"卖身钱"，花得特别决绝。

她花了整整三个月的时间进行市场调查，还专门到邮局去定了

几份报纸，专门研究报纸上面的广告，她去那些自己感兴趣的行业的店铺消费，跟店老板交朋友；她还以文学爱好者的身份专门去文化部门拜访、讨要那些"内部交流"的报纸杂志，结交文化界的老师——那位老师竟然也姓向，同样是打工妹出身，而且也来自湖南。那一连串的巧合，曾经让她感慨人生机缘真的是无处不在。后来，那位向老师成了她的好朋友，还帮她发表了几篇回忆打工生活的小文章。她记得曾经寄过几本刊登有她小文的《窦州文艺》回老家，这大约就是母亲生前曾跟人说起她是记者或作家的缘故。平时最不愿意光顾的各种酒席，她也开始逢请必到，文宗良去哪家她就陪伴去哪家……主要目的只有一个：更加广泛深入地了解到底应该从什么行业着手创业。功夫不负有心人，在反复比较权衡中，她最终选择了大城市很火爆，但是小县城比较寥落却很有发展空间的婚庆服务。这个信息是她从报纸广告的刊发频率总结出来的，为了求证，她还特地去省城逛了一圈。

然后，她又花了三个多月的时间研究婚庆文化，寻找场地，挑选门面装修特别的设计公司进行设计、装修，并运用自己在美术方面的专业知识进行指导；联系婚纱定制、租车公司、花店和酒店，签下长期合作的协议；请专门的会计师精算、设定各种业务分成和公司考勤及奖励标准等；请那位向老师推荐文案撰写、方案策划、舞美设计、摄影摄像、礼仪主持、宣传推广等各方面的人才……

关于公司的名字，她是在研究传统婚庆习俗的时候研读《礼记》的过程中"灵光一闪"确定的，没有征求任何人的意见，注册的时候直接写下了"礼之本"三个字，并将原本打算的"婚庆服务有限公司"临时更改为"婚庆文化传播有限公司"。而在此之前，为了彰显自己彻底告别过去的决心，她还特地去公安局更改了名字，由土里土气的向金凤摇身一变成了向敏之。在装修门面的时候又临时将内墙的装饰由原来的粉红色玫瑰，换成了《礼记》之

《昏义》篇中的文字:"昏礼者,将合二姓之好,上以事宗庙,而下以继后世也,故君子重之。昏礼是以纳采、问名、纳吉、纳征、请期、亲迎,皆主人筵几于庙,而拜迎于门外。入,揖让而升,听命于庙,所以敬慎重正昏礼也……敬慎重正而后亲之,礼之大体,而所以成男女之别而立夫妇之义也。男女有别而后夫妇有义,夫妇有义而后父子有亲,父子有亲而后君臣有正。故曰:昏礼者,礼之本也。"

《礼记》中的"昏义"即"婚仪","昏礼"即"婚礼"。"礼之本"源于《昏义》篇的第二自然段的最末一句"昏礼者,礼之本也"。文化底蕴之厚重,由公司名字可窥见一斑。门面装饰的色调也由原来的温馨浪漫格调改为以浅咖和深棕色为主的高贵富丽风格。

等到一切准备就绪已经是大半年之后了,公司开业伊始就同时推出中式和西式两种婚礼的策划服务,为所有婚礼提供量身定制的一条龙服务,面向不同层次的消费者将所有服务分大众化和个性化两个档次,其中个性化又分普通、精品和高端三个档次。

总之,"礼之本"的客户涵盖所有结婚对象,只有客户想不到,没有公司做不到。

第一间公司的位置就选在窦州市中心文化馆旁边,同时挂了两块牌子:"礼之本婚庆文化传播有限公司"和"礼之本婚庆服务(解放路店)"。开业典礼邀请包括窦州市融媒体、窦州知事、云端窦州、窦州头条、窦州文艺等在内的全市有影响力的媒体负责人参加,还请向老师引荐她亲自登门拜访并邀请文化部门的主要领导莅临剪彩,那些即将发生合作关系的租车公司、婚纱店、花店、酒店等单位的负责人也都被邀请过来捧场。一时间"礼之本"三个字成为窦州市内外的热词,甚至在一定程度上引起了人们对婚庆文化的广泛关注。

好的开始是成功的一半。向敏之不知道自己原来在商业方面有如此天赋。"礼之本"很快以收购或主导合作的方式在窦州城区的东南西北四个方向各设立了一个婚庆服务点，即便开业之初没有业务的时候也保证分点正常上班、运作。然后礼之本公司继续向窦州市所属的地级市茂名拓展业务，在地级市站稳脚跟之后，又向省城广州拓展，在省城站稳脚跟之后，又回头拓展茂名市下属的窦州周边的县市……一路高歌猛进，所向披靡，终于在2004年的时候将所有的"礼之本"公司重组成了集团公司。

一个公司完全步入正轨之后，就有了它自己的运行轨道。大多数的公司负责人做得最多的一件事都是拓展业务，但是向敏之做得最多的一件事却是网罗人才，尤其是懂策划的专业人才和行动力强的工匠型人才。她不断用实践证明，任何事情只要方向正确，剩下的就是努力去做，结果总会成功。

也就是在那一路向前的途中，她遇到了香子烨……

六

"礼之本"的服务理念是无论哪个档次的客户，在礼仪方面都必须提供一流的服务。"礼仪"，是礼之本的根本。也正因此，传统文化底蕴深厚的礼仪执行官和高素质的礼仪小姐不可或缺。为此，她在多方调研之后亲自前往广州口碑最好的国际礼仪培训学校挑选礼仪小姐，在那里遇见了同样来挑选礼仪小姐的香子烨。

向敏之从不相信"一见钟情"之类的鬼话，但是遇到香子烨的时候，与香子烨眼神交汇的那一刹那的心慌，却让她相信了。说不清楚为什么，对第一次见面的香子烨，她就是有种似曾相识的熟悉感。

特别是在得知他是省委某部门的领导之后,她刻意的恭维更加拉近了两人之间的距离。

香子烨一米八二的身高,线条分明的五官,中气十足的男中音,所有外形特征让人见一面就会记住。

"原来你就是礼之本的董事长啊,文化企业能做得这么成功,很难得啊!没想到董事长还是个女子,而且这么年轻!"他本是恭维之语,听在她耳朵里却成了发自内心的肯定与赞美。她被他由外到内散发出的男性魅力迷得神魂颠倒,目光交汇处流露的全是欣赏甚至崇拜。

香子烨正在负责一个纪念改革开放若干年的大型展览活动,需要十二名在剪彩仪式上服务的礼仪小姐。以他掌握的资源,要挑选多高层次的礼仪小姐都是易如反掌的事。他能找到这里来,只能证明这家礼仪学校确实不错。而她向敏之能找到这里,则从另一个侧面证明了"礼之本"的实力。

香子烨非常绅士地让她先挑选,说她的公司是长期所需,而他只是临时需要。还开玩笑说让她先挑还可以让他捡现成的,他相信她的眼光。

结果她说了句"不如咱们一起选吧,也许英雄所见略同也未可知呢"。最后,他们就一起成了礼仪小姐的"面试官",面试结果竟出奇的一致。

两人从此成了好朋友,隔三岔五通个电话,互通信息。他打电话给她多半是介绍业务。自从结识了他,她公司的业务就开始在不知不觉中扩展起来,不再仅限于婚庆服务了。连着接了几单他介绍过来的大型活动的策划和会议接待等业务之后,来找他们公司承办大型活动的客户越来越多,这样就直接或间接地扩大了公司的潜在客户。毕竟所有人都需要结婚的不是?再之后,连那种大型生日宴会、周年庆典、议会等其他酒席等喜庆活动也找上"礼之本"了……

她打电话给他，则多半是及时汇报相关活动的策划、落实情况，及时表达感激之情，或者请教一些问题，就遇到的一些新情况新问题征询他的意见。

"以前，来找我们公司的都是婚礼策划及相关服务方面的，我们自己也习惯成自然，几乎没有想过要拓展其他领域……"

"其实你们公司的名字'婚庆服务'里面的'婚庆'二字本身就包含了婚礼和庆典两个方面的内容呀，而庆典，顾名思义就包括各种庆典活动了。"他在电话那头笑呵呵地说，于她简直就如醍醐灌顶，一语惊醒梦中人，疑惑自己竟然这么简单的问题都没有想通，真是应了那句"当局者迷，旁观者清"了，好在一切为时未晚。

他偶尔也会出现在他介绍过来的活动现场，都是匆匆一语而后匆匆握别。只是两人的眼神里都多了些牵扯不清的内容。但他们一直都没有跨越朋友界限，她不敢轻易去探知他的私生活，又不愿随便苟且。自从遇到了他，她觉得公司各项业绩一路开挂，而她自己也是诸事顺心如意。反正只要听到他看到他都觉得很舒服，她觉得这很难得，她很珍视。但是她不知道他对她是否有同样的感觉，希望生活会给她一个机会，让她可以求证。毕竟，无价宝易得，有情郎难遇。她已经寡居多年，人生苦短，她自己又正当盛年。这么多年的打拼，她不可能没有经历过男人，但她实在太忙了，没有时间恋爱，那些想跟她恋爱的男人又没有一个让她觉得可以托付终身。幸福是需要托付的，托付不是依附，而是一种心甘情愿的分享。她过去遇到的男人中，没有一个让她有心甘情愿分享下半生的感觉。

至于骗了她婚姻的文宗良，早在她还在窦州小城创业的时候就去世了，死于一场流感。她十八岁的时候跟他回家，十九岁生下第一个女儿，二十一岁的时候生下第二个女儿，成了那个闭塞的城郊村唯一的"纯女户"——她一直很讨厌这样带有性别歧视的"新造词",这样的"家庭成分"在当地是很让宗亲看不起的。二十六岁的时候他家遇到拆迁,二十八岁开始创业,只读过小学的他一点忙都帮不上,主动留在家里带孩子。她三十五岁那年春天,文宗良无声无息地死于一场流行感冒。一路前行的她忽然没有了后方,才意识到他确实存在过,她决定原谅他的欺骗。他活着的时候她从不参加他的文氏宗亲会的活动,因为她反感每次见到她的时候,他那些男亲戚都会神情暧昧地围着她评头品足:"丢卡奶,雷呢个老婆仔点解咁嫩嘎?仲咁靓添……"(他娘的,你老婆怎么这么嫩啊?还这么漂亮)。他去世后,她从他的文氏宗亲群里添加了宗亲会秘书长的微信,每次宗亲会有什么活动,她都以他的名义划过去一笔不少的赞助款,祭祖或者建庙宇的时候也是。后来为了避免不必要的麻烦,她就将这类事交给大女儿夭夭处理,并将大女儿拉进了他们的宗亲群,然后自己才逐渐淡出了……

关于她和文宗良的故事,她不想多说,并不是因为有多晦暗,而是真的乏善可陈。她能做的只是宽容,对他的世界心怀悲悯。但说到底,她是没有义务去为他的人生买单的,所以她问心无愧。如果上帝肯赐给她幸福,她不愿意因自己的疏忽而错过。

可是,男人和女人之间真的有单纯的友谊吗?像香子烨这么优秀的男人,应该不会是单身,更不可能没有异性朋友。所以,很多时候,她也只是臆想一下而已。缘分上的事情,非人力可为之,她能做的就是好好珍惜,发自内心地善待每一次相遇。

直到三年后的一天,她忽然接到一位在省医工作的医生朋友的电话,奇怪地问她是不是认识向处长。那天她刚从国外回来,还在倒时差一时间没有反应过来,就问医生朋友什么向处长,说她们向家没有当处长的。医生朋友说不是向处长,是香子烨处长,香水的香。

她大吃一惊,忙问什么情况。那一刻她才忽然想起她跟香子烨

竟然有快一个月没有联系了。出国前一直很忙，忙到出发之前都忘了打招呼。

医生朋友说要见面细说，让她抽空去趟医院。

她立马放下手头工作，驱车赶往医院，直奔医生朋友的办公室。医生朋友让她在办公室少安勿躁，介绍了一下情况才带她去病房。

香子烨在半个月前遭遇了一场交通事故，两死一重伤。那天，广州发生了一起被闹得沸沸扬扬的地铁坍塌事故。当时正值下班时间，正在施工的地铁站工地旁发生地面塌陷，塌陷面积达五十平方米。香子烨当时刚好路过坍塌现场附近，短暂的混乱中，司机改变行驶路线绕上环城高速，被一辆从后面疾驰上来的小汽车撞飞。据事故调查证实，事故发生前那辆车一直跟在香子烨的车后面，在驶上高速后突然加速撞向他的车，开车的是位女司机，当场死亡，尸检时发现体内存有大量酒精，疑似酒驾。他的司机也重伤不治，香子烨本人则重度昏迷，入院三天后才醒过来，醒过来之后却连儿子都不认得了。但是最近，已经可以短时间看报的香子烨忽然对一张旧报纸的内容很感兴趣，护士要拿走都不肯。那张报纸是来探望他的一个朋友落下的，她的医生朋友去给他做检查时发现，那张报纸有报道"礼之本"公司与璐卡思服饰有限公司签约的消息，璐卡思是一间集研发设计、生产制造、贸易出口为一体的高端礼服企业，刚刚在广州设立分公司，具有很强的市场影响力及社会知名度。而香子烨天天看的竟然是那则消息里她和璐卡思董事长握手的特写照片……

与璐卡思服饰有限公司正式签约，正是她在出国前忙的最后一件事，新闻报道她自己都没有看到。

"我们怀疑他可能认得出你，所以请你来帮助确认一下。"

没有任何悬念，当向敏之一出现在香子烨的病房门口，香子烨就认出了她并叫出了她的名字,"你终于来看我了!"香子烨紧紧地抓住她的手,竟然孩子似的哭了起来。

"香处,您可记得她的名字?"一旁的医生朋友及时询问。

"记得,她是敏之。"医生朋友又将正在一旁削苹果的香子烨的儿子香江拉过来,问他,"那您可认得他?"

香子烨上下打量了一番自己的儿子,摇了摇头……

连医生都无法解释这种"选择性失忆"。

离开医院的时候,医生朋友以开玩笑的口吻求证她和香子烨是不是男女朋友关系。向敏之非常冤枉地回应:"真的不是,人家那么优秀,哪看得上我?"

"他可是钻石王老五哦,整个人生都断片了却偏偏记得你,不简单哦,你可得抓紧了,他可是有很多女朋友等着翻牌子的哦。"

"他有很多女朋友?你怎么知道?"向敏之的心咯噔了一下,一股说不清道不明的滋味涌上心头,很不舒服。转而一想又觉得很正常,如他这般英俊潇洒、仕途如日中天的中年男人,没有女朋友才不正常。

"都是些八卦啦,你也不用太当真。"医生朋友察言观色地说。

于是她就从那些不咸不淡的闲聊中对香子烨的经历有了大致了解。

香子烨出生于湖北,长于广东,父亲曾是火车司机,因为当年曾驾着火车穿越日军在武汉的封锁线受过重伤,新中国成立以后一直靠劳保生活。母亲在颠沛流离中生下大哥大姐,他是家里最小的孩子,出生在社会主义新中国,年轻时子承父业,当过一段时间的火车司机,后因文字功夫好被调到省委宣讲团,然后在省委机关一干就是近三十年,担任过多个部门的负责人,好几次在春节期间陪同接待过中央来的大领导,参与过广东很多历史性大事件的处理,经历和经验都相当丰富。关于私生活,香子烨十多年前离婚后一直

未婚，离婚原因不明，前妻再嫁不久后去世。他一个大男人独自拉扯儿子长大，期间有从无知少女到年纪相当的中年女性主动投怀送抱，被动传出过绯闻，甚至有女同事闯入他的办公室，逼婚不成扬言要自杀，有美女为了他在大庭广众之下大打出手，他则拂袖离开，据说他一直以"曾经沧海难为水"的"理由"拒绝再婚，维系关系时间最长的女友因为求证"谁是沧海谁是水"多次与他发生争吵……

"那个维系关系时间最长的女友……来过医院吗？"

"这段时间每天都有女同胞来医院探望，但没有一张面孔重复过。"

"你怎么知道没有一张面孔重复过？"

"总有人有心的啦。当然信不信由你。都说了这些都是八卦，不必当真。也许这次车祸对于他未必是坏事。"

"未必是坏事？这个又怎么说？"

"人生如此短暂，不是每个人都有真正获得重生的机会。"

"哦……那这次车祸有定论了吗？"向敏之小心地问。

"听说是肇事司机酒驾。"

"那个女司机确认跟他……不认识？"向敏之更加小心地问，感觉心跳都加速了。

"这个……倒真的没有听说。"医生朋友认真想了想说，"毕竟，当事人的家属都很安静，人命关天的事再八卦也不会胡说吧。"

向敏之长长地舒了口气。问了最后一个问题："他还要多久才能出院？"

"外伤痊愈了就可以出院。不聊他了，你如果有那个心思就好好把握机会吧。祝你好运。"

然后她们就握手道别了。

七

除了生孩子去过医院之外从不曾光临医院的向敏之，忽然成了医院里的常客，也成了香子烨住院期间除了香子烨的儿媳妇之外，唯一重复出现过的女性面孔。

每天下午三点，向敏之会准时来到医院探视。整个探视过程除了聊天还是聊天。也正是通过聊天让她确信香子烨是真的想不起过去的事情了，但在她的帮助下认回了儿子和儿媳妇。也算不上是"认回"，只是确定那对天天照顾自己的年轻男女是自己的儿子和儿媳妇，往事则一点都想不起。

医生也利用多种方法对他的失忆进行辨析和确认，无数次的努力无果之后，让他出院了。

出院后的香子烨，最大的变化是眼神变得清澈了。过去是必须要眼观六路的灵活、锐利、深邃，现在是心无旁骛地专注于一人一事一物的坦然澄澈，仿佛一眼就可以望到底。原本组织部门是要将他调往工作更加繁忙的权力部门担任领导职务的，现在，因为身体原因被理所当然地调到了清闲一些的部门，级别虽然升了上去，职务却是副职。

这样的安排反倒让向敏之松了一口气。她们向家从来就没有攀龙附凤的传统。曾经在她很小的时候，家里住过几个知青——她长大之后才知道他们是"知青"，其中一个小伙子还认老祖宗是救命恩人，后来有了大出息。但是即便是向家最艰难的时候，老祖宗也没有向他求助，对过去曾经用饭盆（剁猪草的木盆）救过小伙子性命的经历，对后辈更是只字未提。还有一个远房亲戚的孩子，家贫，学习成绩好，差点辍学的时候，老祖宗强行卖掉家里的谷种供

其上学,后来亲戚家的孩子上了大学,再后来当了银行的行长,身边的三姑六婆都纷纷鸡犬升天,向敏之的弟弟也想去分一杯羹,结果被老祖宗阻拦。等到行长想起要回报时,却是自身难保了……她们向家历时百年,始终坚守自己的处世之道。从小对家世传统耳濡目染的向敏之,深知一个淡泊名利的香子烨要比一个炙手可热的香子烨更靠谱。

她喜欢听他性感的声音,喜欢看他朝她走过来的样子,喜欢凝望他清澈得像水一样眼神。她在四十五岁的年纪陷入了一场小姑娘式的恋情。每一天,无论多忙都会记得彼此有没有通过电话,无论多晚都要等到他的"晚安"才能睡得安稳,无论做什么,脑子里都会不期然地浮现他的影子。她开始回忆起年少时读过的情诗,她开始向往屠格涅夫笔下的乡村生活,她开始有意识地下放权力培养接班人,她开始努力从烦琐而冗杂的董事长工作中分身,她开始腾出时间休假,在旅行社报上自己和香子烨两个人的名字,去的都是香子烨曾经去过的地方,他依然一点往事都没有想起……

每一间签有合约的星级酒店,都为她安排有一间商务套房供她或公司日常使用,现在都成了她和他约会的地方。她那么忘我地爱着他,爱得神魂颠倒。她也感受得到他对她的沉迷。

"你这是在蹂躏我……"

"就是要蹂躏你……"

"喜欢吗?"

"喜欢!"

"喜欢什么?"

"喜欢……蹂躏你……"

而关于他们之间的第一次,后来回想起来有些可笑。那是一次一点儿预谋都没有的约会,两个人都错过了正常的晚餐时间,相约去宵夜。因为平时很少有这样的安排,两个人在预定的地点汇合之后却想不起去哪里合适，临时进了街边一个相对安静的地方，进去之后才发现是个茶吧，招牌和门口都装饰得灯火辉煌，室内却光线暧昧，高高的卡座内坐的都是一对一对的年轻人。两人有些尴尬地相视一笑，在服务员的导引下挑了个角落坐下来。桌上的菜单上一大半是各式各样的情侣套餐，以配有开胃酒的西餐和煲仔饭、竹筒饭等各种炒饭之类的中式简餐为主，水果拼盘、红酒、咖啡、奶茶、点心、干果、凉拌菜等一应俱全。她有饭前吃水果的习惯，所以要了个不加沙拉酱的水果拼盘，为了预留出吃水果的时间点了份儿花时间比较多的煲仔饭。他则要了一份儿铁板牛排配意面。最后，他在服务员的巧妙推介下，点了一瓶价格不菲的红酒。

他们很快适应了那种气氛，话匣子一打开就收不住了。从不喜欢八卦的她在他面前说的几乎全是八卦，她眉飞色舞地说，他就微笑着听，仿佛很感兴趣的样子。轮到他说了，全是天下大势、外交风云、国际笑话，她是真的听得兴致勃勃，满脸崇拜。

在忽然想喝酒的冲动下，向敏之提议多要了一瓶红酒，最后竟然喝醉了。

已近午夜，香子烨扶她到楼下，车是不能开了，又不知道她的住处，只好到茶楼旁边的酒店帮她开了一个房间。在帮她开门的时候，她一个趔趄，他条件反射地抱住她，没承想仓促中刚好一把搂在她的乳房上。他的大脑指示他要立即拿开那只手，结果却是搂得更紧了。她的意识提醒自己要推开这个男人，结果却是身子一软就完全挂在了他身上。一切根本来不及过脑子。

"扶我去洗手间。"她命令道。他乖乖地扶她进了洗手间，并帮她试好水温才出来。

她从洗手间出来的时候，看见他还守在门口。他扶她的时候，她温柔地顺势一推，他就进了洗手间。她不明白是自己把他推进去的，还是他自己进去的。她只觉得神志不清，体内有一种兴奋，怦

然而动。她身体里头的另一个自己,一个纯粹的女人苏醒了。女人把自己放到那张宽大的洁白的床上,将身上穿着的酒店预备的一次性睡袍整理出半遮半掩的样子,等待香子烨的到来。确切地说是等待作为纯粹男人的香子烨的到来。在过往的岁月里,女人从来没有像此时此刻这般,如此地感觉到男人是这么亲密无间让人期待的归属。

这时候的香子烨也不是社会人的香子烨了,他只是一个男人,原始的动物类的男人。

双双醒来,时间已是次日上午十点。

男人回归社会性别,香子烨一脸无措,搞不清楚自己是怎么回事。

女人回归社会性别,向敏之用手拨了一把长发,遮住脸。

香子烨说:"对不起,我实在……我……是昨晚的酒有什么问题吗?"

向敏之说:"你……你是在后悔吗?"

香子烨急道:"不是……我……真不知道是怎么回事,这种情况从来没有过……"他一边喃喃着却词不达意,一边揽过向敏之,"你怎样?还好吗?"

向敏之什么也没说,只是静静地伏在他怀里,用他感知得到的动作,点了点头。他将她抱得更紧了……

很久以后,他们才想起那一天是3月5号,农历惊蛰。他们原来是沦陷在"惊蛰之夜"。

冬眠的动物都被唤醒,干枯植物悄然复苏,大树小虫,所有有性繁殖的动植物都蠢蠢欲动的惊蛰之夜。

神奇的惊蛰之夜。妙不可言的惊蛰之夜。

原来男人女人都有另外一个自己,躲藏在各自的身体深处,从来不睡觉,只按季节过。有情与无情两个季节,有情季节一到,男女都自觉变回雄性和雌性，大自然会显露出排山倒海、不可抗拒的催生力量，万物皆不可能逆天而行。

原来是上苍成全了他们。

"我们会永远在一起吗？"

"会。"

"我们要一直在酒店才能这样吗？"

"要不我去买套房子吧？"

"你有买房子的钱吗？"

"可以按揭呀，我还在工作呢。"

"然后呢？"

"然后……你就搬过去和我一起住。"

"怎么搬过去？"

"哈哈……你这是在逼婚吗？"

"才没呢！没劲！"

"你愿意等我吗？"

"你……什么意思？"

"我想等退休了再结婚……"

"退休了才结婚？好奇葩的想法哦……"

"你愿意等我吗？"他再次温柔地问，纯净如水的眼睛差点就要把她融化了。

"可是，如果到了那时你不想娶我了怎么算呢？"她可怜兮兮地问，"那时候我都五十了，哪个男人会娶一个五十岁的女人？"

"也是哦，"他坏笑着，眼神却依然是纯净的，"要不就等我三年吧，三年后如果你不要我了，赔偿可得随我要。"

"哟呵，还有赔偿呢，应该反过来。"

"那就反过来。"

"好，三年后你主动求婚。我把现在的话录下来——"她打开手机录音键，"三年后你主动求婚，可提前不可推迟，迟一天认罚十万元人民币，以此录音保存的时间为准。"

"好！三年为期，一言为定！以此录音保存时间为准。"他凑近她的手机说。

尽管等待的时光总是漫长，但三年之约的时间还是越来越近了，他却一点践诺的迹象都没有，好像完全忘了两人之间的约定。

她不能像小女孩一样望着他或者追着他问："你是不是忘了什么事情？很重要的事情。"

或者，"你定的三年之约快到时间了哦，怎么还不见你提起？"

说那样的话是需要特殊语境的，她一直没有碰到那样的语境。他要是真的忘了怎么办？除了尴尬，还有逼婚之嫌。他要是没有忘记，只是在暗地里做着准备，打算给她一个惊喜怎么办？她岂不是显得太迫不及待了？

陷入爱情的人啊，总免不了患得患失。

几经"权衡"之后，她选择了"冷处理"。开始有意无意地疏远他，没有必须要联系的事情就不主动打电话。

感情就是这样，你不联系我，我也忍住不联系你，时间一长，就习惯了不联系，习惯了没有对方音讯的日子。

就这样，两个人竟然失去了联系。

那过去的时光，不过是逢场作戏。她曾经以为的爱情，其实不过是一场误会。什么"曾经沧海难为水"之类的矫情，都不过是"不愿意"的借口。什么"爱到极致是痛苦"，什么"爱并不符合守恒定律"等诸如此类的"反省"都是年轻人才有的思维方式，是年轻人的爱情理想，对于中年人而言，生活本来如此。

于是，她安排好公司的一切，一个人回了向家湾。她想过一种屠格涅夫笔下的乡村生活，也许这才是她的归宿。

"金凤姐,我们回去了哦,老妈在喊回家做饭了,我下午再过来。"她又被一声突兀的"金凤姐"打断回忆,下意识地抬头一看,偏屋的屋顶已经飘起了炊烟,做中饭的时间到了。

"我也回去了。"

"我也回去了。"

……

刚刚还在埋头编织的小丫头娅娅、友珍娅娅也都相继起身,收拾好东西,跟她打过招呼就离开了。

其他的人也陆续离开,院子里很快安静了下来,空气里开始弥漫起柴火和菜香的味道。

八

"燕来枝益软,风飘化转光。氤氲不肯去,还来阶上香。"这天,闲来无事的向敏之一时兴起,用手机查到了唯一一首写蔷薇的诗,竟然是梁简文帝萧纲的。有很长一段时间,她为自己记忆里找不到与蔷薇有关的诗词而耿耿于怀,她收藏的唐诗三百首里面也没有,不得已才启用"度娘",没想到度来度去只度到这一首,政治上毫无建树最终死于乱臣贼子之手,却成为"宫体诗"鼻祖的梁简文帝写的"蔷薇"。就是那位写过《咏内人昼眠》和《娈童》的萧纲,被当时的文学界称为"梁朝曹丕"的萧纲,主张"立身先须谨重,文章且须放荡"的萧纲,就是他的诗风影响了后来写出"开箱验取石榴裙"的武则天。

关于这位文学造诣颇深的皇帝,她没想到自己竟然如此印象深刻。下次回广东,她要找窦州文化馆的向老师,和那位正在以向家

的家族传奇为蓝本创作《向家湾》的女作家孙舒雅，好好聊一聊萧纲和蔷薇。

想到这个孙舒雅，她忽然想起前不久委托孙舒雅的弟弟孙军华办的事情来。为了回报这对热情善良的姐弟，她以"礼之本"集团的名义在这对姐弟的老家捐建了一所小学，很快就可以投入使用了。捐建学校的事情全权委托孙军华上下联络，也指定由他组建工程队建设。为了组建工程队，孙军华在她的建议下将自己带出来的十几人的建筑队伍挂靠在向敏之的弟弟向五亿的公司名下。以后，孙军华带的这支农民队伍就可以理直气壮地参与那些竞标工程的投标了。但是孙军华在安置妥当自己的队友之后却突然宣布他不想干装修了，不是嫌这活儿累，而是他的人生理想是当一名人民教师。所以他又转手将建学校的事情全权委托给了向五亿的公司，并一再拜托向五亿要善待他的人。一切安排妥当之后就打起包裹去师范类的成人学校进修去了。以他当年差五分考上大学的资质，加上专业的培训，他日学成归来当一名合格的小学教师是绰绰有余的。

除了这件事，向敏之还托他办了一件事，就是她要在老家成立一个面向所有向氏子弟的奖教奖学基金会，委托孙军华做一个详细方案。她原本是打算不拘泥于一家一姓，而是面向一定区域内所有取得一定成绩的优秀学子和教师，但是孙军华及时提醒她说那样可能导致出现同一个人重复受益，甚至管理混乱的情况。因为中国是宗亲社会，很多有影响或者出过人才的姓氏都成立了家族奖学金，有些社会组织也成立有助学基金会，所谓"树大招风"，处理不好会抢了人家的风头，还不如就成立一个只面向向氏子弟的基金会更为妥当，管理起来也不至于混乱。向敏之觉得他说得很有道理，就更放心地将这件事交给他去打理了。

按照之前的约定，今天是孙军华交方案草案给她的日子。向敏之从不喜欢催人干活，刚创业的时候，她曾经遇到过一个特别蜗牛的文案员工，每一件事都要一催再催，仿佛不催就不知道他的工作有多重要、多难做似的。当时确实少不了那个做文案的员工，那个员工仿佛抓准了她的倚重，每次都在她忍无可忍、想要骂人的时候及时将文案交上来，如同雪中送炭一般，然后一脸虔诚和恭敬地解释自己修改了多少次，不想不成熟就交给老板，很抱歉让老板久等了，下次他一定抓紧再抓紧等，搞得她反倒觉得自己过于苛刻似的。后来公司步入正轨之后，各种人才也都有了，那个员工还是一副"老人儿"的样子，她就寻个由头直接将他开除了。她不喜欢心机太重的人，她喜欢真诚实在、能够站在老板的角度公司的角度看问题、想问题、处理事情的员工，不喜欢那种生怕老板看不见自己辛苦和重要的员工。

孙军华中午十二点准时将方案通过微信传了过来，并一再强调只是草案，需要修改，请她及时反馈修改意见，他自己想到的也会及时向她汇报沟通，只字不提他是如何利用课余时间起草之类的话。

事情来得有些突然。向敏之还在认真研究孙军华的方案草案，手机忽然提示邮箱收到邮件。她随手点了一下，主题提示来自公司，心里莫名地激灵了一下。因为她回向家湾之前曾特别召开公司高层会议，如果不是特别重要或者涉及她私人的事情，不要打扰她，公司事务必须是总经理或行政总裁才可以直接联系她。

难道公司出事了？不会吧？她潜意识地立即否定了。难道与自己有关？一念及此，她瞬间感觉呼吸都变急促了，手指几乎不受控制地点开了邮件。

信件是策划部主管陈丽华发给她的。她对这个陈主管印象很深刻，首先是她的名字，据相关网络统计出来的数据，中国历史上有不少叫"丽华"的女子当过皇后。然后是这个女子很年轻的时候就进了公司，进来后就没有离开，在策划方面很有些天赋，公司员工

中想法最多的就是她。还有就是她很忠诚，这点很重要。陈丽华的性格有点像她，做起事来风风火火，说话也快言快语，从不说废话。这种性格很容易得罪人，陈丽华也确实得罪过不少同事。但是向敏之一手将她从普通的办公室文员提拔了起来，并有意将她放到集团下属公司不同的部门进行磨炼，也算是她的亲信了。陈丽华三十岁才结婚，为了回报公司，自愿将她另外请专人全程录制——公司服务都是常规录制，并亲自监工剪辑的中式婚礼视频提供给公司制作宣传片，而且坚决拒收报酬。这个举动让她很感动，当即宣布给她一个月的带薪假期去度蜜月。陈丽华欣然接受这个福利，将工作安排得妥妥当当并将部门负责人的权利全权委托给具体下属之后才出发。总之，这个陈丽华是个让人放心的人，也是她准备在自己正式退休时要委以重任的人。

陈丽华的信件正文没有几行字，大意是公司策划很久的西式婚礼的宣传示范片，征集志愿者的活动消息发布几个月都没有人报名，以致这个宣传片至今无法推出，现在终于有人主动联系他们，但要求由公司董事长亲自担任"搭档"……志愿者的具体信息及其提供的方案草案都在附件里。信件的最后，陈丽华另外加了句"又及"，说明这份方案是志愿者快递给她本人签收的，并没有按活动要求发电子版，她只能扫描给董事长。她等董事长的意见再讨论。意思就是这个方案目前只有陈丽华和她两个人知道。

向敏之抑制住极速加剧的心跳，打开邮箱附件，果然是扫描件。志愿者……果然是香子烨！一本正经地"诚意邀请"礼之本集团董事长向敏之女士共同拍摄西式婚礼示范片。方案连"宣传语"都想好了：

"如果你错过了春天的美丽，请相信秋天依然有美好在等着你！"

"没有'油腻'的中年，只有成熟的中年。"

"如果你相信美好，请永远不要放弃追求她的权利！"

妥妥的中年人的爱情宣言！

他是在用这样的方式向她求婚吗？说"逼婚"还差不多！就不能正式一点吗？！

她用微信回复了陈丽华的请示："同意。请策划部陈丽华主管负责做好具体衔接工作。向敏之2020年3月23日。"

九

2020年4月，国内的疫情基本控制住了，各地开始纷纷有序复工复产，各地民政局也陆续恢复办理婚姻登记。随着重灾区武汉也恢复办理婚姻登记的消息传出，年前年后那些因为疫情，结婚计划被按下暂停键的人们，也开始陆陆续续地将婚礼重新提上日程。度过一个超长假期的"礼之本"员工，也纷纷主动询问何时可以回公司上班。公司管理层自3月16日开始轮流值班，天天为国外疫情加重而议论纷纷。毕竟广东地理位置特殊，担心受到影响。即使政府已经明令可以复工，一些人员聚集性的服务活动也不可能开展。没想到香子烨会成为公司接洽的第一个客户，像是在传达某种信号一般。

4月8日，武汉宣布解封。向敏之直觉随着疫情结束，受到很大影响的婚庆服务行业肯定会迎来复苏高潮。于是赶紧给滞留在广东乡下乐不思蜀的大女儿夫妇打电话，让他们赶紧回广州做好复工准备，商量确定复工时间后立即通知公司员工正式复工。

4月16日开工。按惯例董事长要召开管理层会议并对全年工作做一个大致的部署。于是向敏之扫完墓就回了广州。具体的工作部署她交给总经理也就是大女婿严志嵩了，她莅临会场只是为了彰显

会议的重要性，顺便与跟随自己多年的老员工们见见面，亲自给大家派发开工利是，说一些鼓励的动员性的话，为公司新一年的发展做一个良好的铺垫。

会议结束，她前脚刚回到办公室，策划部主管陈丽华后脚就跟了进来，递给她一沓资料，是关于"礼之本"西式婚礼宣传示范片的实施方案细则。

她随手翻了一下，预算不多且细节到位。忽然，她的目光停留在结婚礼服一栏上，发现新娘的婚纱是湖蓝色，很奇怪，问陈丽华："为什么要用湖蓝色的婚纱？"

"我本来是选的鹅黄色，但是香先生改成了湖蓝色。"

"为什么不用白色呢？可有什么讲究？"

"按照西式婚礼的礼仪，新郎新娘如果都是再婚，就不用白色……当然，我们拍的是宣传用的示范片，穿白色也没关系的。最后决定权在您。"

"哦……"向敏之沉吟着没有立即表态。

"还有就是这个示范片的主题是'秋天的童话'，我个人的想法是，也许不用白色婚纱更能吸引公众的注意力，在普及相关西式婚礼婚庆礼仪知识的同时，可以更加彰显我们公司的文化实力……"

陈丽华侃侃而谈，眼里闪着热情智慧的光芒，让已经对公司业务处于淡然状态的向敏之频频颔首，她的眼前也渐渐浮现出了自己身穿湖蓝色婚纱，挽着香子烨的手，穿过玫瑰花雨的场景……

"玫瑰花雨"？向敏之蓦然惊醒，重新翻阅方案，找到婚礼仪式部分，看到里面的材料果然是玫瑰花瓣。

"这个玫瑰花瓣，改为蔷薇花瓣吧。"她说。

"蔷薇花？"陈丽华愕然，"哪里可以采购呢？"

"这个不用你管，我来处理。"

"哦……好的。董事长……"陈丽华欲言又止，"有个问题，我很想确认一下，又怕您笑话我八卦。"

"什么问题？"向敏之貌似不经意地问，其实她已经猜到她想问什么了。

"您是不是真的要结婚了？那个香先生……"

"你跟那个香先生见过面吗？"向敏之以调侃的语气不答反问。

陈丽华摇头，"通过几次电话，声音非常好听……您是真的要结婚了吗？如果是，这可是我们公司的大事情！"

"先不要让大家知道这事。"向敏之微笑地打断越来越兴奋的陈丽华。

"这么说是真的了？天哪！居然一点风声都没有，董事长您的保密工作做得太棒了，您也太沉得住气了吧！"望着比自己结婚还要兴奋的陈丽华，向敏之已经在心里将香子烨骂了几百遍。他这是要逼着她打电话给他了。一念及此她又下意识地看了看方案中的仪式日期，竟然是农历九月初四，她的生日！

于是，她又想起下个月就是他的生日了。如果真要结婚，应该让每一件事都有纪念意义，那么他的生日他们应该做些什么呢？她决定不顾及什么谁先谁后了，今晚就给他打电话。

十

一直到了门口，看见香子烨及时地掀开门帘走出来迎接她的时候，向敏之才确信他订的是一间日本料理店。

向敏之从未吃过日本料理，而且对"生食"有天然的抗拒心理。更甚的是她过去一直都不喜欢日本人，稍微有所改变是在举国支援武汉抗疫期间，从网络得知有个日本女孩穿着中国旗袍在东京

街头为中国募捐的消息,并看到相关照片之后,特别是后来又在日本援助中国抗疫物资的外包装上看到印有连她都没有读过的唐诗,她才一改过去的偏见,开始不那么讨厌那个海岛民族。但是让她吃不煮熟的日本料理,她一时还难以接受。

大约是感觉到了她的迟疑,香子烨一把牵起她的手,不由分说地将她拉了进去。而她的手被握在他手心里的那一瞬间,脑海里竟莫名其妙地浮现出惊蛰之夜的场景,一阵脸热心跳。

两人进了一间宽敞明亮的格子间,香子烨才放开她的手。

"我真的没有吃过日本料理……。"

"就是因为没有吃过,才要让你来试试。"

"你经常吃吗?"

"今天是第二次。"

"你……"

"相信我。"

服务员来了,他好像凭记忆点了几样,除了一个中等分量的刺身拼盘,其余都是熟食。茶是那种很香的玄米茶。

他很熟练地拈起精心摆放在刺身拼盘边缘的新鲜柠檬片,一边挤一边将柠檬汁滴洒在三文鱼、金枪鱼、章鱼、扇贝上面,给她示范怎么蘸芥末酱才不刺鼻……

她就在他的循循善诱之下顺利地吃下了第一块三文鱼,第一片金枪鱼……无法描述的口感,非常奇怪的是她吃过生鲜的刺身之后,再吃那些熟的寿司、秋刀鱼和紫菜饭卷,竟然感觉味同嚼蜡了。而应约之前正在经历的生理周期性郁闷,也莫名其妙地消失了。取而代之的是说不出缘由的愉悦,有一种经过了漫长难熬的黑夜之后天终于亮了的感觉。

他说:"你知道科学研究证明让人愉悦的十大食物是什么吗?"

她茫然地摇头。他在列出那十种食物之后,强调:"这是科学家研究得出的结论,让人愉悦的十大食物,深海鱼排在第一位。"

"比如这个三文鱼?"她敏捷地接过话头。

"这次尝试是不是很完美?"他好像别有用心地问。她点头。他像受到极大的鼓励,说:"我希望我们会在一起尝试更多的新事物。"

"几个意思你?"她警惕地问。

他机敏地环视了一下四周,从口袋里掏出一个盒子,郑重其事地单膝跪地,打开盒子,是一枚璀璨的钻戒,"遵从你要求的正式求婚的命令……请你答应嫁给我。"

"删掉前半句。"她含嗔带羞地说。

"亲爱的向敏之女士,你愿意嫁给我吗?"见她还不回答,他有些急了,"如果你愿意就把右手给我。"边说边抓起她的右手,她顺从地任他抓住她的手,任他将戒指戴在她的右手中指上。大小刚刚好。然后他得意地吻了吻她的右手,说:"谢谢你愿意!"

"你有时候真的好坏哦!"她嗔怪地拍了一下他的手,不经意地扯了他一下,他就顺势站了起来,坐到她身边。

"比如呢?"他坏笑着问。而她则忽然想起了自己在床上总是说他坏的情景,一下子羞红了脸。他凑近她,咬着她的耳朵说:"你想不想我更坏一些?"

她受到惊吓似的推开了他。他终于回到自己的座位,说:"你不觉得应该回报一下我吗?"他恢复一本正经的坐姿问。

"什么?"她忽然觉得这个晚餐自己从头到尾都像个小姑娘似的,傻傻地跟不上他的节奏。

"还有三个星期就是某人未婚夫的生日了哦。"他耐心地启发道。

"啊……"她这才想起打电话给他的初衷,"你想要什么生日礼物?"她讷讷地问。

"反正是你送得起的。"

"愿闻其详。"

"听说在教堂举行婚礼，是要先领结婚证的……"他有些恨铁不成钢似的继续启发她。

"你的意思是你生日那天去领结婚证？"她傻傻地猜测，"拜托有话明说啊，非要搞得像小男生似的。"边说边隔空点了一下他的额头。他却一把捏住她的手，"你也很坏哦，明明自己想到了，偏要等我说。还小男生呢！你是嫌我老了吗？"他用力捏了捏她的手，仿佛要证明自己的力量。

5月21日，星期四。向敏之和香子烨穿着白色的情侣装去领结婚证，她穿着《唐顿庄园》里玛丽第二次结婚时穿的那种米白色宽松款的修身小裙装，长款的珍珠项链，精致、典雅、高贵，他穿着洁白的衬衣，两个人你侬我侬地相依着站在登记处宣誓台的深红色背景下，显得那么耀眼又和谐。

礼之本公司安排的跟拍摄影师，一路拍下了两人的每一个瞬间：手牵着手走进民政局大门的场景、排队等待登记的种种互动、一起填申请表、签字、盖手印，以及民政局工作人员盖钢印和两人双手接过结婚证等历史性的瞬间，还有结婚证和婚戒的特写等。

十一

2020年9月28日，中秋国庆双节前两天，广州。

夜幕即将降临。

受疫情影响安静了大半年的花城广场对面，与海心沙隔江相望的广州塔下面，人头涌动。两个大节日完全重合，几十年才遇到一次，两天后开始的长假，比春节假期还要长，为了错峰出行，很多人在这一天已开始提前休假了。

广州塔的灯光亮起半小时之后，广州塔顶端的塔身突然交替着打出巨型环塔广告"春天的梦想"和"秋天的童话"字幕，同时在塔身三层的位置循环播放"礼之本"婚庆礼仪宣传片，中式婚礼与西式婚礼轮流播放。中式婚礼宣传片是"礼之本"新任副总经理陈丽华提供的，点点滴滴的传统文化元素，隆重而喜庆。西式婚礼宣传片即是刚刚过去不久，在这个一线大都市曾经轰动一时的"向敏之、香子烨大婚"的航拍剪辑片。穿着湖蓝色婚纱的向敏之，翩然如仙走进教堂深处，穿过蔷薇花雨，她的身畔是一身隆重燕尾服的香子烨。婚纱不是那种千篇一律的上身紧下身层叠的经典款式，而是英剧《唐顿庄园》里女主角之一的玛丽第一次结婚时穿的那种宽松飘逸款，更能凸显向敏之玲珑有致的绰约身姿和高贵妩媚、风情万种的气质。新郎的装扮也是极致的经典，双排扣的黑色燕尾服，白色的翼领衬衣和领结，马甲、胸花、口袋巾、袖口等每个细节都彰显出浓厚的文化底蕴，挺直的腰板、俊朗的面容，与新娘站在一起天造地设。

"我还以为在播《唐顿庄园》呢！"

"礼之本是个什么东西？婚庆公司吗？"

"这个广告好有文化哟！"

"婚纱为什么是湖蓝色不是白色的？我还是第一次看见新娘穿湖蓝色的婚纱。"

"拜堂原来是这样子的呀！"

"我们结婚也要找这家公司策划。"

……

走过路过的行人纷纷驻足，交头接耳。花城广场的游人们也纷纷向对岸涌去，只为一睹广告内的天人风采。

次日清晨，湖南澧县与湖北交界处的羊耳山村向家湾，连日的阴雨天气，秋意已经很浓了。

农历八月十三是向敏之的母亲向孝英的忌日，她和香子烨赶在母亲忌日前回到了老家。他陪她去祖坟各处烧了纸钱、点了香，将香子烨作为向家一分子隆重介绍给了长眠地下的祖先们。祖先们长眠的地方是一片郁郁葱葱的墓地，四周被棉花地环绕，墓地前面长着两棵被称为"神树"的柏樟树。之所以被称为"神树"，是因为这两棵树经历了许多次浩劫，依然顽强地生存了下来。在很久以前一年才回一次娘家的岁月里，每次回家，向敏之都会来这里看看，跟天人永隔的祖奶奶说说心里话。无数次孤独难眠的夜晚，她都会想起这块儿地方。无数个梦里，她都曾梦见过这块儿地方，梦见这里的山水树木、花草虫鱼，都是郁郁葱葱的绿和五彩缤纷的景象。两人特别在母亲的墓前点了蜡烛，连同母亲墓地前面一左一右两座不知名的小坟包也烧了纸钱。两人给母亲烧纸钱时约好以后每年都选一位祖先的忌日来祭奠，祭奠所有失去的亲人。不是迷信，只为寄托哀思。这样后天八月十六父亲的忌日就不来墓地了，他们约好这几天只要不下雨就上山捡菌子，让他陪她一起重温童年时光。

"捡菌子？"她在离开墓园时望了望已经停雨的天空。对他说明天就可以上山捡菌子，要去镇上买靴子和雨衣时，他惊奇地问。他不知道菌子怎么"捡"。

于是她调皮地唱起了《采蘑菇的小姑娘》，向他解释菌子就是蘑菇，蘑菇就是菌子，真正的天然野生菌子，老天爷赏赐的山珍，生长季节前后只有半个月，所以他们要珍惜每一天。

9月30日是八月十四，中秋前一天，天气预报显示是双节期间是难得的多云天气。两人因为就寝前确定次日大清早就上山捡菌子，兴奋得很晚才睡着，刚睡一觉就醒了。

屋顶的亮瓦刚刚露出一点深蓝的亮色，向敏之就醒了。睡眼惺忪的她怔怔地盯着头顶那片小长方形的天光，几疑是在梦中。

"亮瓦"就是用一种透明的玻璃做成的瓦，有点类似封闭的小天窗，主要作用是采光，现在已经绝迹了，也不知老弟是从哪里弄到的，现在的百度都搜不出这两个字，是已经消失或正在消失的"老祖宗的智慧"。小时候，老祖宗要求家里每个人都要早睡早起，因为睡得早，很多时候天还没亮她就醒了，醒了就盯着床顶的亮瓦，先是深蓝色的微光，然后又黑了——她由此认知到了"黎明前的黑暗"，然后又开始深蓝——蓝——浅蓝——白色，当亮瓦变成好看的蓝色的时候，屋旁的竹林就开始热闹了，麻雀们开始叽叽喳喳地叫了起来。屋子里的物件也开始隐约可见。等到亮瓦变成浅蓝色，屋子里的物件就可以看清楚轮廓了，老祖宗就起床了……

身边的香子烨翻了个身，也醒了。

"这么早就醒了？"

"天亮了，你看——"向敏之握住他的手指了指床顶的亮瓦。

"呀——还有这个！好多年没有见过了……"

"起床了！捡菌子去！"两人起床，轻手轻脚地洗漱好了，换上小丫头娅娅亲手为他们编织的、曾经计划作为婚礼常服、有桃叶桃枝和桃子的羊绒情侣衫，然后在外面罩上昨天买的雨衣，穿了靴子，一人挎了个小竹篮，掩好院门就出来了。

他们以为自己已经够早了，没想到来到后山才发现山上树林里到处都是捡菌子的人，都穿着厚厚的颜色鲜艳的雨衣，因而在树丛灌木丛中都可以看见。臂弯都挽着竹篮，手里拿着镰刀。小时候捡菌子，拿个掏火桶用的细细的煤钩钩就行了，现在山上都成了荒山，要随时准备用镰刀砍掉拦路的荆棘才能进得去有菌子的地方。

屋后的山怎么也想不起名字了，过去种棉花、绿豆、芝麻、小麦的自留地都长满了杂树，荒得不成样子了，小时候放过牛、摘过

向家湾

野果子的蜈蚣岭、大沟地,原来长满了丝茅草和牛吃的草,现在全成了杂木丛生的林中空地,一切一切都已经不是原来的样子,走进山里根本分不清东南西北。但是菌子是真的不少,香子烨一不小心就踩到一个,被向敏之骂了好几回,时不时地提醒他一次:"脚底要长眼睛,你踩到的都是菌宝宝,一百多块钱一斤呢!"原来现在的黄色菌已经卖到30~50元一斤,烂窝菌卖到80~120元一斤了!向敏之记得自己还是小金凤的时候也卖过菌子,那时候才几毛钱一斤,烂窝菌的菌宝宝能卖到一块多就很不错了。大家捡的菌子主要是黄色菌和烂窝菌,湘西北的山上能吃的菌子也都只有这两种。老祖宗们不讲采摘菌子或者采蘑菇,而是说成"捡菌子",也是因为带有"天降财喜"的惊喜和感恩的心情的。

"脚底怎么长眼睛?你的脚长了眼睛吗?给我看看……"香子烨也不示弱,他说自己不是在捡菌子,是在寻宝,由于兴奋身上的衣服都被汗湿了,顾不得露水,早脱了雨衣。两人就在这样嬉笑打闹的拌嘴中捡了两大半篓的菌子,其中以正黄色的黄色菌居多。

山上人声渐少,那些满载而归的人们都已陆续下山去赶早市了。

空山寂寂,秋风瑟瑟。虽未下雨,但也未出太阳。两人眼看日光已接近晌午,没有去到的地方也都有被人踩踏过的痕迹,就没有继续往山上去了,远远地尾随赶早市的人们下了山。

向敏之将两个装了大半篓菌子的竹篮交给弟媳荣梅处理,叮嘱一番注意事项之后才进卧室换了衣裳,然后重新拉起意犹未尽的香子烨出了敏之园。趁现在乡村风光正美,她要带他好好看看她出生、成长、出发的地方。

第一个要带他去看的地方是龙井。路过敏之园外坡道转角处的时候,香子烨忽然停下脚步,指着旁边田坎角的一堆东西问她:"这是什么?药渣吗?这么多!"

226

"哦，这是祖奶奶吃过的药渣。"她口中的祖奶奶就是他们家的老祖宗孔朝秀，她想起了小时候祖奶奶几乎隔一天就给她一个带柄的陶钵子，让她去百十米外的地方把里面的药渣倒掉的情景。那些药渣的气味甜甜的，她最认得的是里面被泡得胖胖的黑枣儿，好多次都想拣出来吃掉，"这都是我小时候倒的，那时候这里被我倒的药渣堆得像座小山包。"

"那时候你人小，所以觉得土包都很高。"香子烨取笑道。

"也是，就像这对面的笔架山，小时候觉得老高了，现在看感觉像变矮了似的……"

"是你长高了，不是山变矮了……"谈笑间，两人已经漫步到了龙井边。

据说那口井是被雷电劈出来的，又据说是颗星星从天上掉下来砸成的。比较深入人心的传说是，很久很久以前的某一个大雨过后的早晨，还没有井的那个地方无端端升起一团白雾，随着雾气的不断升腾，一条蛟龙腾空而起飞入天际……蛟龙飞起的地方就出现了一口井，于是人们就把那口井叫作"龙井"。龙井最神奇的地方就是，夏天的龙井像个冰窟，在冬天就成了温泉。冬天的龙井，水面上常常笼罩着一层热气，手伸进水里之后往往令人十分舒服。夏天呢，如果你将手伸进去不到两分钟就会受不了，那种冰凉刺骨的感觉就跟冬天结了冰的河一样。所有关于龙井的传说都只是传说而已，但龙井里水的温热与冰凉却是常年都能切实感受到的神奇。现在是秋天，由于连日阴雨，气温已经降到十多度了，他们远远就看见龙井的水面正冒热气。

"这不是金凤吗？"忽然有人在身后打招呼，"金凤，这是带新姑爷回来了？"

向敏之搜索了一下记忆才认出是孙家屋场翠芬、惠芬、芷芬三姐妹的邻居，她应该叫伯娘的，但一时想不起对方的名字了。之所

以想得起那三姐妹,是因为那三姐妹与她年纪相仿,闯广东的时间跟她南下的时间也差不多,而且在初期阶段比她成功,她还在彷徨苦闷没有找到方向的时候,那三姐妹就已经因为每次寄回家的钱多而声名远扬了。在不短的时间里,父亲没少拿这三姐妹的成就来提醒她、鞭策她。

往龙井边来挑水洗菜的人越来越多,为了避免打招呼时不知道怎么称呼的尴尬,向敏之匆匆应付了几句就拉着香子烨离开了。

两人绕过村子人多的地方往稻冲地的方向走去。沿途经过一个大水库,向敏之也想不起这个水库叫什么水库了。整个御史峪——现在没有人叫御史峪,都称羊耳山了,在20世纪70年代全国大兴水利的时候,几乎每个生产队都人工开挖了一个水库,其中最有名的是有"千岛湖"之称的山门水库,现在是整个澧县的饮用水源。其余的水库大都只是一些面积稍大的堰塘而已。每年的枯水季节,这些水库都发挥过很重要的作用。

"这个不算水库吧?顶多是大一点的水池子。"香子烨调侃道。

"这里的水库,是'储水仓库'的意思。"敏之笑着解释她自创的意思。她边说边指着水库边天供山脚下一户掩藏在荒草中的瓦房说:"那里原来住着一个妹子,暑假的时候我都是来这里约她上山挖黄姜。"只是昔日充满欢声笑语的农家小院儿,如今已是荒草萋萋荒无人烟了,而那个叫兰玉的"小闺蜜"嫁去了哪里,她竟然毫不知情。

"黄姜是什么?"香子烨饶有兴致地问。

"一种中草药。这里的每一座山,除了有菌子还有好多中草药。明年夏天是挖草药的季节,到时候我带你去挖。"

"好呀。你的童年经历还挺丰富的呢。"

"我还翻过蜈蚣呢!"见香子烨讶然,她有些得意地说,"还卖过菌子,就是我们刚刚捡的菌子,那时才几毛钱一块多一斤,现在卖到一百多块钱一斤了……穷人家的孩子早当家而已,都是为谋生的经历多。"一念及此,眼前浮现无数记忆,瞬间竟有些恍惚。

稻冲地到了,但已经是一片棉花地,与经常浮现在记忆中、她坐在自行车后面抱着父亲的腰、闭着眼睛听欢呼声的场景,怎么也无法重叠。

一切恍若隔世。如今,父亲的坟头草都荣了又枯、枯了又荣好几个轮回了。棉花地里有两个年轻的媳妇在捡棉花,敏之不认识那两个年轻媳妇,为了避免不知道怎么打招呼的尴尬就悄悄离开了。

经过儿时捡过稻穗的稻田田坎儿,俩人终于来到了过去向家大院所在的地方,没有残垣断壁,也没有庄稼,只有疯长的荒草,和不知被谁砍掉了竹子的竹园遗迹。曾经在她漫长的童年岁月陪伴过她的泡桐树、椿天树、五月桃树、苦楝树、麦李子树、杏树、梨树、水蜜桃树、雪桃树和那满园的竹子都已经消失在岁月深处,连印记都没有留下。唯一见证过童年岁月的只有一棵长在竹林边缘的皂角树了。皂角树已没有了茂盛的树冠,只剩下已经苍老成黑色的钢针般的皂角刺……

没有物是人非,除了她隐秘的内心,一切都已不是原来的样子。岁月不是杀猪刀,是杀人不见血的刀。岁月的模样,永远是你看到的模样。

但是还有好像真没有变的,就是那些山,仿佛还是原来的山,他们一直待在原来的地方,守望着、凝视着。

"等天完全晴了,路好走了,我们去天供山拜拜菩萨吧,我要去还愿。"离开向家大院遗址往敏之园走的时候,向敏之指着高高的天供山说,"小时候,我常常会想那边天上是不是真的住着神仙,特别是岩山那边,"向敏之又指了指隔着笔架山与天供山相向而立的岩山,"那边是向家湾的西边,每到傍晚如果有晚霞,我就想那一定就是神仙住的地方……"

向敏之的脸上浮现出无限神往的样子,无数与童年相关的记忆,扑面而至。她轻轻地依偎在香子烨的怀里,任自己神似飞驰……

"你确定我们要在这里常住吗?"香子烨温柔地揽住她,忽然问。

"春天和秋天住这里,夏天和冬天住广州你的家。"向敏之答。

"那窦州的敏之园呢?"香子烨再问。

"现在高铁开通了,广州离窦州两个小时就到,我们可以两个地方换着住,想住哪儿就住哪儿!对了……"向敏之忽然想到一件事,"窦州的敏之园,完全可以利用起来,我们把它给孙舒雅和向老师办文艺沙龙,也许将来会成为窦州的文化交流中心也未可知呢!我们也参加他们的沙龙……那应该会是你熟悉的场景。"向敏之忽然抬起头,望着香子烨的眼睛,那眼睛里有令她心疼的迷茫,"那样,也许你就会慢慢恢复记忆了。"

"……你很希望我恢复记忆吗?"

"当然啊,我希望在我未来的生命里,你是完整的。"

"可是……如果那些记忆是不好的呢?你不害怕吗?"

"害怕什么?"

"你不怕……我们会因此……"香子烨不安地说。

"怕!我怕你想起过去之后会离我而去。但是,我更相信爱情的力量。"

"可是……我害怕……如果爱情的力量不堪一击呢?"

"那我就等!等你重新爱上我,或者等我自己忘记你!"向敏之温柔而坚定地说。

"相信我,一切都是最好的安排。一切都会过去。"然后他们手牵手,朝敏之园走去。

敏之园的屋顶,正炊烟袅袅。向家湾所有的屋顶,也正次第冒起炊烟,沉寂太久的山村,正一天一天地恢复着生机。

世界早已不是过去的世界,故乡还是曾经的故乡。比起外面找不到乡愁的大城市或者新农村,向家湾始终不曾面目全非过。

她终于完全回到故乡了。回到故乡,就回到了童年,回到了有爱的地方。

那是永恒的爱。

全书完